Kap.

DIE DIEBIN

Zack! Es geschah im Handumdrehen. So schnell, dass kein Mensch es hätte sehen können. Kein normaler Mensch zumindest.

Auch Camryn hatte es noch nicht gesehen, aber das würde sich bald ändern. Wenn sie nicht diesen plötzlichen Anfall von eisigem Frösteln bekommen hätte und die schwindelerregenden Kopfschmerzen, die sie wie angewurzelt stehen bleiben ließen, dann hätte sie sich vielleicht gar nicht erst umgedreht. Doch inzwischen wusste sie, dass diese seltsamen Wahrnehmungen, die sie seit ihrer Kindheit wieder und wieder gehabt hatte, immer eine Warnung darstellten.

Genau wie jetzt. Wie gerade hier, mitten in einem Juweliergeschäft im Einkaufszentrum von Marble Bay. Irgendetwas Schlimmes bahnte sich an.

Hinter ihrem Rücken.

Cam wirbelte herum. Auf der anderen Seite des Ladens entdeckte sie ein Mädchen, etwa in ihrem Alter, mit strähnigen braunen Haaren, das zitternd die Hand nach der Vitrine ausstreckte, in der die teuersten Schmuckstücke eingeschlossen waren. Eine Verkäuferin musste den Schmuck extra herausholen, wenn es Kunden gab, die ihn sich näher ansehen oder anlegen wollten. Auf dem Ladentisch, auf einem weichen Samtkissen, lag ein glitzerndes Diamantarmband. Doch nur für den Bruchteil einer Sekunde.

Cam verengte ihre grauen Augen zu Schlitzen. Zusätzlich zu ihrer Fähigkeit, Dinge zu sehen, bevor sie passierten, verfügte Cam auch noch über ein unglaublich scharfes Sehvermögen. Sie konzentrierte sich auf die Szene, die vor ihr ablief. Eine große, dünne Frau mit blonden Haaren stand neben dem Mädchen und lenkte die Verkäuferin ab. Genau in diesem Moment griff das Mädchen nach dem Schmuck und ließ ihn in die rechte Tasche ihrer Wolljacke gleiten – zugleich nahm sie aus ihrer linken Tasche ein identisches Armband und legte es auf das Samtkissen. Die ganze Aktion hatte nur Bruchteile einer Sekunde gedauert.

Obwohl sie am anderen Ende des Ladens gestanden hatte und eigentlich ganz unmöglich irgendetwas mitbekommen haben konnte, war Camryn Barnes doch soeben Zeugin eines Diebstahls geworden.

In einer anderen Ecke des Ladens bemerkte Alex den Geruch, bevor sie die Worte hörte. Den Geruch von Angstschweiß, klebrig und durchdringend.

Ebenso wie Cam, verfügte auch Alex über außergewöhnliche Fähigkeiten. Sie konnte Dinge riechen, die den meisten Menschen nicht auffielen. Sie konnte auch Dinge hören. Sogar Dinge, die Leute nicht aussprachen – wie zum Beispiel die flehentlichen Gedanken eines Mädchens. *Ich will das nicht machen müssen. Bitte! Ich will es nicht … Man wird mich schnappen … Bitte nicht …*

Hinter ihrem Rücken.

Alex Fielding wurde bewusst, dass der panische Hilferuf von der anderen Seite des Ladens kam.
Eine weitere Stimme, eine Frauenstimme, kratzig und älter als die des Mädchens, ebenfalls unausgesprochen: *Sie sollte sich besser mal beeilen! Meine Güte, ist die langsam – wo haben wir sie überhaupt her? Wir sind das alles doch tausendmal durchgegangen. Nimm einfach das Armband und leg stattdessen das andere aufs Kissen. Es muss sein!*

Alex war klar, was sie zu tun hatte.
Sie war nicht überrascht, dass auch ihre Zwillingsschwester Cam auf die Schmuckvitrine zustürmte. Cam hatte offenbar gesehen, was Alex gehört hatte. Die Zwillinge wechselten kein Wort, während sie die Diebe langsam einholten, die inzwischen schon beinah den Ausgang erreicht hatten.
Cam fing sie ab. Noch bevor den beiden klar wurde, dass Cam sich ihnen mit Absicht in den Weg gestellt hatte, war Alex schon an ihrer Seite.
Die Frau trug eine große Sonnenbrille und war offensichtlich sehr nervös. Mit ihren langen, zangenartigen Armen versuchte sie, sich an den Zwillingen vorbeizuboxen. »Entschuldigung! Lassen Sie uns bitte durch!«
»Nicht so schnell«, sagte Cam ruhig. »Haben Sie nicht vielleicht drüben bei der Vitrine etwas vergessen?«
Cam konnte durch die Gläser der Sonnenbrille hindurchsehen. Ein starrer Blick wie der eines Insekts schien sie förmlich zu durchbohren. »Nein, das haben wir nicht.« Ihre Stimme war unangenehm kratzig. Barsch zischte sie: »Wir haben es eilig, also bewegt euch!«
Cams wütend funkelnde graue Augen hielten dem Blick

stand. »Erst bringen Sie das zurück, was Sie gestohlen haben.«

Die Frau zeigte keinerlei Reaktion, doch das Mädchen neben ihr bebte am ganzen Körper. Alex verspürte tiefes Mitleid mit ihr. Offenbar war sie zu diesem Diebstahl gezwungen worden. Unwillkürlich steckte das Mädchen die Hand in ihre Tasche und verblüfft stammelte sie: »Wie … woher wisst ihr …?«

Die Frau wirbelte herum. »Lizzie! Sag ihnen einfach, dass du nichts gestohlen hast. Mach schon!«

Lizzie biss sich auf die Unterlippe und zitternd erwiderte sie: »Ich … ihr …«

»Sie wissen doch genau, dass es so war!«, schäumte Cam – die beiden steckten unter einer Decke! Was für eine Mutter zwang ihr eigenes Kind, etwas zu stehlen? »Ich hab genau gesehen, wie Sie die Verkäuferin abgelenkt haben, damit das Mädchen den Schmuck austauschen kann …«

Alex trat Cam kräftig gegen das Schienenbein. *Halt mal einen Moment lang die Klappe*, bat sie ihre Zwillingsschwester im Stillen.

Dann beugte sich Alex zu dem Mädchen hinunter und flüsterte: »Lass das Armband einfach los. Ich werde dir helfen es zurückzubringen.«

Die Frau war im Begriff, sich gegen Cams Anschuldigungen zu verteidigen, doch Cam setzte ihre Fähigkeit ein, andere mit ihrem Blick zu verwirren.

Es funktionierte – die Sonnenbrille bot keinen Schutz gegen Cams bemerkenswerte graue Augen. Die Frau straffte sich, sie wurde starr und stand wie gelähmt.

10 Alex übernahm das Kommando.

»Geh mit mir zurück zur Vitrine, Lizzie«, sagte sie. »Und bleib locker.«

»Nein! Ich kann das nicht … Ich will das nicht. Verpfeif mich nicht, bitte.«
»Pssst, vertrau mir einfach«, flüsterte Alex, während sie das verängstigte Mädchen zurück zum Tatort begleitete. »Tu einfach so, als wären wir nur zwei Freundinnen, die sich die Klunker ansehen wollen. Stell dich neben mich. Leg beide Hände auf den Ladentisch. Fass nichts an.«
Lizzie gehorchte.
Die Verkäuferin stand an der Kasse und hatte ihnen halb den Rücken zugekehrt. Jedoch würde sie sich sicherlich bald wieder umdrehen. Alex musste sich also beeilen.
Sie konzentrierte sich auf den Schmuck in Lizzies Tasche. Sie stellte sich vor, wie das Armband in die Luft schwebte und sich in einem sanften Schwung auf dem Ladentisch niederließ. Alex hatte sich an ihre Fähigkeiten gewöhnt – so auch an diese, die es ihr ermöglichte, Gegenstände durch die bloße Macht ihrer Gedanken zu bewegen. Sie wartete zuversichtlich auf das leise Klicken, das entstehen würde, wenn die Diamanten die Glasplatte berührten.
Doch sie hörte nichts.
Was war schiefgelaufen?
Als in der Schule einmal irgend so ein sportlicher Typ auf einem nicht ganz so sportlichen Kind herumhackte, hatte Alex »per Gedanken« den Gummizug an seiner Trainingshose gelockert – irgendwie war die dann runtergerutscht, genau während eines Basketballspiels. Das war der Schülerzeitung einen Artikel wert gewesen!
Und erst kürzlich hatte Alex einen rostigen Nagel ausfindig gemacht, um einem Wagen, der wie bescheuert an einem Stoppschild vorbeigebrettert war, unerwartet einen Platten zu bescheren.

Sie war wütend gewesen. Musste sie das vielleicht auch jetzt wieder sein, wenn sie dem Mädchen helfen wollte? Nun, dann würde sie den Zorn des Gerechten in sich aufsteigen lassen!
Es ging ziemlich leicht. Alex ließ die Szene, die sie gerade mit angesehen hatte, vor ihren Augen wiedererstehen – wie dieses Mädchen zu einem Diebstahl gezwungen wurde. Sie warf einen Blick auf die verwirrte Frau, die Cam außer Gefecht gesetzt hatte. Was war das bloß für ein kranker Mensch, der ein Kind für solch eine üble Sache einsetzte …
… ein Armband zu stehlen! Genau in diesem Augenblick stieß Lizzie einen Laut des Erstaunens aus. Wie von einem sanften Luftzug getragen, schwebten die Diamanten aus der Tasche des Mädchens empor und landeten kaum hörbar auf dem Ladentisch.
Auftrag ausgeführt.
Alex packte das Mädchen an ihrem knochigen Arm und stürmte mit ihr aus dem Geschäft. Die blonde Frau floh in die Gegenrichtung.

»Wir haben's geschafft! Wir sind die Größten!« Obwohl ihr Kopf noch immer schmerzte, war Cam vor Begeisterung ganz aus dem Häuschen. »War das nicht cool? Wir haben den Diebstahl verhindert! Wahrscheinlich haben wir gerade ein unschuldiges Mädchen vor einer Verbrecherlaufbahn bewahrt und sie wird jetzt darüber nachdenken, was sie da eigentlich getan hat und dass Verbrechen sich nicht lohnen.« Überglücklich umarmte Cam ihre Schwester.

»Jetzt komm mal wieder auf den Teppich«, sagte Alex und befreite sich. »Wir haben etwas gesehen, etwas gehört und etwas verhindert. Und nach dieser kurzen Werbepause werden die beiden wahrscheinlich einfach einen anderen Laden ausrauben. Also lass mal die Friedensnobelpreis-Rede sein.«

»Was ist dir denn über die Leber gelaufen?«, erkundigte sich Cam.

»Das Mädchen war nicht schuld, das weißt du genauso gut wie ich«, erwiderte Alex. »Die Frau hat sie dazu gezwungen und langfristig gesehen haben wir dieses Drama wahrscheinlich noch verschlimmert.«

Cam dachte darüber nach. Sie wusste es wirklich nicht. Aber ihr wurde klar, dass Alex mehr herausgefunden hatte als sie. »Du hast ihre Gedanken gehört, stimmt's? Erzähl!«

»Die Frau wiederholte die ganze Zeit: ›Es muss sein …‹« Alex schüttelte den Kopf. »Ich verstehe es auch nicht so ganz.«

»Es muss sein? Das ist ja komisch. Sie sahen gar nicht so aus, als ob sie so etwas nötig hätten …«

»Ach, und wie sieht jemand aus, der so etwas nötig hat, Camryn? Glaubst du, dass man das an den Klamotten erkennen kann? Willst du vielleicht behaupten, dass nur arme Leute stehlen?«

Wie immer ging Cam in die Falle und reagierte trotzig: »Na danke, dass du mich wieder mal an deine bescheidene Herkunft erinnert hast, Alex. Schon klar, dass du automatisch die ›Gute‹ bist. Entsprechend bin ich mit meiner wohlhabenden Familie natürlich die ›Böse‹. Also wirklich … als ob die letzten neunundsiebzig Millionen Anspielungen diesbezüglich nicht genug gewesen wären.«

Unbeeindruckt setzte Alex noch eins drauf: »Tut mir leid, dass unsere Lebensläufe so unterschiedlich sind. Es war natürlich nicht deine Schuld, dass du das Los mit der Nummer Moneten-Barnes-Sippe gezogen hast. Aber irgendwie bist du ja halbwegs damit fertig geworden – mit dem großen Haus, den edlen Klamotten, dem Laptop, Handy und den ganzen übrigen Trend-Kinkerlitzchen. Das war sicher nicht leicht für dich …«

Cam verzog das Gesicht und drehte ihre Kette mit dem Sonnen-Anhänger eng um ihren Finger. Die Kopfschmerzen, die sie immer bekam, wenn sie eine Vision hatte, waren noch nicht ganz verschwunden. Und der Streit mit Alex machte das auch nicht gerade besser.

»Außerdem«, erklärte Alex beiläufig, »ist diese Tussi nicht die Mutter des Mädchens.«

Die Zwillinge, deren volle Lippen, sanft gekrümmten Nasen, und die durchdringenden, pechschwarz umrandeten grauen Augen vollkommen gleich aussahen, unterschieden sich in so ziemlich allem anderen.

Zum Beispiel in den Klamotten: Cams ordentlich gebügelt und in Designer-Läden erworben; Alex' zerknittert, verwaschen und wild zusammengewürfelt.

Haare: Cams dichtes, kastanienbraunes Haar war exakt auf Schulterlänge geschnitten; Alex' gegelte Stacheln leuchteten rotbraun, scharlachrot und blau.

Mentalität: Cam war von Natur aus schwungvoll und – fast immer – guter Dinge; Alex normalerweise verschlossen und launisch.

Nur jetzt, nach Alex' Bemerkung, waren sie beide schlecht drauf. Sie funkelten einander wütend an.

Das Wort »Mütter« zu erwähnen war heikel. Und zentral. Besser gesagt, das Mutter-Thema war das wichtigste Thema überhaupt.

Camryn Barnes und Alexandra Fielding waren weder in der

gleichen Familie noch in der gleichen Gegend aufgewachsen. Cam hatte ihr Leben mit Dave und Emily Barnes in Marble Bay verbracht, einem noblen Vorort Bostons in Massachusetts. Alex hingegen mit ihrer Mom, Sara Fielding, im ländlichen Crow Creek in Montana. Die Mädchen hatten bis dahin keine Ahnung gehabt, dass sie jeweils adoptiert waren. Keine Ahnung, dass sie eine Zwillingsschwester hatten. Keine Ahnung, dass sie genau genommen Hexen waren.

Bis zum letzten Sommer, der erst wenige Monate zurücklag. In diesem Sommer waren sie sich durch Zufall begegnet und dieser Sommer hatte ihr Leben für immer völlig verändert.

Alex und Cam erfuhren die Wahrheit über sich – zumindest teilweise. Sie erfuhren, dass sie als Artemis und Apolla in einer Familie von erlauchten Hexen und Zauberern geboren wurden. Sie entdeckten, dass ihr echter Vater tot war und dass man sie bei ihrer Geburt getrennt hatte. Diese Trennung war unabdingbar, denn das Böse würde nur auf sie aufmerksam werden, wenn sie – gemeinsam! – ihre Kraft entfalten und entwickeln würden. Eine Kraft, die das Böse fürchtete …

So weit drangen sie vor in ihrer Familiengeschichte, doch von ihrer Mutter kannten sie nur den Namen: Miranda. Wer sie in Wirklichkeit war, wo sie war und ob sie überhaupt noch lebte – das wussten sie nicht.

Während all dies gerade ans Licht kam, starb Alex' Mom Sara plötzlich. Und so kam es, dass Alex zu Cams Familie zog. Gemeinsam hatten die Zwillinge versucht, das Rätsel ihrer Herkunft zu lösen, herauszufinden, über welche Kräfte sie genau verfügten und wie sie ihre Macht gebrauchen konnten.

Die Mädchen durchquerten schweigend das Einkaufszentrum. Nach einiger Zeit platzte Cam heraus: »Wir hätten die

Polizei holen sollen. Wahrscheinlich gehen die zwei tatsächlich einfach in einen anderen Laden und klauen dort was.«

»Die Polizei?« Alex verdrehte ihre tiefen, silbrigen Augen. »Und was hättest du denen dann erzählt? Also, Herr Polizist, es war so: Wissen Sie, wir sind Hexen. Und in meiner Eigenschaft als Hexe kann ich manchmal die Gedanken anderer Menschen hören. Und meine Schwester hier? Die zur Tatzeit bei den Ohrringen stand, mit dem Rücken halb zur Szene? Ihr besonderes Hexentalent besteht unter anderem darin, dass sie ein außergewöhnlich scharfes Sehvermögen besitzt und somit den Diebstahl aus zwanzig Metern Entfernung exakt beobachten konnte. Super Sache, Cam.«

Camryn zuckte zusammen. Sie konnte diese spöttische Masche überhaupt nicht ausstehen. Vor allem dann nicht, wenn Alex irgendwie Recht hatte. Sie verschränkte die Arme. »Was sollen wir denn deiner Meinung nach tun?«

»Nichts.«

»Nichts«, wiederholte Cam. »Genial und doch so dämlich!«

»Was gibt es denn daran nicht zu verstehen?«, fragte Alex herausfordernd und rückte näher an Cam heran. »Wir sind ...« Sie senkte ihre Stimme zu einem Flüstern. »Hexen. Keine Bullen. Wir haben den Diebstahl doch nur im Interesse des Mädchens verhindert. Sie wurde zu ihrer Tat gezwungen. Aber wahrscheinlich haben wir das Ganze für sie noch schlimmer gemacht.«

Cams Kopf schmerzte noch immer, Alex sei Dank. »Okay, na gut, wahrscheinlich hast du Recht. Ich ...«

Alex' Gesicht nahm einen besorgten Ausdruck an. »Was ist los? Du siehst schlecht aus.«

»Mir ist ein bisschen schwindelig. Geh ruhig schon vor, ich will noch in die Apotheke.«

»Soll ich mitkommen?«, bot Alex an.
Eigentlich nicht. Cam wollte nicht nur die Kopfschmerzen loswerden, sie wollte auch Alex loswerden. Ihr Doppel traf oft den Nagel auf den Kopf und das ärgerte Cam bisweilen.
Und sie konnte es im Moment nicht vertragen, dass sie quasi von ihrem eigenen Gesicht angestarrt wurde. Mit gesenktem Kopf eilte sie durch das Einkaufszentrum in Richtung Apotheke. Als sie um die nächste Ecke bog, warf sie einen Blick über die Schulter zurück, um sich zu versichern, dass Alex ihr nicht nachkam.
Keine gute Idee. Sie rasselte mit voller Wucht in einen kleinen Infostand …
»Moment mal! Hey … Vorsicht!«
… und prallte gegen den Jungen, der an dem Stand arbeitete.

Kapitel 2

HELFENDE HÄNDE

»Bewundernswerter Angriff!« Den Jungen hatte es umgeworfen, im Sinne des Wortes – aber er schien ihr nicht böse zu sein.

Cam, ebenfalls zu Fall gekommen, lief scharlachrot an und schaffte gerade noch ein schwaches: »Es tut mir leid! Ich weiß gar nicht, wie das passieren konnte.«

»Wunder geschehen«, scherzte er und erhob sich langsam vom Boden. Offenbar hatte er sich nicht verletzt. Doch als Cam nicht sofort reagierte, fügte er hinzu: »Sag mal, du Crashtest, alles in Ordnung?«

Sie schüttelte den Kopf und konzentrierte sich, sah dem Jungen, den sie umgerannt hatte, endlich in die Augen. Es waren kakaofarbene Augen, ein helles Milchschokolade-Braun. Seine zerzausten Haare hatten dieselbe Farbe.

Cams Handflächen wurden feucht. Ihr Herz schlug schneller und sie merkte, dass ihr Gesicht glühte – und aus irgendeinem seltsamen Grund bekam sie eine Gänsehaut im Nacken. Es fühlte sich nicht wie eine Vorahnung an, mehr wie eine mächtige Anziehungskraft, die der gut aussehende Typ auf sie ausübte. Auf einer Skala von eins zu Adonis war er – Cam musste innerlich über den Ausdruck lachen – einfach umwerfend.

Sie klopfte den Staub von ihren Klamotten. »Nur mein Stolz ist angeschlagen, danke der Nachfrage. Ist mir das alles peinlich!« Als der Junge seine Hand ausstreckte, dachte sie, dass er ihr hochhelfen wollte.

Falsch gedacht.

Stattdessen bückte er sich, um die Einkaufstasche aufzuheben, die Cam beim Zusammenprall fallen gelassen hatte. Erst als sie nebeneinanderstanden, bemerkte Cam, wie groß er war, sicherlich über eins achtzig. Wenn sie den Kopf nicht hob, war sie genau auf Augenhöhe mit einer Anstecknadel, die er an seinem Hemd befestigt hatte, eine Anstecknadel in der Form einer Hand. Darauf stand:

ICH BIN SHANE. FRAGEN SIE MICH NACH »HELFENDE HÄNDE«.

Er lachte, als er sah, dass sie die Aufschrift las. »Stimmt.«

»Äh … was?« Schon wieder so eine total coole Erwiderung, ärgerte Cam sich. Volle Punkte für Nervosität, keinen Punkt für Gelassenheit.

»Shane Wright. So heiße ich. Und du bist …«

»Cam.« Errötend ergänzte sie: »Camryn Barnes, meine ich.«

»Na dann, ›Camryn Barnes, meine ich‹«, zog er sie auf, »ich hatte zwar nicht damit gerechnet, dass du mich umpflügst, aber irgendwie bin ich ganz froh darüber.«

»Froh darüber?« Die Voraussetzungen waren vielleicht etwas ungewöhnlich, aber der Typ flirtete tatsächlich mit ihr.

»Klar … jetzt musst du mir deine volle Aufmerksamkeit schenken. Das bist du mir schuldig.«

Oder auch nicht.

Cam runzelte die Stirn. Der enorm niedliche Shane verkaufte irgendwas. Er hielt Cam wahrscheinlich nur für eine Kundin – und einen Trampel! Ihr Blick fiel auf den Infostand, an dem er arbeitete. Darauf stapelten sich Bücher und Flugblätter, alle mit demselben unverwechselbaren Logo.

»*Helfende Hände* ist eine ganz neue Organisation. Wir sammeln Geld für Kinder in Not«, erklärte der Junge sachlich – als hätte Cam ihn nicht soeben umgerannt.

»So wie UNICEF?«, fragte Cam, die noch immer versuchte, ihre Fassung wiederzuerlangen.

»Ähnlich, aber nicht ganz. Wir konzentrieren uns auf ein Projekt, das Sunshine House, eine Anlaufstelle für Kids, die misshandelt oder im Stich gelassen wurden oder die unterhalb der Armutsgrenze gelandet sind. Es gibt überraschend viele Kinder, auf die eines dieser Kriterien zutrifft.«

Cam musste an Alex denken. Ihre Zwillingsschwester hatte zweifellos in diese Statistik gepasst, mit dem Blech-Wohnwagen, der ihr Zuhause gewesen war, und ihrer sterbenskranken Mom, die gleichzeitig in zwei verschiedenen Mindestlohn-Jobs arbeitete. Wenn sie Alex doch nur damals schon gekannt hätte, dann hätte sie ihr sicher helfen können. Es war so ungerecht, dass man sie gleich nach ihrer Geburt voneinander getrennt hatte.

»Kinder in Not, was? Ist das was für dich? Brauchst du meine Hilfe?« Alex war ihr also doch nachgegangen. Und drängte sich jetzt zwischen Cam und Shane, na vielen Dank!

Kopfschütteln. Das war die normale Reaktion, wenn jemand Cam und Alex zum ersten Mal zusammen sah. Gefolgt von dem Versuch, irgendeine schlaue Bemerkung zu machen, wie zum Beispiel: Seid ihr Zwillinge?

Aber diesmal nicht. Alex' Anblick schien Shane nicht im Geringsten zu beeindrucken. Der Junge von *Helfende Hände* änderte nur seine Verkaufsstrategie. Mit einem knappen »Nehmt ein Flugblatt mit, oder auch zwei – und ruft an, wenn

ihr bei uns Mitglied werden wollt« wandte er seine Aufmerksamkeit einem anderen möglichen Freiwilligen zu.
Verärgert sagte Cam zu Alex: »Wovon redest du?«
Alex zuckte mit den Schultern und zeigte auf den Infostand. »Ich erinnere dich ständig daran, wie gut du es in deinem Leben gehabt hast, und vor lauter schlechtem Gewissen rennst du sofort zu einer Wohltätigkeitsorganisation. Bisschen billig, oder?«
Cam erwiderte den Angriff: »Knapp daneben ist auch vorbei, du Derrick-Verschnitt. Ich hatte kein schlechtes Gewissen und was das angeht …« Sie deutete auf den Infostand. »Ich hatte es so eilig, von dir wegzukommen, dass ich aus Versehen hier reingerasselt bin. Letzte Woche stand das noch nicht da.«
»Na, du musst es ja wissen, schließlich verbringst du jede freie Minute in diesem Shopping-Palast.« Ein Stück weiter den Gang hinauf entdeckte Alex ein vertrautes Gesicht. »Apropos: Ist das nicht deine zweite Einkaufshälfte da hinten?«
Beide kannten die Gestalt, die langsam auf sie zuschlenderte, in- und auswendig. Beth Fish, Cams bFaZ – beste Freundin aller Zeiten: groß und knochig, mit drahtigem bronzefarbenen Haar, das in alle Himmelsrichtungen abstand. Normalerweise trug Beth ein Lächeln auf ihrem freundlichen und sommersprossigen Gesicht.
Heute nicht.
Als sie die Zwillinge erreicht hatte, versuchte sie vergeblich, zu verbergen, was in ihr vorging. »Das ist ja eine Überraschung, Cam! Hattest du nicht gesagt, dass du den ganzen Tag Hausaufgaben machen musst?«
Zum zweiten Mal innerhalb von fünf Minuten steckte Cam in einer peinlichen Situation – so ein Mist. Beth hatte vorhin wirklich bei ihr angerufen, um sich mit ihr für einen Ein-

kaufsbummel zu verabreden. Doch zu diesem Zeitpunkt war Cam noch völlig mit ihrem Landeskunde-Projekt beschäftigt gewesen. Und sie war wirklich davon ausgegangen, dass sie noch den ganzen Rest des Tages daran sitzen müsste.

Dem war aber nicht so. Und als Dave, ihr Dad (na gut, Adoptiv-Dad halt), angeboten hatte, sie und Alex am Einkaufszentrum abzusetzen, waren sie auf seinen Vorschlag eingegangen. Dave hatte die Mädchen daran erinnert, dass Emily (ihre, na gut, Adoptiv-Mom) bald Geburtstag hatte, und er war sich sicher gewesen, dass Cam etwas für ihre Mom kaufen wollte.

Cam hatte einfach vergessen, dass Beth gerne mitgekommen wäre. Und jetzt war alles noch schlimmer geworden, mehr als ein bloßes Missverständnis. Da Alex bei ihr war, glaubte Beth bestimmt, dass Cam lieber nur mit ihrer Schwester zusammen sein wollte und Beth absichtlich ausgeschlossen hatte.

Cam war ihr eine Erklärung schuldig. »Es ging alles so schnell. Meine Mom hat bald Geburtstag, mein Dad musste noch ins Büro und hat uns mitgenommen …«

Offenbar glaubte Beth ihr kein Wort. »Die Ausreden kannst du dir sparen, Camryn. Ich hab einfach nicht mit dir gerechnet, weiter nichts. Außerdem: Wir kennen uns schon so lange, dass ich inzwischen sehr wohl weiß, wann deine Mom Geburtstag hat.«

Nichts, was Alex sagen konnte, würde die Situation irgendwie verbessern, aber sie versuchte es dennoch: »Ich war dabei. Genauso ist das abgelaufen.«

»Apropos abgelaufen«, wechselte Cam hektisch das Thema. »Du wirst es nicht glauben! Wir waren vorhin im Schmuckladen und haben einen Diebstahl mit angesehen.«

Beth machte große Augen. »Was? Wie das denn? Was habt ihr unternommen?«

Und was willst du ihr jetzt bitte schön erzählen? Alex' Gedanken schwirrten in Cams Kopf wie ein Papierflieger. *Die gleiche Geschichte, die du der Polizei mitteilen wolltest?*

Cam kicherte nervös und machte einen Rückzieher. »Ich meine, es sah so aus, als ob dieses Mädchen ... als ob diese Frau sie irgendwie dazu zwingen würde ... ein Armband zu klauen.«

Beth wusste, dass sie schon wieder ausgeschlossen wurde, und schüttelte beleidigt den Kopf. »Du bist ja ziemlich neben der Kappe. Wie immer in letzter Zeit.«

»Neben der Kappe« war stark untertrieben, so viel war Cam bewusst. Schon seit der Grundschule hatte sie Beth immer alles erzählen können. Und umgekehrt. Sie hatten sich vollkommen vertraut. »Freunde bis zuletzt« war ihr Motto gewesen, als sie noch klein waren, und zum Zeichen ihrer festen Verbundenheit hatten sie ihre kleinen Finger miteinander verschränkt. Nun, seit Alex' Ankunft in ihrem Leben, war alles anders. Es gab nicht viel, was Cam ihr über sich und ihre Zwillingsschwester, über ihre Vergangenheit erzählen durfte. Und so hatte ihre Freundschaft einen Riss bekommen. Und Cam wusste nicht, wie sie die Sache wieder kitten konnte.

Beth schon. Absichtlich kehrte sie den Zwillingen den Rücken zu und nahm sich einen Prospekt von dem Infostand, tat so, als sei dieses *Helfende-Hände*-Flugblatt wahnsinnig interessant. Wie erwartet zog sie so Shanes Aufmerksamkeit auf sich. »Hi!«, sagte er, »ob du wohl einen Moment Zeit für mich hättest?« Beth schenkte ihm ein schüchternes Lächeln. Und erklärte, dass sie jede Menge Zeit hätte. Und ihm nur allzu gern zuhören würde.

Cam stand daneben und kam sich albern vor. Sollte sie hierbleiben? Immerhin war sie zuerst über Shane gestolpert ...

Nicht, dass es nur um diesen gut aussehenden Typen gegangen wäre! Außerdem konnten sie jetzt doch den Rest des Nachmittags zu dritt verbringen. Sie machte einen Schritt auf Beth zu.

Doch Alex schnappte sich ihren Ellenbogen, zog sie zurück und sagte in Gedanken: *Beth will momentan lieber allein sein.*

Woher willst du das wissen? Lass mich raten – sie hat es gedacht!, entgegnete Cam.

»Ich musste nicht erst ihre Gedanken lesen, um zu erkennen, dass ihr Stolz verletzt ist«, erklärte Alex jetzt leise, während sie Cam zwang, mit ihr gemeinsam wegzugehen. »Du hast es nicht mit Absicht gemacht, aber du hast sie abblitzen lassen. Jetzt tut sie so, als hätte sie ohnehin was Besseres vor. Lass sie. Du kannst es ja morgen in der Schule wiedergutmachen. Außerdem hast du immer noch kein Geschenk für Emily.«

»*Wir* haben noch kein Geschenk«, betonte Camryn. Doch ansonsten gab es an dem, was Alex gesagt hatte, nichts zu verbessern. Treffer versenkt. Alex hatte Recht. Wieder einmal. Was Cams Laune auch nicht gerade hob. Und obwohl es Alex sehr reizte, Cam einfach grübeln zu lassen … Sie konnte es nicht. »Denk nicht mehr drüber nach«, riet sie. »Das ist nicht das erste Mal, dass ihr Schwierigkeiten miteinander habt, Beth und du. Vergeben und vergessen, darum geht's bei euch beiden immer wieder.«

Cam stieß einen Seufzer aus. »Wahrscheinlich. Es fühlt sich diesmal nur irgendwie anders an.«

»Wie denn?«

»Alex … wenn du ihre Gedanken angezapft hast und sich dort wirklich etwas verändert hat, dann würdest du mir das nicht verheimlichen, oder?«

Alex warf ihrer Zwillingsschwester einen seltsamen Blick zu.

»Hab ich doch gesagt. Ich konnte ihre Gedanken nicht hören. Und du weißt auch genau warum. Wir sollen unsere Fähigkeiten nämlich nicht dazu missbrauchen, jemanden zu belauschen …«

»Oder um irgendwelche Gerüchte aufzuschnappen oder auch nur einen Freund zu trösten. Dafür wurden uns die Kräfte nicht gegeben«, vollendete Cam den Satz. »Ich weiß.«

Während die Zwillinge durch das Einkaufszentrum schlenderten, ließ Alex sich ein bisschen erweichen. »Na gut, wahrscheinlich hast du Recht. Was hat Beth denn genau gesagt, als sie heute Nachmittag anrief?«

Cam spulte zurück. Beth hatte gesagt: »Ich will heute ins Einkaufszentrum. Kommst du mit?« Und als Cam ablehnte, hatte Beth dringlich hinzugefügt: »Bitte, Cam! Ich muss wirklich mal raus hier.«

Sie hatte Beth nicht nach dem Grund gefragt.

Kapitel 3

KRISE AUF COVENTRY ISLAND

In ihrem Seeblick-Bungalow auf Coventry Island sitzend, witterte die schöne junge Hexe Ileana einen Streit zwischen den Mädchen. Da sie vollkommen auf die beiden eingestellt war, konnte sie klar unterscheiden, ob es sich nur um eine kleine Verstimmung zwischen ihnen handelte – oder ob es ernsthaft Ärger gab. Schließlich kannte sie die Zwillinge inzwischen lange genug.

Vor fünfzehn Jahren war Ileana die Verantwortung für die Kinder übertragen worden, die gleich nach ihrer Geburt verwaist waren. Ihr Vater Aron war von seinem Bruder, dem bösen Hexer Thantos, brutal ermordet worden und ihre Mutter hatte die Kinder vor den Nachstellungen des Thantos schützen wollen und sie dem Zauberer Karsh und ihr, der Hexe Ileana, übergeben. Die Vereinte Ratsversammlung von Coventry Island hatte dann Ileana zum Vormund ernannt, in der Hoffnung, dass die eigensinnige junge Hexe so endlich etwas Verantwortungsgefühl entwickeln würde. Vielleicht war es kein Zufall, dass auch Ileana keine Eltern mehr hatte.

Doch damals war sie noch jung gewesen und ihr eigener Vormund, Lord Karsh, hatte sie unterstützt. Wem wollte sie hier eigentlich etwas vormachen? Ileana kaute an ihren Fingernägeln und wie unter Zwang flocht sie ihre langen, flachsblonden Haare in einen Zopf, löste ihn wieder, flocht ihn erneut … Boris, ihr orangegetigerter Kater, thronte auf seinem Stammplatz am Fenster des Bungalows und beobachtete sie misstrauisch. Ileana wusste, Lord Karsh hatte ganze Arbeit geleistet, hatte gewusst, dass man die Kinder voneinander trennen musste, wenn man sie vor dem schrecklichen Schicksal ihrer Eltern bewahren wollte, welches ihr elender Onkel Thantos für sie vorgesehen hatte.

Karsh hatte sichere Familien für die Mädchen gefunden, Beschützer, bei denen sie aufwachsen würden. Und in den darauffolgenden vierzehn Jahren hatte sich Ileana größtenteils um sich selbst gekümmert, während Karsh den Werdegang der Mädchen pflichtbewusst verfolgt und sie – von ihnen selbst unbemerkt – in ihrer Entwicklung unterstützt hatte. Niemand hatte je versucht, ihnen ein Leid zuzufügen, denn die Kräfte des Bösen hatten sie nicht einmal aufspüren können.

Bis zu jenem Tag, an dem sich die Zwillinge zum ersten Mal gegenüberstanden.

An jenem Tag waren sie zu Zielscheiben geworden. Der unbarmherzige Thantos würde nicht ruhen, bis er die Zwillinge in seiner Hand hatte.

Das war Ileanas Einsatz gewesen: Nunmehr musste sie die Mädchen nicht nur beschützen und vor drohender Gefahr bewahren, sondern sie auch in der richtigen Anwendung ihrer sich entfaltenden Begabungen unterweisen. Zunächst war Ileana dieser ihr zugeordneten Verantwortung ablehnend begegnet. Aber nachdem sie sich einmal an den Gedanken gewöhnt hatte, war sie vom Ehrgeiz gepackt. Sie wollte diesen Auftrag noch besser erfüllen als Karsh.

Und genau dieser Anspruch hatte zu der verfahrenen Situation geführt, in der sie sich jetzt befand.
Die junge Hexe steckte in ernsthaften Schwierigkeiten. Und sie war vollkommen verängstigt. Starr vor Schreck, vom Scheitel bis zu ihren rot lackierten Zehennägeln. Eine komplett neue Erfahrung für Ileana. Sie fand es entsetzlich.
Aber noch entsetzlicher fand sie die langsam in ihr aufsteigende Erkenntnis, dass ihre eigene trotzige Dickköpfigkeit die Ursache ihrer Situation war.
Ileana hatte nie dazu geneigt, an sich zu zweifeln. Doch diesmal hatte sie das ungute Gefühl, dass sie zu weit gegangen war. Dass ihr brennendes Bedürfnis, sich zu beweisen, anzugeben, die Beste und die Erste zu sein, Unheil hervorgebracht hatte. Möglicherweise so großes Unheil, dass es den Menschen zerstören würde, den sie auf dieser Welt am meisten liebte und brauchte.
Karsh war verschwunden. Der uralte Mächtige, ihr Vormund, Beschützer und Lehrmeister, der Mann, der ihr Vater und Mutter ersetzt hatte, das »Sicherheitsnetz«, das immer da war, ganz gleich, wie schrecklich sie sich wieder benommen hatte – verschwunden.
Man hatte ihn gekidnappt.
Ileana wusste nicht, wann genau das geschehen war. Wie hätte sie es auch wissen können, sie musste ja arbeiten! Nachdem sie die vorschnellen Zwillinge Apolla und Artemis – oder Camryn und Alexandra, wie man sie heutzutage nannte – aus der Klemme geholt hatte, in die sie sich zuletzt gebracht hatten, war sie wirklich in Zeitnot gewesen. Sie musste E-Mails
 an Brice Stanley schicken, den berühmten Filmstar, von dem sie inzwischen wusste, dass er ein Hexer war, sie musste sich um ihren prächtigen Kräutergarten kümmern, musste sich

intensiv mit den neuesten Lifestyle-Zeitschriften und -Katalogen beschäftigen, die sich während ihrer Abwesenheit zu einem regelrechten Berg aufgetürmt hatten, und außerdem musste sie vielleicht auch ein bisschen vor den anderen Hexen, die sie kannte, prahlen.

Während ihres letzten Abenteuers hatte sie sich das Recht zum Angeben wirklich verdient, schließlich hatte sie einen gesuchten Verbrecher vor die Ratsversammlung gebracht. Es gab keinen Grund, weshalb das nicht alle Hexen und Zauberer auf Coventry Island wissen sollten. Na schön, hatte sie gedacht, dann war sie halt ein bisschen mit sich selbst beschäftigt gewesen. Wen störte das? Und so war eine Woche vergangen, vielleicht auch zwei oder drei, bevor ihr aufgefallen war, dass sie Karsh noch gar nicht wieder gesehen hatte. Doch die Vorstellung, dass der angesehene und verehrte Lord Karsh, schlau, gebildet und genial – wenngleich das Alter ihn langsam und gebrechlich gemacht hatte – in Schwierigkeiten steckte, wäre ihr niemals in den sorgfältig frisierten Kopf gekommen.

Und dann erhielt sie die E-Mails.

Wir haben ihn, lautete die erste.

Wer seid ihr und wen habt ihr?, schrieb sie zurück, verärgert über diese unverständliche Nachricht, die mitten in ihren Chat mit Brice Stanley geplatzt war.

Ihr kennt die Antworten darauf, Ileana, kam als Erwiderung.

Sie wussten, wie sie hieß. Obwohl ihre E-Mail-Adresse keinerlei Teile ihres Namens enthielt! Sie löschte die Nachricht. Dann kam die nächste.

Er möchte Euch etwas mitteilen: Seinen herzlichen Glückwunsch zu der letzten Verwandlung. Aber aus irgendeinem Grund besteht er darauf, Euch mit »grummelige Göttin« an-

zureden. Im Gegensatz zu Euch wissen wir wirklich nicht warum.

Nur ein einziger Mensch war stolz auf ihre Verwandlungskünste. Derselbe Mensch nannte sie liebevoll »grummelige Göttin«. Karsh.

Verzweifelt hatte sie versucht, ihren Lehrmeister aufzuspüren. Er reagierte nicht auf ihre Telefonanrufe und auch nicht auf ihre telepathischen Botschaften. Sie war sogar durch den dichten Wald quer über die Insel zur Hütte des alten Mannes gewandert. Als sie diese leer anfand, hatte sie seine Freunde, Erleuchtete wie Lord Grivveniss, Lady Iolande, die Lords Persiphus und Gordian, aufgesucht und hatte sich unauffällig erkundigt, ob sie Karsh in letzter Zeit gesehen hätten. Nichts. Da sie keine Panik auslösen wollte, hatte sie nur heiter verkündet: »Dann ist er sicher noch auf dem Festland. Ich werde ihn dort antreffen.«

Bei ihrer Rückkehr erwartete sie eine weitere E-Mail:

Seine Hände sind gefesselt und seine Beine liegen in Ketten. Er kann sich nicht einmal mit einem Zauberspruch befreien, denn gegen unsere Macht kommt er nicht an. Nur Ihr könnt ihm helfen, tapfere und gebieterische Ileana!

Wütend hatte sie auf die Tastatur eingehackt: *Was wollt ihr von mir?*

Unverzüglich kam die Antwort: *Kommt und holt ihn. Wenn Ihr es wagt!*

Na gut, ich spiele mit, hatte sie mutig erwidert. *Wo versteckt ihr ihn?*

Das kann die geniale Ileana doch sicherlich alleine herausfinden. PS: Beeilt Euch.

Und der Nachtrag: *Er macht's nicht mehr lange.*

Die Vorstellung, dass ihr geliebter Vormund Schmerzen litt,

versetzte Ileana in Panik. Karsh war ein Meister der Kunst – und dennoch war nicht einmal er seinen Entführern gewachsen. Es stand kein Name unter den Botschaften, doch sie ahnte, wer dahintersteckte.
Lord Thantos, dieser brutale Mörder – ihr Erzfeind –, und zweifellos sein Bote, der widerwärtige Fredo.
Letzterem war es wahrscheinlich zu verdanken, dass sie nun so in der Klemme saß.
Sie ging in ihrem mit üppigen Teppichen ausgelegten Bungalow auf und ab und versuchte angstrengt, einen Zusammenhang zwischen der Entführung und ihren letzten Erlebnissen zu erkennen.
Vor wenigen Wochen erst hatte Fredo im Auftrag Thantos' versucht, Apolla und Artemis zu schnappen. Sie war ihnen zu Hilfe geeilt, hatte Fredo an seinem schmuddeligen Nacken gepackt und ihn zurück nach Coventry Island befördert.
»Ich bin eine bemerkenswerte Göttin«, hatte sie Karsh gegenüber geprahlt. »Selbst Lady Rhianna, die Vorsitzende des Rates, war beeindruckt. Ich habe Fredo direkt vor ihrer Haustür abgesetzt. Der Rat versucht schon seit Jahren, ihn zu erwischen – Beihilfe zu irgendwas.«
Karsh hatte gefragt: »Hat Lady Rhianna Euch die Einzelheiten seines früheren Verbrechens erklärt?«
Überheblich hatte Ileana erwidert: »Als hätte ich danach gefragt! Ich war so froh, dieses faulige Paket endlich loszuwerden, dass ich die beiden einfach dort miteinander stehen ließ …«
Ping! Da war es geschehen. Sie hatte Fredo mit einer einzigen Erleuchteten zurückgelassen. Und damit das Gesetz gebrochen. »Ein Verdächtiger darf niemals mit weniger als drei Erleuchteten, die ihn bewachen, allein gelassen werden.« Sie

hätte warten sollen, bis Lady Kartoffel (wie Ileana sie wegen ihrer Leibesfülle nannte) zwei weitere zu sich gerufen hatte.
Stattdessen war Ileana ungeduldig auf den Schwingen der Selbstgefälligkeit davongeflattert.
Und Fredo war Lady Rhianna entkommen.
Nun hatten der feige Hexer und sein Drahtzieher den guten Karsh in ihre Gewalt gebracht.
Die Falle war aufgestellt. Sie wussten, dass Ileana versuchen würde, ihren geliebten Lehrmeister zu retten. Sie wussten, dass sie allein kommen würde, da sie zu stolz war, um Hilfe zu erbitten. Sie gingen davon aus, dass sie über ihre eigene Eitelkeit stolpern und ihr Bemühen fehlschlagen würde.
Karsh und Ileana wären dann aus dem Weg.
Und würden ihnen nicht mehr in die Quere kommen, wenn sie die Zwillinge schnappen wollten.
Sie waren sich wirklich sicher, dass Ileana kommen würde. Die einzige Frage war nur: Wie schnell?

Kapitel 4

DIE VERTRETUNG

»Ich glaub's ja nicht: Mills hat gerade noch eine einzige Trainingsstunde auf den Plan gesetzt. Und diese neue Regel! Unentschuldigt beim Training gefehlt und man ist raus aus dem Team! Das erscheint mir ja doch ein klein wenig übertrieben.« Cam versuchte krampfhaft Beths Aufmerksamkeit zu erregen und mit ihr ins Gespräch zu kommen. Etwa indem sie den Eindruck zu erwecken suchte, dass sie sich über die neue harte Linie des Fußballtrainers aufregte – aber nicht einmal sie selbst fand sich besonders überzeugend.

Letzte Stunde, Landeskunde. Es hatte schon vor ein paar Minuten geklingelt, aber die Lehrerin war noch nicht erschienen und die gesamte zehnte Klasse nutzte die günstige Gelegenheit für ein Quassel-Gelage. Cam drehte sich zu Beth um, die genau hinter ihr saß. Den ganzen Tag über hatte sie versucht, sich wieder mit ihr zu versöhnen. Den ganzen Tag über hatte die kraushaarige Brünette sich dagegen gesperrt und Cam die kalte Schulter gezeigt. Na ja. Cam war fest davon überzeugt, dass Beth langsam mürbe wurde.

Eine Ansicht, die sich bestätigte, als Beth ihr einen zusammengefalteten Zettel zusteckte. »Nicht jetzt lesen«, sagten Beths Lippen unhörbar und sie deutete auf die anderen Schüler.

Cam nahm den Zettel, steckte ihn in ein Buch, verstaute beides in ihrem Rucksack und plapperte weiter: »Wahrscheinlich denkt der Trainer, dass wir's nötig hätten. In diesem Jahr haben wir ja auch wirklich noch nicht besonders viele Spiele gewonnen.«

Brianna Waxman, zierlich und aufmerksam, saß neben Beth. Sie warf ihre ach-so-blond gesträhnten Haare zurück und mischte sich in die Unterhaltung ein. »Besser gesagt: Vielleicht versucht der Trainer ja nur zu verhindern, dass sich die Katastrophe vom letzten Jahr wiederholt.«

Autsch. Klar, dass Bree SCHON WIEDER darauf anspielen musste, dass Cam im letzten Jahr die Meisterschaft in den Sand gesetzt hatte.

Dieser Angriff ließ Cams beste Freundin Beth nun doch nicht kalt. Sie wandte sich an Bree. »Bis auf dieses letzte Spiel waren die Meteors in der letzten Saison echt unschlagbar. Das hatten wir Cam zu verdanken. So viel dazu.«

Aber Bree konnte Beth natürlich nicht das letzte Wort lassen. Sie zuckte mit ihren spitzen Schultern und sagte: »Krieg das jetzt nicht in den falschen Hals, aber wir könnten schon noch eine gute Spielerin gebrauchen. Wie wär's denn mit Alex? Kannst du die wirklich nicht überreden?«

Cam schüttelte den Kopf und antwortete rasch. »Keine Chance. Mein wiederentdeckter Klon bleibt lieber für sich. Sie hat's nicht so mit Gruppen.«

In diesem Augenblick öffnete sich die Klassenzimmertür.

»Apropos«, bemerkte Beth. »Es sieht ganz so aus, als wenn es die vorgesehene Lehrerin heute leider nicht so mit dem Unterricht hat.«

Bree blickte auf und gluckste: »Achtung: Vertretung!«

Noch bevor Cam Gelegenheit hatte, sich umzudrehen und

den neuen Lehrer in Augenschein zu nehmen, hörte sie, wie eine Frauenstimme rief: »Kommt langsam mal zur Ruhe, Leute! Wenn ihr mir bitte eure Aufmerksamkeit schenken würdet?«

Cam fühlte sich, als wäre sie aus Wackelpudding.

Sie brauchte sich gar nicht mehr umzudrehen, ebenso wenig, wie sie Alex' superscharfes Gehör brauchte. Cam erkannte die kratzige Stimme.

Das konnte doch nicht wahr sein!

Langsam wandte sie sich zur Tafel. Und blickte direkt in die Augen einer Frau, mit der sie im Leben nicht gerechnet hätte.

Die Ladendiebin?!

Ihre Haare waren nunmehr schwarz gefärbt und zu einem Knoten zusammengesteckt. Doch ihre Augen, die sich genau in diesem Augenblick auf sie richteten, und vor allem dieser dunkle Insektenblick – er verriet sie auf Anhieb.

Die Frau hatte sich gut in der Gewalt, sie zeigte keinerlei Anzeichen von Überraschung und wandte sich an die Klasse: »Ms Jameson konnte aus persönlichen Gründen leider nicht kommen. Möglicherweise wird es mehrere Wochen dauern, bis sie wieder unterrichtet. Mein Name ist Cecilia Webb und ich werde bis auf Weiteres die Leitung dieses Kurses übernehmen.«

Cam stockte der Atem. Millionen von Fragen schwirrten durch ihr Hirn. Die Frau war eine Diebin! Sie konnte doch keine Lehrerin sein … oder? Wir hätten die Polizei holen sollen! Spioniert sie mir nach? Und die lauteste Frage von allen war: *Alex! Wo steckst du, wenn ich dich brauche?*

Alex hatte diesen Kurs nicht belegt. Sie war gerade im Sportunterricht.

Cam war sich nicht sicher, ob sie es allein durch die restlichen fünfundvierzig Minuten der Stunde schaffen würde. Verzweifelt versuchte sie, eine telepathische Verbindung zu Alex aufzubauen. Doch ihre Zwillingsschwester war zu weit weg. Sie waren beide noch nicht in der Lage, das auf größere Entfernung hinzukriegen. Cam musste in ihre Nähe kommen. Sofort. Ihre Hand schnellte in die Höhe.

Ms Webb warf ihr einen vernichtenden Blick zu. »Haben Sie eine Frage, Miss … wie war doch gleich der Name?«

»Dürfte ich wohl mal kurz raus? Ich … hab etwas in meinem Schließfach vergessen«, stammelte Cam.

»Ich fragte nach Ihrem Namen.«

Errötend erwiderte sie: »Camryn Barnes. Bitte. Ich … es ist … ein Buch, das ich für den Unterricht brauche.«

»Abgelehnt.« Und mit einem Tonfall, der perfekt zu ihrem vernichtenden Blick passte, fügte Ms Webb hinzu: »Camryn Barnes.«

Beth stieß einen leisen schockierten Pfiff aus.

Verblüfft flüsterte Bree: »Krass.«

Ohne Umschweife begann Cecilia Webb mit dem Unterricht. Sie erklärte, dass sie den Stoff weiter durchgehen würde, den Ms Jameson mit dem Kurs angefangen hatte, und dass sie keine Schüler duldete, die Vertretungsunterricht als Freibrief für Faulheit betrachteten.

Ms Jameson hatte gerade mit dem Thema »Präsidenten, Premierminister und Menschen in Machtpositionen« begonnen und ihre Vertreterin vertiefte sich sofort in den Stoff, rief einzelne Schüler auf, um zu sehen, ob sie vorbereitet waren. Cam hatte ihre Hausaufgaben zwar erledigt – aber so wie sie herumstotterte, als Ms Webb sie aufrief, war das kaum zu merken.

»Und welcher Präsident war der erste US-Außenminister?«

Diese Frage galt Cam. Sie wusste genau, dass es …? Der Name würde ihr schon noch einfallen … Es war … äh, nein, nicht Madeleine Albright. Äh …
»Thomas Jefferson.« Das war richtig, nur dass es leider Beth war, die geantwortet hatte. Ms Webb runzelte die Stirn und Beth fügte hastig hinzu: »Oh, war das Cams Frage? Tut mir leid, ich dachte, Sie meinten mich.«
Ms Webb betrachtete Beth misstrauisch. »Danke, Miss …«
»Fish«, erwiderte Beth mit einem strahlenden Lächeln. »Und bitte entschuldigen Sie. Ich werde mich in Zukunft besser in Acht nehmen und nur noch Fragen beantworten, die direkt an mich gerichtet sind.«
Bree flüsterte: »Hast du dich genug angebiedert?«
Doch die Webb kaufte Beth die Ausrede ab. Sie erwiderte das Lächeln der sommersprossigen Schülerin. »So etwas kommt vor. Und eine richtige Antwort verdient natürlich immer Lob. Nun denn, eine zweite Frage für Miss Barnes.«
Erleichtert über Beths Rettungsaktion antwortete Cam ohne Umschweife: »Robert, der Justizminister« – auf die Frage: »Wer aus der Familie Kennedy wurde ebenso wie sein berühmter Bruder John F. ermordet?«
Als Cam nicht mehr dran war, schaltete sie für den Rest der Stunde ab. Alex und sie hatten niemanden zu Hause davon erzählt, dass sie einen Ladendiebstahl verhindert hatten – weder ihrem Bruder Dylan noch Dave oder Emily. Sie hatten sich nicht einmal miteinander darüber unterhalten. Gestern Abend schien es nicht so, als gäbe es noch viel zu dem Thema zu sagen.
Falsch.

War es denn wirklich nur ein Zufall, dass die Frau, die sie beim Klauen erwischt hatten, sich jetzt in eine Vertretungslehrerin verwandelt hatte? Cam brauchte Alex. Unbedingt. Doch sie zu treffen würde in den nächsten Stunden unmöglich sein.

Da sie nicht gerade ein Fan der Marble-Bay-Highschool war, machte sich Alex gewöhnlich sofort aus dem Staub, wenn die letzte Stunde vorbei war. Wahrscheinlich war sie schon fast zu Hause – oder wo auch immer sie heute noch hinwollte –, überlegte Cam, während sie ihre Bücher in ihrem Schließfach verstaute, um sich dann auf den Weg zum Fußballtraining zu machen. Trotz ihres Aussetzers im letzten Jahr war Cam noch immer die größte Hoffnung des Teams.

Cam und ihre Freundinnen Bree und Beth waren schon halb im Losgehen, als Ms Webb aus der offenen Klassenzimmertür rief: »Könnten Sie wohl noch einen Augenblick dableiben, Miss Fish?« Zum ersten Mal an diesem Tag war ihr Tonfall offen und freundlich. Und sie fügte hinzu: »Es wird auch nicht lange dauern. Und sie werden Ihre Freundinnen sicher noch einholen.«

Tu's nicht!, hätte Cam gern geschrien. Beinah hätte sie nach Beths Ellenbogen gegriffen, um sie aufzuhalten. Doch Beth kam ihr zuvor: »Geht schon mal, Leute«, sagte sie, »wir treffen uns dann auf dem Platz.«

Cam war völlig durcheinander. Die Webb wollte Beth offensichtlich ausquetschen, um an Infos über sie, Cam, heranzukommen. Und ganz sicher wollte sie herausfinden, ob Cam sie wohl wiedererkannt hatte. Und ob Beth etwas über den Ladendiebstahl wusste.

Das Training lief nicht gut. Cam spielte miserabel. Statt sich zu konzentrieren, schaute sie ständig auf die Uhr. Wo blieb das Mädchen nur? Wie lange wollte die Webb Beth eigentlich noch festhalten?

Eine halbe Stunde. Genauer gesagt waren es vierunddreißig Minuten. So viel später kam Beth zum Training und Trainer Mill bemerkte es natürlich auch – andererseits war ein Gespräch mit dem Lehrkörper eine unanfechtbare Entschuldigung.

Endlich ergab sich nach dem Training in der Umkleidekabine eine Situation, in der Cam allein mit ihrer Freundin war. Sie versuchte sich ihre Besorgnis nicht anmerken zu lassen, als sie fragte: »Was wollte die denn vorhin von dir? Die war doch wohl nicht sauer auf dich?«

Beth runzelte die Stirn. »Quatsch. Sie versucht nur, einen Überblick zu kriegen. Es ist schon nicht so leicht, mitten im Halbjahr einen Kurs zu übernehmen.«

»Hat sie mich erwähnt?«, fragte Cam nervös.

»Nein«, erwiderte Beth kühl.

»Du warst ja ziemlich lange bei ihr.«

Beth wurde langsam wütend und zuckte mit den Schultern. »Wir haben uns eben unterhalten. Ich hab nicht auf die Zeit geachtet.«

»Worüber habt ihr denn gesprochen – wenn nicht über ihre Arbeit oder über die Schüler?«

»Es war ganz spannend. Ms Webb hat mir erzählt, wie gern sie unterrichtet und dass es ihr Spaß macht, Kids dabei zu helfen, ihre Fähigkeiten zu entwickeln«, berichtete Beth ernsthaft. »Dann hat sie noch erwähnt, dass sie zusätzlich ehrenamtlich tätig ist, weil sie über die Schule hinaus noch etwas Gutes tun will.«

Da kannst du Gift drauf nehmen, dachte Cam, die von ihrem Gefühl tiefen Unbehagens geradezu überflutet wurde.

Sie versuchte, ihrer Stimme einen ungezwungenen Tonfall zu verleihen, als sie nervös nachfragte: »Du hast dich aber nicht irgendwie freiwillig verpflichtet, ihr ehrenamtlich zu helfen oder so was?«
»Doch«, sagte Beth.

Kapitel 5

ABGESCHALTET

Alex saß im Schneidersitz neben Dylan auf dem Fußboden in seinem Zimmer.

Der Lautstärke-Regler am Verstärker war auf »ohrenbetäubend« eingestellt. Kein Wunder, dass Dylan es nicht hörte, als Cam zur Haustür hereinstürmte und laut nach Alex rief. Das hätte kein normaler Mensch vermocht. Nur Alex. Doch sie reagierte absichtlich nicht darauf.

Alex war nicht sauer auf ihre Schwester. Sie wollte nur nicht, dass Dylan Wind von ihrem außergewöhnlich guten Gehör bekam.

Nur weil Dylan kein Hexer war, machte ihn das noch lange nicht zum Trottel: Er würde es schon noch früh genug herausfinden. Es war echt schwer, ihre Fähigkeiten und die ihrer Schwester vor dem Rest der Welt geheim zu halten – sie vor ihrem Bruder zu verstecken war wirklich eine Herausforderung. Außerdem amüsierte Alex sich gerade ganz gut. Also musste ihre Schwester, der brüllende Fußballstar, einfach ein bisschen warten …

Alex war gern mit Dylan zusammen, denn er teilte etwas mit
ihr. Der Junge war musikbesessen wie sie, und die letzten Stunden hatte er damit verbracht, begeistert auf der brand-

und funkelnagelneuen Gitarre zu spielen, die ihm seine Eltern, Dave und Emily, spendiert hatten.
»Hör dir das an!«, rief er ein ums andere Mal, während er mit geschlossenen Augen seine Finger über die sechs Saiten laufen ließ und sich zum Klang der Musik verrenkte. »Oh Mann, und das erst ... Moment noch!«
»Cool!«, erwiderte Alex jedes Mal, sang mit und erfand dann und wann eine neue Strophe.
So gern Dylan auf seinem Instrument spielte, so gern dichtete und komponierte Alex – und seit ein paar Tagen besaß auch sie eine Gitarre. Ein teures Stück, das sie jetzt in ihren Händen hielt und auf dem sie Dylan ab und zu begleitete. Alex hatte noch niemals ein so wertvolles Instrument besessen. Die schäbigen Teile aus dritter und vierter Hand, die sie in Montana gehabt hatte, konnte man kaum noch als Gitarren bezeichnen und nie im Leben hätte man ihnen Klänge entlocken können wie diesem Instrument, das nun ihr gehörte.
Alex hatte ihre Musikbegeisterung vor der Barnes-Familie geheim gehalten. Sie hatte ihnen nichts davon erzählt, wie wichtig Musik für sie war, aber Dylan hatte es trotzdem irgendwie bemerkt.
Jedoch wusste er natürlich nichts von den Erinnerungen, die Musik auch in Alex wachrief. Sie würde dabei immer an ihre Mom denken.
Sara.
Sie hatten oft miteinander gesungen, damals, als es ihrer Mutter noch gut ging, vor ihrer schweren Erkrankung. Von dem Tag an aber, als klar wurde, dass Sarah dem Tode nahe war,

hatte Alex keine Gitarre mehr angefasst und nicht einmal mehr besonders viel Musik gehört. Und das war schon lange her.

Doch nun, nachdem Dylan ihr vor Tagen das Geschenk gemacht hatte, eine Taylor-Gitarre aus gemasertem Ahorn, brach ihre Liebe zur Musik wieder voll auf. Nur einen Augenblick hatte sie sich gefragt, ob sie das Instrument annehmen konnte. Dann war ihr klar, sie konnte es unmöglich nicht annehmen! Was würde Dylan denn schon groß damit anfangen, hatte sie überlegt, während sie ihre Finger nicht von dem auserlesenen, hell glänzenden Instrument losreißen konnte. Er würde es wahrscheinlich unbenutzt in der Ecke stehen lassen.

Außerdem war das Angebot von einem Jungen gekommen, den sie völlig problemlos als »Familie« akzeptieren konnte. Komisch.

Dylan war Emilys und Daves eigenes Kind. Cam war mit ihm zusammen aufgewachsen und es war Alex sofort klar gewesen, dass es zwischen Cam und Dylan deshalb eine besondere Verbindung gab. Und zu Anfang war Alex in dieser Gleichung einfach eine Schwester zu viel.

Doch dann war etwas Seltsames geschehen: Alex hatte sich irgendwie mit Dylan angefreundet. Und nun war es Cam, die sich manchmal zur Seite gedrängt fühlte …

Alex hörte, wie Cam die Treppe heraufstürmte und sie »erfühlte« die Eifersucht in ihrer Schwester, als sie ins Zimmer stürzte und mit einer raschen und entschlossenen Bewegung den Stecker aus dem Verstärker zog. Die plötzliche Stille ließ den Raum wie leer erscheinen.

»Hey! Was zum … was sollte das denn?«, rief Dylan schockiert.

Cam stützte ihre Hände in die Hüften und erwiderte außer Atem: »Ich muss mit Alex reden. Sie weiß das. Sie hat bestimmt gehört, dass ich gerufen habe. Aber aus irgendeinem

Grund hat sie es vorgezogen, nicht darauf zu reagieren. Und irgendwie musste ich mich ihr ja bemerkbar machen.«

Immerhin hab ich den Verstärker nicht in die Luft gejagt, fügte Cam im Stillen hinzu. *Kein Funkenregen, Alex, obwohl ich's gekonnt hätte!* Ihre Fähigkeit, Gegenstände in Flammen aufgehen zu lassen, war Cams Lieblingslaster.

Jetzt kühl dich mal wieder ab, Feuermädchen, erwiderte Alex. *Was auch immer du mir zu erzählen hast … Lohnt es sich, deswegen so einen Terror zu veranstalten?*

Dylan schien verwirrt zu sein. »Mann, woher hätte sie das denn wissen sollen? Wir haben dich beide echt nicht gehört. Und es hätte ja gereicht, wenn du die Lautstärke runtergestellt hättest, statt wie ein wild gewordener Pavian hier reinzuplatzen. Bleib cool!«

»Cool?« Cam knirschte mit den Zähnen. Wenn ihre Körpertemperatur noch weiter sank, dann würden demnächst eisige Stacheln aus ihren Rippen wachsen. »Mir ist gerade nicht so nach Kühle, Bruderherz. Wenn du also nichts dagegen hast, dann würde ich Alex jetzt gerne mal für einen Moment entführen.«

Alex fand das alles ziemlich erheiternd. Cam versuchte nicht einmal, ihre Eifersucht zu verbergen. Völlig untypisch für dieses Mädchen, das seine Gefühle sonst gern im Zaum hielt – Cam hatte offensichtlich total die Beherrschung verloren. Prinzessin Barnes war so daran gewöhnt, ihren Kopf durchzusetzen, wann immer sie wollte, dass sie völlig abdrehte, wenn mal etwas schieflief.

Dieser Gedanke tat Alex jedoch sofort leid. Offenbar hatte Cam etwas Ernstes auf dem Herzen. Sie erhob sich. »Wir machen später weiter, okay?«

Eigentlich hatte sie vorgehabt, sich schnell aus dem Zimmer

zu verdrücken und sich um Cam zu kümmern, doch genau in diesem Augenblick ließ irgendetwas Alex wie angewurzelt stehen bleiben. Nur ein Hauch davon zog in ihre Nasenlöcher und ihr wurde übel. Jemand hatte in diesem Zimmer geraucht.

Cam schloss die Tür ihres gemeinsamen Schlafzimmers hinter sich und redete sofort drauflos: »Ich wollt's dir vorhin schon erzählen – Ladendiebstahl! Vertretungsstunde! Gleiche Frau!«

Alex verstand auf Anhieb. Sie ließ sich auf ihr Bett plumpsen. »Und jetzt bereust du wieder, dass wir nicht die Polizei gerufen haben?«

Genauso war es. Cam ging unruhig auf und ab.

»Wir müssen sie anzeigen!«

Alex schüttelte energisch den Kopf und erklärte, dass dies kaum etwas bringen würde. Es ist nichts gestohlen worden – sie selbst hatten die Ware wieder an ihren Platz zurückbefördert. Was also sollten sie einem Beamten der Polizei melden – einen versuchten Diebstahl? Das würde die gerade interessieren.

Gedankenverloren zwirbelte Cam die Kette ihres Sonnen-Anhängers um ihren Finger. »Ich kann ein Geständnis von ihr erzwingen!«

»Ach ja?«, bemerkte Alex müde. »Wie das denn?«

»Ich kann sie doch anstarren … Du weißt schon, sie verwirren.«

»Du meinst, mit deinen Laserstrahl-Augen? Ihr Feuer unterm Hintern machen? Mitten während des Unterrichts? Oder planst du, die ganze Angelegenheit in der Aula zu veranstalten? Hey, mir fällt da was ein – du machst eine Art Theaterstück draus! Das wird sicher ein voller Erfolg!«

Die spöttischen Worte sollten Cam eigentlich zeigen, dass sie ein bisschen überreagierte, doch im Gegenteil: Cam wurde immer verzweifelter. »Was gibt es denn daran nicht zu verstehen? Die Webb ist echt Abschaum – eine miese Diebin, die Kinder dazu bringt, diese Drecksarbeit für sie zu machen. Wer weiß, wozu sie noch alles fähig ist?«

»Übersiehst du bei all dem nicht irgendwas?«, bemerkte Alex. »Wir haben etwas gegen sie in der Hand – nicht umgekehrt. Sie ist diejenige, die hier durchdrehen müsste. Die Webb hat keine Ahnung, warum wir sie nicht angezeigt haben. Und sie weiß auch nicht, ob wir es nicht vielleicht doch noch tun.«

»Wenn sie vorgehabt hätte, sich aus dem Staub zu machen«, sagte Cam aufgebracht, »dann wäre sie in dem Augenblick zur Tür raus, in dem die Stunde vorbei war. Stattdessen hat sie sich aber mit Beth angefreundet. Das Ekel hat sich hier eingenistet. Und sie wird mir das Leben zur Hölle machen!«

Alex seufzte. »Da müssen wir wohl einfach warten.«

»Worauf denn?«

»Dass die Webb Mist baut und uns irgendeinen Anlass liefert, um sie zu verpfeifen. In der Zwischenzeit behältst du sie im Auge – und lässt das Flammenwerfen. Und ich halt die Ohren auf …«

»In der Zwischenzeit … Du bist ja lustig«, widersprach Cam. »Sie hat Beth in irgendwas verstrickt.«

»Und? Glaubst du, dass Beth jetzt anfängt, im Schmuckladen Armbänder zu klauen?«

»Ich muss Beth sagen, dass sie der Webb nicht trauen soll, sie nicht zu nah an sich rankommen lassen darf.« Cam schnappte sich das schnurlose Telefon und tippte Beths Nummer.

Alex schloss die Augen und konzentrierte sich mit all ihrer Kraft auf das Telefon. Sie stellte sich vor, wie der Hörer aus Cams Hand schnellte. Beinah im gleichen Augenblick flog das Gerät fast bis an die Decke – Alex machte einen Schritt darauf zu und fing es auf.

»Was sollte das denn?«, wollte Cam wissen.

»Ich erfülle nur meine Pflicht als treue Schwester und sage … *Keine gute Idee, Cam!* Deine bFaZ wird deine Anweisungen wohl kaum so überzeugend finden.«

»Mag sein. Und jetzt gib mir das Telefon wieder, sonst hexe ich hier mal ein bisschen rum – und ich kann dir versprechen, dass die Lage dann brenzlig für dich wird!« Drohend betrachtete sie den rosafarbenen Hörer.

»Schon gut. Da.« Alex reichte Cam das Telefon. »Aber ich hab dich gewarnt.«

Alex' Worte hatten Cam nicht im Geringsten auf Beths Reaktion vorbereitet.

Auf Cams dringliches »Hör mal, ich muss dir was Wichtiges erzählen« erwiderte Beth hastig: »Cami? Ich bin so froh, dass du anrufst. Ich muss … Hast du meine Nachricht gelesen?«

»Nachricht? Was denn für eine Nachricht?« Cam hörte gar nicht richtig zu. Doch dann erinnerte sie sich. Beth hatte ihr in Landeskunde einen Zettel gegeben und sie gebeten, ihn erst später zu lesen. Sie hatte es vollkommen vergessen.

Beth stieß einen tiefen Seufzer aus. »Na gut, dann nicht. Aber ich muss wirklich mit dir reden …«

Cam schnitt ihr das Wort ab. »Moment! Es geht um etwas total Dringendes.«

Beth gab nicht nach. »Selber Moment. Bei mir auch. Cam … bist du allein? Ich meine, ist Alex da? Kann sie uns hören?«

»Ja, aber das ist okay. Alex weiß, weshalb ich dich anrufe.«

Beth senkte ihre Stimme zu einem Flüstern. »Hör mir zu, Cami. Könntest du mich noch mal von deinem Handy aus anrufen? Wenn du allein bist? Ich muss dir …«

Entnervt platzte Cam dazwischen: »Du kannst nicht ehrenamtlich für die Webb arbeiten.«

Beth war verdattert. »Was? Wovon redest du eigentlich?« Dann schaltete sie um. »Warum denn nicht?«

»Du musst mir einfach glauben. Sag ihr, dass du dich anders entschieden hast.«

»Ist das wieder so eine Psycho-Power-Sache?«, fragte Beth misstrauisch.

»Ja. Ich meine, nein. Es … es ist nur … du musst …«, stotterte Cam.

»Weißt du was, Cam? Gönn der Psycho-Power mal einen Moment Pause und nenn mir einen Grund. Einen richtigen Grund, der auch jemandem einleuchtet, der nicht deine Zwillingsschwester ist und nicht unter Ahnungen leidet. Ein normaler Grund für einen normalen Menschen. So wie mich.«

Alex, die alles mit angehört hatte, kicherte. *Und was willst du ihr jetzt sagen? Oder bist du einfach davon ausgegangen, dass sie dir blind gehorchen würde?*

Cam warf ihrer Schwester einen wütenden Blick zu. Dann sagte sie das Erste in den Hörer, was ihr einfiel: »Es verschlingt einfach zu viel Zeit. Du fehlst dann zu oft beim Fußballtraining.«

»Und das findest du so ungeheuer wichtig? Dass ich vielleicht beim Fußball fehle?«

»Vielleicht werfen sie dich aus dem Team«, sagte Cam trotzig.

»Na gut – jetzt hör du mir mal zu«, erwiderte Beth. »Erstens: Wird nicht passieren. Und zweitens: Und wenn doch? Was, wenn es etwas gibt, das ich für wichtiger halte als Fußball?«

»Ich brauche dich doch da.« Cam war klar, dass sie sich stur verhielt. Und jämmerlich.

Beth kicherte tatsächlich. »Aha! Es geht also nur um dich? Merk dir mal Folgendes, Camryn. Es dreht sich nicht alles um dich. Jedenfalls nicht immer.«

Cam starrte auf den Telefonhörer, aus dem plötzlich kein Laut mehr kam.

Verwirrt und verletzt schnauzte sie Alex an. »Wag es ja nicht ›Hab ich doch gleich gesagt‹ zu denken. Verbrenn dir nicht die Zunge!«

Alex verließ das Zimmer.

Cam saß auf ihrem Bett, das Telefon noch immer in der Hand, und versuchte nachzudenken. Sie schloss die Augen. Ein Bild stieg in ihr auf: Ein weiser alter Mann mit schlohweißem Haar und einem traurigen Lächeln. »Ich werde hier sein, wenn du mich brauchst«, hatte er ihr versichert.

Und dann erschien ein weiteres Bild: eine wunderschöne, blonde Frau mit den gleichen metallisch grauen Augen, die auch sie und Alex hatten. »Nenn mich Göttin«, hatte sie befohlen.

Karsh und Ileana. Der Mächtige und die eitle, aber kühne Hexe, deren Auftrag es war, sie, die Zwillingsschwestern, zu beschützen. Ihnen in Zeiten der Gefahr zur Seite zu stehen.

Doch keines der Mädchen hatte einen der beiden in den letzten Wochen zu Gesicht bekommen oder von ihnen gehört. Was hatte das zu bedeuten? Dass sie nur erschienen, wenn der bösartige Thantos in der Nähe war, und nicht, wenn womöglich die Gefahr in Gestalt einer spinnenartigen Lehrerin auftauchte? Vielleicht gab es ja auch keine echte Gefahr. – Aber warum verspürte sie dann mit jeder Faser ihres Körpers das Gegenteil?

Kapitel 6

ANPASSUNG

Das Abendessen war inzwischen zu einem Ritus geworden. Zumindest für Emily.

»Abendessen ist Familienzeit«, hatte Cams und Dylans zierliche – und für Alex' Begriffe unnatürlich muntere – Mom behauptet. Alle mussten gemeinsam essen, jeden Abend um die gleiche Zeit. Kein Fernseher durfte laufen, man durfte nicht bei Tisch lesen und natürlich auf gar keinen Fall ans Telefon gehen.

Kasernendrill.

Und das Schlimmste war, dass es sich um eine völlig neue Regelung handelte. Bevor Alex aufgekreuzt war, hatte sich das Kleeblatt locker am Küchentisch zum Quasseln und Mampfen versammelt. Jetzt aßen sie im offiziellen Esszimmer, saßen steif an einem viel zu großen Tisch, auf Stühlen, deren Polsterbezüge auf die Farbe der Gardinen abgestimmt waren.

»Seit wir zu fünft sind, passen wir einfach nicht mehr in die Küche«, hatte Emily mehrfach verkündet – sodass Alex sich nun auch in dieser Situation vorkam wie das fünfte Rad am Wagen.

»Warum sagst du nicht einfach, was du wirklich denkst?«, hatte Alex sie einige Wochen nach ihrer Ankunft streitlustig herausgefordert und war ganz nah an Emily herangerückt. »Dass ich nicht dazupasse!«

Emily hatte mit den Tränen gekämpft, was nur bewies, dass Alex Recht hatte. Emely Barnes konnte sagen, was sie wollte, im Grunde genommen wollte sie Alex nicht hierhaben. Alexandra Fielding hatte ihr früheres, geordnetes Leben vollkommen durcheinandergebracht.

Na gut, ein Teil von Alex wusste, dass sie sich nicht fair verhielt – sie konnte Saras sanft scheltende Stimme hören: »Gib ihr ein bisschen Zeit, Süße, für sie ist es auch schwer.« Doch alle anderen hatten ihr schnell einen Platz in ihren Leben und irgendwie auch in ihren Herzen eingeräumt. Warum konnte Emily das nicht auch? Einem anderen Teil von Alex war das völlig egal. Sie hatte eine Mutter gehabt, bei der sie aufgewachsen war – Emily Barnes passte nicht in das Gleichgewicht ihres Lebens.

Der heutige Abend versprach besonders verkrampft zu werden, da sie sich noch immer nicht mit Cam versöhnt hatte. Alex fand, Cam sollte sich einfach wieder ein bisschen beruhigen und abwarten, wie sich die Dinge entwickelten.

»Also«, erklärte Emily und strich sich die Ponyfransen aus der Stirn, »das Experiment des heutigen Abends ist …« Sie machte eine theatralische Pause. »Huhn Kiew.«

»Ein Traum wird wahr!«, sagte Dave und blinzelte Cam zu.

Zu Emilys neu eingeführten Regeln gehörte auch, dass sie jeden Abend etwas kochte – und zwar etwas Aufwendiges. Was sollte das?, fragte sich Alex. Dachte sie, dass alles wieder so werden würde, wie es einmal war, wenn sie sich in einen Chefkoch verwandelte? Alles unter Kontrolle kriegte?

Leider fehlten Emily Barnes für derart hausfrauliche Tätigkeiten Zeit, Talent und Begeisterung. Alle am Tisch sahen das.

Und nun nahm sie mit hoffnungsvollem Gesichtsausdruck den Deckel von der Ofenform aus Steingut. Cam lächelte ermutigend. »Das hast du doch letzte Woche schon einmal gemacht, Mom. Es war … äh … echt gut.«
»Das stimmt, leider«, gestand Emily, »doch ich hatte es heute Morgen ziemlich eilig und vielleicht ist das Huhn nicht lange genug aufgetaut, vielleicht ist es noch nicht ganz durch …«
Cams Vater versuchte sich an einem Witz: »Na ja, die paar Salmonellen, damit werden wir schon fertig. Es schmeckt bestimmt fantastisch.« Er schnappte sich ein Messer und schnitt eine Scheibe ab. Sie war leuchtend rosa.
»Und so darf ich vielleicht dem Huhn meine Stimme leihen und sagen …« Dylan machte eine dramatische Pause und schrie dann: »Aua!«
Emily fand das nicht komisch, vor allem, weil Dylan noch hinzufügte: »Weißt du, Mom, es gibt schon noch einen Unterschied zwischen roh und lebend.« Dann flatterte er rhythmisch mit den Ellenbogen und grinste.
Alex brach in Gelächter aus. Nicht aufgrund von Dylans Vorstellung, sondern weil sie Cams Gedanken gehört hatte: *Vielleicht wäre dies der passende Moment, um Vegetarierin zu werden.*
Emily glaubte, dass Alex sich über sie lustig machte. »Es wäre wirklich nett, wenn du ihn nicht auch noch bestärken würdest«, sagte sie verkniffen. »Ich tue nur mein Bestes.«
Dave versuchte, seine eigene Belustigung zu ersticken. »Wenn es dir zu roh ist, Dylan, dann nimm es doch mit in die Küche und … nun ja … bring ihm bessere Manieren bei.« Mit diesen Worten nahm er sich eine Portion Huhn, Salat, Bohnen und Kartoffeln.
»Und? Wie war es in der Schule?«, wechselte Dave das

Thema, offenbar fest entschlossen, seine Frau zu unterstützen und den Unterhaltung-beim-Abendessen-Plan mit durchzuziehen.

Als er nur ein dreistimmiges »Ganz okay« erntete, lachte er leise. »Na schön, ich ziehe die Frage zurück – zu allgemein.« Er wandte sich an Cam. »Wie war's beim Fußballtraining?«

»Nicht so toll«, gestand Cam zwischen zwei Happen Salat – in der Hoffnung, dass ihre Mom nicht bemerken würde, dass sie sich vor dem Huhn drückte. »Ich konnte mich nicht konzentrieren.«

Besorgt blickte ihre Mutter auf. »Alles in Ordnung?«

Eigentlich nicht. Cam seufzte. Aber das vollkommene Vertrauen zwischen ihr und ihrer Mutter war leider der Ankunft von Alex zum Opfer gefallen, auch konnte sie nicht viel mehr darüber sagen, denn im Gegensatz zu Dave wusste Emily kaum etwas über all das, was Alex und sie einte, außer ihrer gemeinsamen Herkunft. Vielleicht aber konnte sie ihrer Mom ja zumindest teilweise erzählen, was passiert war. »Wir hatten eine Vertretung in Landeskunde.«

Emily warf ihr einen fragenden Blick zu. »Und du magst sie nicht? Hat dich das während des Trainings daran gehindert, richtig bei der Sache zu sein?«

Cams Augen wanderten zu Alex hinüber. Emily bemerkte das natürlich. Bevor sie Gelegenheit hatte, alles falsch zu verstehen und sie zu beschuldigen, Cam vielleicht abgelenkt zu haben, erklärte Alex: »Beth ist nicht zum Training aufgetaucht. Cam glaubt, dass sie sauer auf sie ist.«

Cam funkelte Alex an. *Das hat mir gerade noch gefehlt. Dass du meiner Mutter erklärst, was mit mir los ist! Du warst doch gar nicht dabei!* Gereizt widersprach Cam: »Beth kam nur zu spät und ich glaube nicht, dass sie sauer auf mich ist.«

Du bist ja ziemlich empfindlich, Sonnen-Schwesterchen. Ich wollte dir nur aus der Klemme helfen, in die du dich gerade bringen wolltest. Oder hattest du vor, einen Zusammenhang zwischen Ms Webb und dem Fußballtraining herzustellen?

Ich hab es nicht nötig, mir von dir …

Emily wandte sich jetzt Alex zu. »Weißt du, genau darüber hab ich neulich nachgedacht. Du und Cam, ihr seid euch körperlich so ähnlich und Fußball ist doch wirklich ein toller Sport und ich würde wetten, dass du da sehr gut drin wärst. Warum gehst du nicht mal zum Eignungstest? Noch wär Zeit, die Mannschaft ist noch nicht aufgestellt.«

Alex, die hoffte, dass Emily bemerken würde, dass sie ihr Huhn schon halb aufgegessen hatte, säbelte lautstark auf dem Teller herum und sagte beiläufig: »Fußball ist nicht so mein Sport.«

Emily stocherte weiter. »Was machst du denn gerne?«

Alex schwieg. *Tja*, dachte sie, *bei uns zu Hause standen alle total auf Kricket. Und Rudern. Und natürlich Tennis, ich hatte einen Schläger aus Titan.*

Cam unterbrach ihre Gedanken: *Jetzt hör schon auf!*

Sie kann mich doch gar nicht hören, erwiderte Alex und fuhr sich mit der Hand durch ihre mit blauen Strähnen durchzogenen, abgesäbelten Haare. Hörbar sagte sie: »Mannschaftssportarten liegen mir nicht so.«

Emily gab nicht nach. »Dann vielleicht irgendetwas anderes? Schülerzeitung, Buchklub, Theater-AG? Alles was auf freiwilliger Basis stattfindet, macht sich später gut, wenn du dich fürs College bewirbst.«

 »Wer sagt denn, dass ich aufs College will?«

Emily biss die Zähne zusammen und noch bevor sie Zeit hatte zu antworten, wechselte Dave erneut das Thema. »Übrigens –

Alex, ich bin mehr oder weniger mit dem ganzen Papierkram fertig, und wenn alles gut geht, kriegen wir demnächst das offizielle Sorgerecht für dich.«

Alex versteifte sich. Sie stand nicht zur Adoption frei. Darauf würde sie sich niemals einlassen. Aber sie war noch minderjährig und jemand musste die Vormundschaft für sie übernehmen. Alex hatte also keine große Wahl. Sie konnte jedoch wählen, nicht darüber zu sprechen – und so hielt sie es auch.

Vorsichtig fragte Emily: »Und was passiert jetzt?«

»Wir werden noch vom Jugendamt begutachtet. Reine Routine. Sie schicken eine Sozialarbeiterin, die beurteilen soll, ob wir der Elternrolle gewachsen sind und all so was.«

Dylan stieß Alex mit dem Ellenbogen an. »Hach, dann wirst du ja unser richtiges Pflegekind. Vielleicht sollten wir dich dann Alex die Waise nennen. Oder Harry Potter. Wir könnten für dich einen Schrank unter der Treppe bauen ...«

Cam brach in Lachen aus und bemerkte erleichtert, dass sich das Gesicht ihrer Schwester langsam zu einem Grinsen verzog. Alex schubste Dylan. »Wenn ich Harry Potter bin, dann musst du wohl der fette Dudley sein. Vielleicht sollte ich dich von jetzt ab auch so nennen.«

»Trau dich nur! Dann nehme ich dir die Gitarre wieder weg, die ich dir geschenkt habe«, scherzte er und wandte sich aufgeregt seinen Eltern zu. »Ihr solltet mal hören, wie wir zusammen spielen. Heute Nachmittag hat das ganze Haus gewackelt!«

Emily runzelte die Stirn. »Heute Nachmittag? Hattest du heute nicht Basketballtraining?«

Dylan ließ sich mit seiner Antwort Zeit und kaute sorgfältig.

»Ach ja, das wollte ich euch sowieso erzählen. Ich bin raus aus der Mannschaft.«

»Wie bitte?« Emily war bestürzt.
»Hey, Mom, krieg dich wieder ein. Raus aus dem Team, nicht raus aus dem Knast.«
Diese Bemerkung weckte Daves Zorn. »Sprich nicht so mit deiner Mutter!«
Emily versuchte sich zusammenzureißen, aber es gelang ihr nicht, also fragte sie unvermittelt: »Bist du rausgeschmissen worden? Ich meine, man hätte uns doch gesagt, wenn …«
Alex bereitete sich innerlich auf die Schuldzuweisungswelle vor, die Emily bestimmt gleich in ihre Richtung schicken würde.
Dylan zuckte mit den Schultern. »Sie haben mich nicht rausgeschmissen. Ich bin gegangen.«
Nun war es sein Vater, der verblüfft reagierte. »Aber warum? Und warum hast du uns nichts davon erzählt?«
»Es gab nichts zu erzählen. Basketball ist einfach nicht mehr mein Ding.«
»Dein Ding?« Emilys Stimme schoss um eine ganze Oktave in die Höhe. »Was ist denn so dein Ding?«
»Weiß auch nicht. Vielleicht Musik«, erwiderte Dylan trotzig. »Muss ich denn jetzt schon mein ganzes Leben verplanen?«
Emily warf Alex einen wütenden Blick zu.
»Wenn du glaubst, dass ich damit etwas zu tun hatte …«, setzte Alex an, doch Emily schnitt ihr das Wort ab.
»Du hast keine Ahnung, was ich glaube«, fuhr sie Alex an. »Sicherlich hast du viele Begabungen, Alex, aber ich möchte bezweifeln, dass Gedankenlesen auch dazugehört.«
Cam wappnete sich gegen den Satz, den Alex gleich auf sie abfeuern würde …
Ach ja, Tantchen Emily? Was weißt du denn schon?
… Und schleuderte ihrem Zwilling zu: *Halt die Klappe!*

Dave blickte seinem Sohn in die Augen. »Nun, ich bin jedenfalls sehr enttäuscht, dass du eine Entscheidung getroffen hast, ohne vorher mit uns auch nur darüber gesprochen zu haben. So kenne ich dich gar nicht.«
Cams Brüderchen kippelte mit seinem Stuhl. »Ihr macht alle viel zu viel Wirbel um die ganze Sache. Dann bin ich eben nicht mehr im Team. Na und?«
In dem Versuch, Frieden zu stiften, warf sein Vater schnell ein: »Weißt du was? Wir reden später darüber. Bitte jetzt Tisch abräumen und Geschirr spülen, alle drei.«
Das Telefon klingelte und Emily sprang entgegen ihren eigenen Regeln vom Tisch auf. Dave verkündete: »Ich bin in meinem Arbeitszimmer, ich muss noch ein paar Dinge erledigen. Und falls es irgendjemanden interessiert: Mein Tag war auch nicht so toll.«
Alex machte ein langes Gesicht. Dave hatte Stunden mit dem Papierkram für die Vormundschaft verbracht, für die Regelung ihrer Verhältnisse, und sie hackte auf Emily herum. War er deswegen so schlecht gelaunt?
Dave spürte ihr Unbehagen und erklärte: »Es hat nichts mit dir zu tun, Alex. Ein neuer Fall, sehr entmutigend.«
»Der gleiche, für den du am letzten Sonntag ins Büro musstest?«, fragte Cam.
Er nickte. »Es hat eine ganze Serie von Ladendiebstählen gegeben, größtenteils waren es Kids. Sieht aus, als steckte da Methode hinter.«
Gleichzeitig wiederholten Cam und Alex: »Ladendiebstähle?«
Dave erläuterte: »Perfekt geplant. Zwei von ihnen, meist eine ältere Frau und ein junges Mädchen, gehen in ein Juweliergeschäft. Sie bitten die Verkäuferin, ihnen ein Schmuckstück zu zeigen. Die Frau lenkt die Verkäuferin ab und …«

»Das Mädchen ersetzt das Teil durch eine raffinierte Fälschung?«, führte Cam den Satz zu Ende, während sie von einer tiefen Mutlosigkeit erfasst wurde.

»Wie hast du das … erraten?«, wollte Dave fragen, doch er sprach den Satz nicht aus. Cams Eingebungen oder »Ahnungen« wurden ihm langsam vertraut. »Auf jeden Fall«, fuhr er fort, »wurde ein Mädchen neulich geschnappt und ich bin sein Anwalt.«

»Und die Frau, die mit dabei war, wird die auch von jemandem vertreten?«, erkundigte sich Cam, doch sie kannte die Antwort bereits. Nämlich:

»Sie ist entkommen.«

»Und das Mädchen weigert sich, der Polizei zu sagen, um wen es sich handelt«, riet Alex.

»Wieder richtig.«

»Dad?« Cam hielt einen Moment inne. »Darfst du uns den Namen des Mädchens sagen?«

Kapitel 7

DIE EISIGE BETH

Cam war in höchster Alarmbereitschaft. Mehr denn je wurde sie das Gefühl nicht los, dass man Ms Webb zur Rechenschaft ziehen musste. Dass Ms Webb aus ihrem Leben verschwinden musste – und aus Beths Leben.

Alex hatte kein derartiges Gefühl. Besser gesagt: Alex bestand darauf, dass sie die Nerven behalten mussten. Darauf warten mussten, dass die Webb einen Fehler machte. Und bis dahin Beth im Auge behalten.

Das war Cam nicht ausreichend und sie hielt Alex mit ihrem Auf- und Abgelaufe und ihren Sorgen die halbe Nacht lang wach. Cam, normalerweise so vernünftig, wiederholte immer wieder, dass sie Dave von dem Ladendiebstahl erzählen mussten, den sie verhindert hatten. Alex war gezwungen, ständig ihr »Keine-gute-Idee-Band« abzuspulen. Obwohl Dave ihre Herkunft kannte, erinnerte Alex ihre Schwester, hatte er von ihren genauen Fähigkeiten keine Ahnung. »Je weniger er weiß, desto sicherer ist das für ihn. Wenn Karsh wollte, dass er mehr weiß, dann hätte er es ihm schon erzählt.«

Da war es wieder. Karsh. Die Informationen, die der weise, alte Hexer ihnen gegeben hatte – oder auch nicht gegeben hatte. Langsam überschatteten die verbliebenen Fragezeichen in ihrem Leben alles andere, was wichtig für sie war. Cam verspürte das brennende Bedürfnis, aus diesen Schatten in die helle, mitunter grausame Sonne der Wahrheit hinauszutreten, was Alex' Neigung, ihren Weg einfach in den Schatten zu suchen, völlig widersprach.

»Alex«, sagte Cam schließlich, kurz davor aufzugeben, »leg wenigstens deine Kette um, okay? Ich fühle mich dann sicherer. Tu mir den Gefallen.«

Karsh hatte Alex eine Kette mit einem Halbmond-Amulett gegeben und später erklärt, dass ihr wirklicher Vater, Aron, das Schmuckstück gefertigt hatte. Der Anhänger bildete zusammen mit Cams Halbsonnen-Amulett einen vollkommenen Kreis.

Als die Zwillinge ihre Ketten zum allerersten Mal gemeinsam getragen hatten, war etwas Magisches geschehen. Zwischen Sonne und Mond war so etwas wie eine superstarke Magnetkraft entstanden, mit aller Macht wollten die Symbole sich miteinander verbinden!

Und als Sonnen- und Mond-Amulett einen Kreis formten, hatten die Schwestern eine Stimme vernommen ... Die leise und beruhigende, die weit entfernte Stimme eines Mannes. Gefolgt von einer weiteren, melodisch und zärtlich. Hatten Miranda und Aron gesprochen, ihre wirklichen Eltern? Die Zwillinge wussten es nicht ... noch nicht.

»Cam! Alex!«, rief Dave am nächsten Morgen, als sie vor der Schule hielten. »Es ist Zeit aufzuwachen! Euer Nickerchen auf der Rückbank sieht zwar sehr entzückend aus, aber ihr könntet langsam mal ausgeschlafen sein. Wir sind da.«

Erschöpft blickte Cam auf. Offenbar war ihr Kopf auf Alex'

Schulter gesackt, als sie während der kurzen Fahrt zur Schule eingeschlafen war. Sie gähnte und tastete nach ihrem Rucksack. »Gracias! Nett, dass du uns mitgenommen hast. Wir wären so was von zu spät gekommen, wenn wir zu Fuß gegangen wären.« Cam beugte sich vor und gab Dave einen Kuss auf die Backe.

Alex rieb sich die Augen und wischte die Spinnweben aus ihrem Hirn. »Wir können doch nicht riskieren, dass nachher auf Cams ansonsten vollkommenem Zeugnis steht, dass sie in diesem Halbjahr einmal verspätet war.«

Cam schüttelte den Kopf. »Apropos vollkommen: Dein Kajal ist verschmiert. Das passiert in der Regel, wenn man sich die Augen reibt … Kosmetikkunde für Fortgeschrittene.«

Alex grinste. »Merci, Bobbi Brown. Ist aber Absicht. Ich finde, es gibt mir etwas Mystisches.«

Na, wenigstens trug Alex ihre Kette, dachte Cam erleichtert, als sie aus dem Auto kletterte. Sie war sich zwar nicht so sicher, wie mächtig die Amulette eigentlich waren, aber auf jeden Fall fühlte sie sich stärker …

Nur schade, dass Cams Fähigkeiten nicht ausreichten, um Beth wieder versöhnlich zu stimmen.

Während des ganzen Morgens wechselte die Freundin kaum ein Wort mit ihr. Dafür aber mit so ziemlich allen anderen vom Sixpack, wie die Gruppe der sechs Mädchen von allen genannt wurde. Während des Biounterrichtes erzählte sie der hyperintelligenten Sukari einen Witz, den Cam nicht verstand (»Also: Gleitet eine Amöbe in die Bar …«) Als sie Spanisch hatten, tauschte sie Zettelchen mit dem Sixpack-Mitglied Kristen Hsu aus. In Mathe hörte Cam, wie Beth mit Bree tuschelte. Beim Sport spielte sie den Volleyball allen aus ihrer Mannschaft zu – außer Cam.

Während des Englischunterrichts schickte ihr Cam einen Es-tut-mir-leid-Zettel herüber, doch Beth machte sich nicht einmal die Mühe, ihn zu lesen. Schlagartig fiel Cam ein, dass sie ja auch Beths Nachricht noch immer nicht gelesen hatte. Sie wollte gerade in ihrem Rucksack danach fahnden, als sie aufgerufen wurde.

Auch während des Mittagessens taute Beth nicht auf. Cam war ein bisschen verspätet in die Cafeteria gekommen. Sie hatte unterwegs noch Alex gefunden und versucht, sie davon zu überzeugen, dass sie A) sich doch bitte neu schminken sollte (»Reicht es denn nicht mit der Revolte?«) und B) ihr Mittagessen gemeinsam mit dem Sixpack einnehmen sollte (»Alle möchten gern, dass du dich zu uns setzt«). Sie war mit beiden Anliegen gescheitert. Alexandra die Störrische bestand darauf, ihren mystischen Look beizubehalten und draußen mit Dylans – wie immer in Fetzen gekleideter – Clique belegte Brote zu essen, statt sich unter Cams »fröhlich-farbenfrohe Freundinnen« zu mischen.

Als Cam also in der Cafeteria erschien, saßen die meisten ihrer Freundinnen schon beim Essen. Beth hatte sich – absichtlich? – zwischen Brianna und die rothaarige Amanda Carter platziert. Cam setzte sich ihnen gegenüber, neben Kristen. Sie war wild entschlossen, mit Beth zu reden, doch ihre bFaZ stürzte sich gerade in eine angeregte Unterhaltung mit Amanda.

»Wir können doch alle mitmachen«, sagte Beth und nahm einen Riesenbiss von ihrem Thunfisch-Sandwich. »Ms Webb arbeitet da ehrenamtlich mit. Sie bringt mir heute nach der Schule noch ein paar Informationsblätter.«

»Wobei können wir mitmachen?«, fragte Bree zwischen zwei Minihäppchen Salat und einem Schluck Diätcola.
»*Helfende Hände*«, erwiderte Amanda. »Beth hat mir gerade davon erzählt. So eine Organisation, die eine Anlaufstelle für misshandelte und verlassene Kinder gegründet hat.«
Helfende Hände? Da hatte Beth sich verpflichtet? Diese Wohltätigkeitssache aus dem Einkaufszentrum? Wo dieser gut aussehende Typ mitmachte – Shane? Und da hing auch die Webb mit drin? Cam verging der Appetit.
Geschmeidig glitt Sukari auf die Bank und in die Unterhaltung. »Was müsste man denn da alles so machen? Auf die Kids aufpassen? Ihnen was vorlesen oder so?«
»Nee.« Beth schüttelte den Kopf und wischte ein bisschen Majonäse aus ihrem Mundwinkel. »Für so etwas haben die fest angestellte Leute. Wir hätten die Aufgabe, Gelder aufzutreiben, damit der Laden weiterhin existieren kann. Moment, ich kann's euch vorlesen.« Sie zog ein Flugblatt aus ihrem Rucksack – so eines, wie Cam auf dem Infostand im Einkaufszentrum gesehen hatte. »Da wir der festen Überzeugung sind, dass jedes Kind dieser Welt das Recht auf ein behütetes, stabiles und sicheres Umfeld hat, bemüht sich *Helfende Hände*, die Lebensqualität von gefährdeten Kindern zu verbessern. Wenn nur einem einzigen Kind geholfen werden kann, hat sich die Mühe gelohnt.« Sie reichte das Papier an Amanda und Bree. Fotos von Kindern mit traurigen Gesichtern, die Stofftiere umklammerten, starrten ihnen entgegen.
Sofort stiegen Amanda die Tränen in die Augen. »Die armen Kleinen. Ich bin dabei.«
Sukari streckte die Hand nach dem Flugblatt aus und las den Text noch einmal. »Wie sollt ihr das Geld denn auftreiben?«, fragte sie.

»Genau das will uns Ms Webb heute Nachmittag erzählen«, erklärte Beth. »Sie wird uns einige Tipps geben.«

Cam konnte sich nicht beherrschen. »Pass bloß auf, dass du dich da nicht in irgendwas …«, sie hob die Stimme, »reinziehen lässt.« *Irgendwas Illegales,* hätte sie am liebsten geschrien, doch sie konnte sich gerade noch zurückhalten.

Beths braune Augen funkelten, als sie sich Cam zuwandte. »Was hast du denn eigentlich für ein Problem mit der ganzen Sache? Schon gut, die Antwort kannst du dir schenken. Wir wissen ja ohnehin alle, dass du nicht mitmachst.« Beths eisiger Tonfall überraschte die anderen.

»Warum denn nicht? Magst du keine Kinder, Cam?«, wollte Sukari wissen.

»Weil ihre Psycho-Power was dagegen hat«, murmelte Beth.

Cam setzte gerade zu einer Erklärung an, als sie aus den Augenwinkeln etwas bemerkte. Durch eine Seitentür betrat eine Lehrerin die Cafeteria. Und zwar eine Lehrerin, die einen langen schwarzen Trenchcoat, dazu passende Hosen und dunkle Stiefel mit Pfennigabsätzen trug. Ms Webb.

Cams Haut kribbelte und ihr Magen verkrampfte sich. Sie betrachtete die Webb, wie sie durch den Raum schritt, direkt auf die Schulleiterin Ms Hammond zu, die heute Mittag Aufsicht führte.

»Wie sieht es denn mit dir aus, Bree?«, neckte Beth sie. »Sicherlich versteckt sich doch unter deiner makellosen Oberfläche das Herz eines wahren Menschenfreundes. Machst du mit?«

Bree zog ihre Stupsnase kraus. »Man muss also nicht unbedingt direkt was mit den Kids zu tun haben? Nicht mit ihnen spielen oder so was? Das wäre mir denn doch zu …«, sie suchte nach dem passenden Wort, »viel.«

Beth lachte. »Keine Panik. Es geht nur darum, die Anlaufstelle zu finanzieren.«

»Na schön. Sag mir einfach, auf welches Konto ich überweisen soll.« Bree meinte es ernst.

»Jetzt kommt schon, Leute«, wandte sich Amanda an die Mädchen, »hier geht es darum, kleine Kinder zu retten. Habt ihr denn kein Herz?«, fragte sie, die ihr eigenes auf der Zunge trug.

Kristen schüttelte den Kopf. »Ich würde ja gerne, aber ich hab echt keine Zeit. Bree und ich haben uns heute Morgen bereit erklärt, die Dekorationen für den Schulball zu übernehmen. Außerdem noch Training … ich bin völlig ausgebucht.«

Der Ball, der in zwei Wochen in der Turnhalle stattfinden sollte, wurde von der Eltern-Lehrer-Vereinigung finanziert und war in jedem Jahr das große gesellschaftliche Ereignis. Dieses Jahr stand er unter dem Motto »Winter-Wunderland«.

»Wir müssen die Turnhalle irgendwie so verwandeln, dass dort richtig Partystimmung aufkommen kann«, erklärte Kris. »Ziemliche Herausforderung.«

»Apropos«, sagte Bree und wandte sich ihr zu. »Wie hast du denn auf Craig reagiert? Geht ihr tatsächlich zusammen hin?«

Kris nickte lächelnd. »Ja. Und du? Hast du dich schon entschieden?«

»Jon, Tanner und noch Marco, dieser verlockend schöne Typ aus der Elf, stehen momentan in der engeren Wahl. Letzterer ist in der Theater-AG und angeblich ein richtig guter Schauspieler«, erläuterte Bree.

Sukaris ausgeprägter Freundinnen-Beschützerinstinkt erwachte. »Pass bloß auf, Ms Brianna – hinterher interessiert er sich gar nicht richtig für dich, sondern will nur an deinen Dad rankommen.«

Brees Vater war ein sehr erfolgreicher Filmproduzent in Hollywood. Und Bree sorgte dafür, dass es die ganze Schule wusste. Außer ihren engsten Freundinnen wusste jedoch niemand, dass sie seit der Scheidung ihrer Eltern vor zehn Jahren kaum noch Kontakt zu ihm hatte. Jetzt schnaubte sie ihr Als-ob-ich-das-nicht-merken-würde!-Schnauben und wechselte das Thema. »Du kommst doch auch zum Ball, Beth, oder? Ich meine, bloß weil du den Menschenfreund in dir entdeckt hast, muss das doch noch lange nicht bedeuten, dass du keinen Spaß mehr haben darfst. Du kennst doch das Sprichwort: Man muss die Feste feiern, wie sie fallen!«

»Ich komme auf jeden Fall!« Beth machte eine Pause und seufzte theatralisch. »Ich hab nur bislang keine Begleitung …«

»Brauchst du auch nicht«, unterbrach Sukari sie fröhlich. »Das ist doch kein Paarungsritual – es gibt viele, die allein gehen. So steigen auch die Chancen, dass man da jemanden kennenlernt.«

Irgendjemand tippte Cam leicht auf die Schulter und sie wirbelte herum, als habe man sie geschlagen. Sie rechnete fest mit dem bösen Blick der Webb. Oder noch Schlimmerem.

Entsprechend hatte Jason Weissman, der schlaksige Oberstufentyp, der so in Cam verknallt war, keine Ahnung, was ihr Gesichtsausdruck wohl zu bedeuten hatte: von Panik zu Erleichterung in einer Nanosekunde. Er lächelte schüchtern. »Tut mir leid, ich wollte dich nicht erschrecken.«

Cam hörte das Kichern ihrer Freundinnen, als sie stammelte: »Ha-hast du doch gar nicht. Ich meine … schon, aber …«

»Äh, ich wollte fragen, ob ich mal kurz mit dir reden kann?«

Jason verlagerte sein Gewicht von einem Bein auf das andere und betrachtete sie hoffnungsvoll.

»Klar.« Cam warf ihrer Clique einen Jetzt-hört-schon-auf!-

Blick zu und folgte dem gut aussehenden Jungen durch den Raum.

Sie fand ihn total nett. Sportlich, klug und attraktiv – und trotzdem war Jason kein Angeber oder Frauenheld. Er war einfach ein netter Typ und das fand er auch selbst total in Ordnung. Cam war sich nur nicht sicher, ob sie ihn nur wegen seiner guten Eigenschaften mochte oder ob sie ihn richtig mochte.

Jason ging hinüber zum Getränkeautomaten in der Ecke und blieb dann stehen. Unsicher steckte er die Hände in die Taschen seiner Jeans. »Also … ich sehe, ich meine … was ist los, Cam? Du bist, na ja, irgendwie nervös? Ich meine, wenn du drüber reden willst, dann …«

Cam war mit einem Mal schüchtern – das passierte ihr sonst nie! – und betrachtete den Fußboden. »Ach, es ist nur wegen Landeskunde«, hörte sie ihre eigene Stimme.

»Wegen der Schule? Du? Das kann ich mir zwar nur schwer vorstellen, aber wenn du jemanden brauchst, der dir Nachhilfe gibt …«

»Es geht nicht um den Unterricht. Gestern haben wir so eine teuflische Vertretungslehrerin gekriegt.«

»Na, das Gute an teuflischen Vertretungslehrerinnen ist doch, dass sie auch wieder verschwinden.«

»Diese nicht. Die ist vorläufiges Inventar. Außerdem …«, Cam blickte in Jasons große dunkelbraune Augen, »… hab ich da so ein Gefühl, dass du eigentlich über was ganz anderes reden wolltest.«

»Du und deine Ahnungen. Recht hast du. Es geht um den Ball. Gehst du hin?«

Cam beschloss, es ihm leicht zu machen. »Soll das eine Einladung sein? Denn in dem Fall lautet die Antwort Ja.«

Erleichterung flutete über Jasons kantiges Gesicht. »Hervorragend! Dann sehen wir uns da, ich meine, ich hole dich natürlich ab … Was rede ich denn für einen Müll? Wir sehen uns bestimmt vorher noch mal!«

Cam kicherte. »Bestimmt. Bis dann.« Sie schlenderte wieder zu ihren Freundinnen hinüber und konnte ein Lächeln nicht unterdrücken.

Für Bree ein gefundenes Fressen. »Wetten, dass ich weiß, wieso unser Camilein so strahlt? Das Alphamädchen schlägt wieder zu und wird vom Mann ihrer Träume zum Ball eingeladen.«

Errötend widersprach Cam: »Quatsch! Wir sind nur Freunde. Er ist einfach …«

Doch alle fünf Mitglieder ihrer Clique – einschließlich Beth, wie sie erleichtert bemerkte – verbrachten den Rest der Mittagspause damit, sie freundschaftlich aufzuziehen. Ihre eigenen Einwände wurden schließlich immer schwächer. Und ein Gefühl freudiger Unbeschwertheit breitete sich in ihr aus – ein Stück von ihrem früheren Leben, bevor Alex, ihre Schwester, mit ins Bild kam. Bevor alles anders wurde …

Diese Glücksgefühle ließen sie beinah vergessen, welches Fach ihr heute noch bevorstand.

Kapitel 8

GEBLENDET VOM RAMPENLICHT

»Ms Barnes!« Die Webb betrachtete sie ausdruckslos. »Bitte, vielleicht können Sie uns hier weiterhelfen. Von welcher berühmten Persönlichkeit stammt das folgende Zitat und bei welchem Anlass hat er oder sie den Satz gesagt: ›Wir wollen niemals aus Furcht verhandeln und doch wollen wir uns nie vor dem Verhandeln fürchten?‹«

Nervös blätterte Cam durch ihr Schulbuch. War das Teil der Hausaufgaben gewesen? Sie hatte sich eigentlich gut vorbereitet. Doch die Tarantel, die seit ein paar Tagen hinter Ms Jamesons Schreibtisch stand, hatte es sich zum Ziel gesetzt, ihr aus bestimmten Gründen das Gegenteil zu beweisen.

Alle im Kurs hatten schnell herausgefunden, dass Ms Webbs Methode darin bestand, die Schüler durch ein wahres Feuerwerk an Fragen erst einmal gründlich zu verunsichern. Die Webb beachtete es gar nicht, wenn jemand sich meldete, sondern suchte sich ihre Opfer stattdessen danach aus, als wollte sie die Schüler eher demütigen als unterrichten.

Dennoch schaffte es Brianna, nicht den Boden unter den Füßen zu verlieren, und auch Beth konnte beinah alle Fragen beantworten. Die kriegten natürlich auch nicht die ganz schweren. Und wenn doch, dann bekamen sie auch Tipps. Die

Webb hatte ihre Frage mit Absicht so formuliert, dass Cam nicht einmal erraten konnte, ob es sich um einen Präsidenten der Vereinigten Staaten, einen Premierminister oder irgendeinen anderen Staatsmann handelte. Das war ja wohl ziemlich auffällig! Die Spinnenfrau notierte jede falsche oder »unvollständige« Antwort und war offensichtlich entschlossen, an Cams Notendurchschnitt zu sägen. Wild entschlossen!

Das machte Cam rasend. Sie kochte schon vor Wut. Alex hatte Recht, wenn sie sagte, dass diese Frau besser Angst davor haben sollte, dass Cam sie auffliegen ließ. Stattdessen hackte sie auf ihr herum! Offenbar brauchte sie mal eine kleine Auffrischung ihres Gedächtnisses. »Bevor ich auf Ihre Frage antworte, Ms Webb, würde ich Ihnen gerne selbst eine stellen. Hat nicht so direkt was mit dem Thema zu tun, aber es ist wirklich wichtig.«

»Nun?« Ms Webb trommelte mit ihren grell gefärbten Fingernägeln auf die Tischplatte.

»Ich wüsste gern, was Sie von der These halten, der Zweck heilige die Mittel. Wenn zum Beispiel jemand Geld für einen guten Zweck sammelt – würden Sie es da auch für gerechtfertigt halten, wenn dies mit illegalen Mitteln geschieht, sagen wir einmal – durch Ladendiebstahl?«

Obwohl Cam in diesem Moment ihre Freundin nicht sehen konnte, da diese genau hinter ihr saß, wusste sie, dass Beth jetzt vor Überraschung fast die Augen aus dem Kopf fielen. Die ganze Klasse starrte Cam an.

Die Lehrerin schwieg und warf Cam dann einen vernichtenden Blick zu.

»Wie kommen Sie denn auf so etwas, Miss Barnes? Wollen Sie mich auf diese Weise daran hindern, eine Frage zu wiederholen, auf die Sie offensichtlich keine Antwort wissen?«

Ziemlich cool und raffiniert, schoss es Cam durch den Kopf. Doch gelassen antwortete sie: »Nein, das will ich nicht.« Aber dennoch: Eins zu null für die Webb. Und wie zur Bestätigung holte Ms Webb auch gleich noch einmal aus.
»Nun, Miss Barnes«, sagte sie mit kalter Stimme, »trotz dieses faszinierenden Zwischenspiels warten wir noch immer auf Ihre Antwort.«
Brianna schob jetzt ihren mit Plateau-Sandalen bekleideten Fuß über den Gang, der ihr Pult von Cams trennte. Cam verspürte einen leichten Tritt gegen ihren Knöchel – ein sicheres Zeichen, dass Bree die Antwort kannte. Sie machte den Fehler, zu ihr hinüberzusehen.
»Das ist keine Gruppenveranstaltung hier«, knurrte die Webb. »Entweder kennen Sie die Antwort oder nicht. Nun, Miss Barnes?«
Krampfhaft versuchte sie, die Antwort heraufzubeschwören. Franklin Roosevelt? Napoleon? Golda Meir? Alles möglich.
Die Spannung wurde von unerwarteter Seite durchbrochen. Der sommersprossige Klassenclown Scott Marino rief: »Kann sie denn keinen Experten befragen?«
»Nein. Und auch nicht die Zuschauer«, erwiderte Ms Webb schlagfertig und völlig humorlos. »Wir sind hier nicht im Unterhaltungsfernsehen, Mr Marino.«
Die Ablenkung verschaffte Cam einen Vorteil. Das Bild von John F. Kennedy stieg vor ihrem inneren Auge auf. Sie hielt sich daran fest und nannte den Namen des Präsidenten.
Ms Webb jedoch war mit der Antwort nicht zufrieden und höhnte: »Unvollständig. Bei welchem Anlass hat er diesen Satz gesagt? Wenn Sie nicht beide Teile der Frage beantworten können, dann bekommen Sie auch nur die halbe Punktzahl.«

Cam schäumte vor Wut. Niemand außer ihr bekam zweiteilige Fragen gestellt! Alle kriegten Tipps! Und sie hatte sogar richtig geantwortet!
Die Webb legte es wirklich drauf an. Musste Cam ihr vorführen, wozu sie in diesem Augenblick fähig war? Sie war fällig!
»Miss Barnes, noch immer erwarten wir Ihre Antwort. Ich gebe Ihnen noch fünf Sekunden.«
Cam rastete aus. *Fünf Sekunden für meine Antwort? Wie wär's denn hiermit?*
Cam konzentrierte sich auf die hervorquellenden Insektenaugen der Webb. Sie hatte so etwas schon einmal gemacht. Während eines Fußballspiels im letzten Sommer hatte sie sich gewünscht, dass ihre Gegnerin stolpern würde, und so war es dann auch geschehen. Damals war es keine Absicht gewesen, aber diesmal sah die Sache ganz anders aus. Sie erinnerte sich an die Worte, die ihr damals eingefallen waren, und änderte sie nur ein bisschen ab. *Fiese Vertretung, du hast keine Wahl: Stolper und falle, mir reicht's mit der Qual!*
Leider lief nicht alles nach Plan. Plötzlich sprang Scott Marino von seinem Platz auf – mitten in Cams bohrenden Blick hinein. Verwirrt kippte er um und kreischte: »Ich bin blind! Aaah!! Ich kann nicht mehr sehen! Hilfe!!«
Cam durchfuhr ein Schreck. Sie schnellte auf und rannte zu ihm. »Schon in Ordnung, das ist gleich vorbei«, flüsterte sie. »Es ist nur vorübergehend.« Sie legte ihren Arm um ihn und versuchte, ihm wieder auf die Beine zu helfen.
Doch die Webb schubste sie grob beiseite. »Scott? Was ist passiert? Was geht hier vor sich?«
Er stöhnte: »Es ist alles viel zu hell hier! Das ganze Zimmer ist weiß! Ich kann nicht mehr sehen!«

Cam drängte sich zwischen die Lehrerin und den Jungen. »Mach einfach mal einen Moment lang die Augen zu«, riet sie ihm. »Das ist gleich wieder vorbei.«

Die Webb schenkte ihr keinerlei Beachtung und beförderte Scott zur Tür hinaus in Richtung Schulkrankenschwester. Doch Cam konnte noch hören, wie er murmelte: »Ich glaube, es ist schon besser geworden … Ich kann schon wieder etwas sehen.«

Erschüttert und mit brennenden Augen stürzte Cam aus dem Zimmer. Sie musste Alex suchen. Aber sie war noch keine zwei Schritte weit gekommen, als Brianna sie am Ellenbogen packte und befahl: »Klo. Jetzt!«

»Was genau ist da gerade passiert?«, fragte Bree, sobald sie die Tür hinter sich geschlossen und sichergestellt hatten, dass sie unter sich waren.

»Scott hatte einen seltsamen Anfall von nervös bedingter Blindheit …?«, erwiderte Cam schwach.

Bree hob ihre sorgfältig gezupften Augenbrauen. »Muss wohl ansteckend sein. Ich erinnere mich da an etwas … Ist Lindsay damals auf dem Fußballfeld nicht genau dasselbe passiert?«

Na klasse, jetzt hatte sie nicht nur einem unschuldigen Jungen den Schrecken seines Lebens verpasst, sondern auch noch Brees Misstrauen geweckt. Es stand null zu zwei.

Cam nestelte an ihrem Sonnen-Amulett herum. »Die Webb ist einfach kreuzgefährlich. Da könnte jeder einen Panikanfall kriegen.«

Bree spitzte die Lippen. »Wo wir gerade von dem bösen Drachen an der Marble-Bay-Highschool sprechen … Legst du es eigentlich drauf an, dass sie dich durchfallen lässt?«

»Wie kommst du denn da drauf?«

Brianna beugte sich zu Cam herüber. »Tatsache: Sie hackt total auf dir rum. Aber diese Frage von dir mit dem Ladendiebstahl? Was sollte das denn?«

»Hör mal, ich … ich weiß einfach etwas ganz Schlimmes über sie. Sie ist nicht diejenige, die sie zu sein vorgibt.«

»Wirklich?« Bree war sofort ganz Ohr. »Erzähl!«

Cam wich Brees Du-musst-mir-alles-erzählen-Blick aus und schickte im Stillen ihrer Zwillingsschwester eine Nachricht.

Wo bist du, Alex?

Bin doch schon da, Schwesterherz.

Hatte sie das wirklich gehört? War Alex nahe genug?

Die Tür zur Mädchentoilette wurde aufgestoßen und Alex kam hereingeschlendert, eine abgewetzte Leinentasche über die Schulter geworfen und noch immer mit verschmiertem Kajal.

Brianna scherzte: »Klasse, dieser abstrakte Schmink-Stil. Dieses Böser-Zwilling-Image hast du echt drauf. Vielleicht kriegst du ja auch raus, warum deine Schwester unbedingt in Landeskunde durchfallen will. Was mich angeht, ich dekoriere die Turnhalle, also bin ich jetzt weg.« Bree nahm ihre Prada-Tasche und verschwand.

Nachdem Alex einen kurzen Blick auf ihre völlig entnervte Schwester geworfen hatte, schlug sie vor: »Wo können wir uns denn in Ruhe unterhalten?«

»Fußballfeld«, erwiderte Cam düster. »Heute ist kein Training.«

Wenig später machten es sich die Schwestern auf der leeren Tribüne neben dem verlassenen Spielfeld bequem.

»Was tust du überhaupt noch hier?«, fragte Cam. »Heute kein musikalischer Nachmittag mit Dylan?«

»Ich hab dich gehört«, sagte Alex sanft und beachtete Cams Sarkasmus gar nicht. »Du brauchst meine Hilfe.«

»Noch mehr als mein lieber Ach-wär-ich-doch-Bob-Dylan-Bruder?« Cam war klar, dass sie sich weinerlich anhörte, sogar eifersüchtig, aber sie war zu müde, als dass es ihr etwas ausgemacht hätte.

Alex seufzte. »Der Gute hat seine eigenen Probleme. Ich kümmere mich später um ihn. Was ist los, Cam? Was hat Bree da für einen Quatsch erzählt? Was hast du angestellt?«

Cam informierte ihre Schwester über alles, was in der letzten Schulstunde passiert war, einschließlich der Tatsache, dass es ihr nicht gelungen war, die Webb zu Fall zu bringen, und dass sie stattdessen aus Versehen Scott Marino erwischt hatte.

Alex war verblüfft. »Du hast deine Kräfte eingesetzt, um vielleicht doch noch 'ne Zwei aufs Zeugnis zu kriegen? Mann, du machst echt Fortschritte!«

Cam verzog das Gesicht. Es war wirklich ein dummer Einfall gewesen und Alex fand das auch noch lustig. Sie hatte im Zorn gehandelt, ohne über die Folgen nachzudenken. Das war die schlechteste Idee aller Zeiten. Irgendwas, irgendjemand …

Genau. Karsh hätte kommen und dich davon abhalten müssen, vollendete Alex ihren Gedanken.

»Alex? Findest du es nicht komisch, dass wir Karsh und Ileana so lange nicht gesehen oder auch nur was von ihnen gehört haben? Es sei denn …« Cam hielt inne. »Es sei denn, dass du etwas gehört und mir nichts davon erzählt hast.«

»Ich habe nichts gehört«, erwiderte Alex. »Vielleicht fällt die Webb einfach nicht unter Gefahr. Andererseits würde man doch meinen, dass ›übler Machtmissbrauch‹ Grund genug wäre für Karsh, hier reinzuschneien. Und was sie betrifft, die kleine Miss ›Nennt mich Göttin‹: Wenn die sich tatsächlich

mal blicken lässt, dann betrachtet sie das ja immer schon als wahnsinnig aufopfernd.«
»Sollen wir nicht versuchen, sie zu rufen?«, schlug Cam vor.
»Wie denn? Einfach schreien?«, scherzte Alex.
Cam drehte ihre Haare zu einem Pferdeschwanz zusammen und band sie mit einem Haargummi fest. »Wir könnten es ja mit einem Zauberspruch versuchen.«
»Wir kennen doch gar keinen, um jemanden heraufzubeschwören«, erinnerte Alex sie.
»Aber wir haben uns schon öfter mal einfach welche ausgedacht«, gab Cam zurück. »Und wir haben unsere Amulette.«
»Also gut, versuchen wir es«, sagte Alex und kramte ein Stück Papier aus ihrer Leinentasche, Cam fischte einen Stift aus ihrem Rucksack.
Eine Viertelstunde später nahm Alex Cam bei der Hand. Ihrer beider Worte – etwas holprig – schwebten hinaus auf das verlassene Fußballfeld.

Mächtiger Hexer, Ihr habt geschworen
uns zu beschützen – drum spitzet die Ohren:
Große Gefahren nähern sich,
also bitten wir dich:
Hilf uns zu kämpfen, leite uns an,
den Feind zu besiegen durch unseren Bann.

Kapitel 9

DIE DREI BRÜDER

In Gedanken sprach Karsh die Beschwörung mit. Er konnte hören, wie die Zwillinge ihn riefen. Es brach ihm das Herz, dass er ihnen nicht antworten konnte. Er hatte versprochen, immer für sie da zu sein. Und er hatte auch geglaubt, dass er dieses Versprechen würde halten können. Aber er hatte nicht damit gerechnet, dass er sich irgendwann in einer solchen Lage befinden würde – seine Hände waren mit einem dicken Hanfseil gefesselt, das in seine Haut schnitt, um seine Knöchel lag eine Kette, sodass er ohne Hilfe nicht einmal aufstehen konnte. Er hätte einen Zauberspruch murmeln können, um sich zu befreien, aber dann würden seine Entführer ihn zweifellos in irgendein leicht zu zertretendes Wesen verwandeln, in eine Raupe oder eine Schnecke. Sie waren zu zweit, beide jünger, stärker und womöglich auch mächtiger als er – und er war ganz allein.

Hilf uns zu kämpfen, leite uns an,
den Feind zu besiegen durch unseren Bann.

Karsh wünschte sehnlichst, dass er ihnen zumindest eine Nachricht übermitteln, seine beruhigende Stimme in die Köpfe der

Mädchen entsenden könnte. Camryn war davon überzeugt, dass sie sich in Gefahr befanden, inzwischen schien Alexandra diese Ansicht zu teilen. Die Worte ihrer Beschwörung sagten ihm, dass auch Ileana ihnen nicht zu Hilfe gekommen war. Das beunruhigte ihn zutiefst. Es bedeutete, dass die vorschnelle junge Hexe in die Falle ging, die man für sie aufgestellt hatte – dass sie versuchen würde, ihn zu retten statt der Mädchen. Ungeachtet seines Zustandes musste er wenigstens versuchen, Ileana zu warnen.

Er hörte, wie die schmalen, hölzernen Stufen, die zu seinem Gefängnisraum hinabführten, gefährlich unter dem Gewicht von schweren Nagelstiefeln quietschten, und kurz darauf vernahm er leichtere, flinkere Schritte. Rasch unterdrückte Karsh, was er gerade dachte. Die Entführer beherrschten die Kunst des Gedankenlesens meisterhaft.

»Wie gerissen von Euch, alter Fuchs, Eure Gedanken so zu verschlüsseln, dass man nicht mehr davon versteht als bei einem Radio, das zwischen zwei Sendern eingestellt ist. Ein beliebter Trick.« Thantos stand drohend vor Karsh, brutal und tückisch, und strich mit der Hand über seinen schwarzen Vollbart. »Sehr passend für einen Greis.«

Der grausamste und mächtigste aller Hexer hielt Karsh schon seit fast zwei Wochen hier in diesem modrigen Kellergewölbe gefangen. Nicht, dass Thantos für die Ausführung oder auch nur für die Planung der Entführung verantwortlich gewesen wäre. Karsh hatte seine Lage einzig Fredo zu verdanken, dem anderen bösartigen Hexer, der momentan ihm gegenüber in der Ecke saß.

»Warum entsorgen wir ihn nicht einfach?«, schmollte der schmächtige Fredo. »Ich kümmere mich schon drum!«

Thantos wirbelte ruckartig herum und drohte Fredo mit dem

Finger. »Du machst nur das, was ich dir befehle. Und zwar erst dann, wenn ich es befehle. Bis dahin darfst du dir deine Meinung irgendwohin stecken, wo nicht einmal ich sie hören kann.«

»Du hältst ja nie was von meiner Meinung!« Fredo war beleidigt und verschränkte verdrossen seine dürren Arme.

»Ich sag dir schon Bescheid, wenn du jemals eine anständige haben solltest!«, donnerte Thantos und Fredo duckte sich in seine Ecke.

Trotz der misslichen Lage war Karsh leicht erheitert. Das Verhalten der Brüder hatte sich seit ihrer Kindheit kaum verändert.

Thantos, der Ältere, war von Beginn an von großer Statur gewesen. Inzwischen war er mit seinen ein Meter neunzig zu einem dunklen, mit Muskeln bepackten und furchteinflößenden Mann geworden. Schon als Kind hatte er andere terrorisiert. Als Mann war er endgültig zum Rohling geworden und hatte das Familienunternehmen CompUmag skrupellos zu einem der reichsten und mächtigsten Konzerne der Welt gemacht. Lord Thantos – alias Mr Sot Naht, wie ihn die Außenwelt nannte – war »der Pate« und er besaß ungeheure Macht.

Fredo, der Jüngere, schwach und kränklich, hatte als Kind drei Jahre statt der sonst üblichen drei Monate gebraucht, um die Coventry-Island-Aufnahmeprüfung zu bestehen und offiziell den Status eines Hexers zu erreichen. Noch immer war er kein fähiger Hexer und obwohl er die Kunst der Verwandlung erlernt hatte, gab es nur wenige Gestalten, die er annehmen konnte. Eine riesige, erschreckende Eidechse war eine davon.

Fredo war älter geworden, aber nicht erwachsen. Inzwischen hatten seine Ungeschicklichkeit und Dummheit gefährliche

Ausmaße angenommen und immer versuchte er, seinen Bruder zu beeindrucken. Bis vor Kurzem hatte sich Thantos darauf eingelassen, Fredo den einen oder anderen Auftrag zu erteilen. Das hielt ihn eine Zeit lang beschäftigt und – wichtiger noch – weg vom Konzern, von der CompUmag. Fredo war noch immer das »Baby« in der Familie und würde es auch immer bleiben.

Zwischen diesen beiden Gegensätzen hatte es Aron gegeben, den mittleren Bruder. Ein gut aussehender und außergewöhnlich kluger Junge, der in allen Fächern der Beste von Coventry Island war. Als Hexer stieg Aron schnell zu einem der Mächtigen auf, erlernte die Kunst der Verwandlung und schaffte es bis zum Lehrmeister.

Nie zuvor war auf Coventry Island jemand in so jungem Alter zum Lord ernannt worden.

Und dennoch hatte Aron sich niemals als »Lord« aufgespielt. Seiner Ansicht nach waren die Großen verpflichtet, anderen zu helfen. Wohl richteten sich alle auf Coventry Island nach diesem Grundsatz, doch Aron tat es aus Überzeugung.

Es war Aron, der CompUmag gegründet hatte, sein Traum war es, neue Formen von Technologien zu entwickeln und sie zum Wohl der Menschheit einzusetzen. Und Aron war nicht nur ein Idealist, er war klug genug, um seine Träume und Einfälle auch wirklich umzusetzen.

Aron war der Begabteste der Brüder gewesen.

Diese schlichte Tatsache hatte Fredo niemals begriffen.

Im Gegensatz zu Thantos, der rasend eifersüchtig war. Er begehrte alles, was Aron besaß.

Und begehrte es bis zu diesem Tag.

»Camryn und Alexandra sind meine Nichten, sie sind von meinem Blut. Sie werden zu mir kommen und Ihr werdet es nicht verhindern können!«, tobte Thantos seit zwei Wochen nahezu ununterbrochen.

»Und indem Ihr mich von ihnen fernhaltet, meint Ihr, dass …« Karsh hob seine weißen Augenbrauen kaum merklich und fuhr erschöpft fort: »Dass sie Euch in die Klauen laufen, einfach so? Zu viel der Ehre, Lord Thantos.«

Thantos' Mund verzog sich zu einem bösartigen Grinsen. »Ich ehre Euch keineswegs, zitternder Narr. Ihr wisst genau, weshalb ich Euch hierherschaffen ließ.«

»Ihr seid der Köder!«, krähte Fredo, der seinen ganzen Mut zusammennahm und seine Ecke verließ, um zu Karsh hinüberzugehen.

»Halt die Klappe, du Volltrottel!«, brüllte Thantos und Fredo blieb wie angewurzelt stehen.

»Wir verlangen nur«, hatte Thantos am ersten Tag drohend erklärt, »ein bisschen Eurer Zeit. Auch wenn es so aussieht, als bliebe Euch nicht mehr viel davon auf dieser Erde.«

Im Stillen verfluchte Karsh seine Altersgebrechen. Ein jüngerer Mann wäre nicht von Arthritis, entsetzlichen Schmerzen in den Knochen, gebeugt, ein gesünderer Zauberer hätte es nicht nötig, auf Zaubertränke und Elixiere zurückzugreifen, um die ständigen Schmerzen erträglich zu machen.

Wäre er noch jünger und stärker, so wäre er Thantos niemals auf den Leim gegangen und Fredo hätte ihn auch nicht entführen können.

Es passierte in ebenjener Nacht, in der Ileana mit Fredo aus Marble Bay zurückgekommen war und ihn direkt auf der Schwelle der Vereinigten Ratsversammlung von Coventry Island abgesetzt hatte. Sicher, Lady Rhianna hatte dort gewartet, um ihn in Gewahrsam zu nehmen, doch die Erleuchtete allein konnte Fredo nicht davon abhalten, sich in eine riesige Eidechse zu verwandeln. Seine Dreistigkeit hatte Lady Rhianna so überrascht, dass sie nicht schnell genug reagierte. Fredo war entkommen.

Er hatte sich jedoch nicht auf den Weg zu Thantos' Villa auf dem Festland gemacht. Sein Versagen bei der Entführung der Zwillingsschwestern, die Angst vor dem Zorn seines Bruders hatten ihn dazu bewegt, nunmehr einen Plan für Karshs Entführung auszuhecken. Fredo war nicht so klug wie der weise Karsh, doch er konnte den Schock für sich arbeiten lassen. Und das tat er auch.

Ein Überraschungsangriff.

Karsh war in seinem verworrenen, zugewucherten Kräutergarten und pflegte die besonderen Pflanzen, die es ihm seit vielen Jahren ermöglichten, den tapferen Kampf gegen seine ständigen Schmerzen zu führen. Er hatte gerade genug geerntet, um sich ein Elixier zu brauen, als ohne jede Vorwarnung eine gigantische Eidechse aus dem Himmel auf ihn herabgestürzt kam, ihn mit ihren Monsterkrallen packte und mit ihm davonflog – Karsh hatte die Kräutersamen aus seinen Händen verloren und sie verteilten sich weit über die Landschaft unter ihm.

Irgendwann danach hatte Fredo ihn an Thantos ausgeliefert, ohne überhaupt genau zu wissen, was mit der Entführung des Mächtigen erreicht werden konnte.

Thantos war außer sich vor Zorn, dass Fredo ihm nicht die Zwillinge brachte, doch schnell hatte er überlegt, wie er dieses »Geschenk« seines kleinen Bruders für seine Zwecke einsetzen konnte. Er würde mit dem alternden Hexer Ileana zu sich locken. Sie würde Karsh doch sicherlich retten wollen … Und

wenn die beiden dann aus dem Weg waren, blieben Camryn und Alexandra ohne Schutz.
Bislang hatte sein Plan noch nicht funktioniert. Doch Thantos wusste, dass es nur eine Frage der Zeit war. Er kannte Ileana. Trotz ihrer Klugheit, ihres Mutes, ihrer Schönheit, Tapferkeit und sogar – tief drinnen – ihres reinen Herzens: Ihre Schwäche war immer schon die Ungeduld gewesen.
Sie würde bald handeln.
Karsh kannte Thantos' Gedanken. Er kannte aber auch ein vor Thantos gut verschlüsseltes Geheimnis. Und keiner seiner beiden Entführer war sich dessen bewusst. Thantos würde Ileana vielleicht drohen, er würde sie vielleicht ängstigen, hereinlegen und sie schließlich schnappen. Doch er würde der begabten jungen Hexe niemals ein Leid zufügen.
Karshs offene Gedanken wanderten nun zu einem Menschen, von dem er ebenfalls glaubte, dass ihm der wahnsinnige Klotz von einem Hexer niemals ein Leid zufügen würde.
Thantos brach in tiefes, heiseres Gelächter aus. »Wie, mein Lord? Nach all den Jahren denkt Ihr noch an sie? Seltsam, dass Ihr diesen Gedanken nicht vor mir versteckt habt – ein Kinderspiel, ihn zu lesen.«
Karsh erhob seine kratzende Stimme. »Was habt Ihr mit ihr angestellt? Jetzt, da ich Euch wehrlos ausgeliefert bin, könnt Ihr es mir doch wohl erzählen. Ich stelle keine Bedrohung für Euch dar.«
Thantos strich sich über seinen dunklen, struppigen Bart. »Miranda, Miranda. Die Frau meines Bruders. Weshalb nur meint Ihr, dass ich irgendetwas mit ihrem Verschwinden zu tun hatte?«

Fredo mischte sich ein: »Genau, wie kommt Ihr darauf, dass sie überhaupt noch am Leben ist? Außerdem kann es Euch doch egal sein. Vergesst sie einfach. Sie ist weg, für Euch ist sie gestorben. Ihr habt andere Probleme.«

Karsh blinzelte, als er mit einem Mal von einem Gedanken, einer Gewissheit übermannt wurde. »Miranda ist nicht tot, stimmt's?«

Ruckartig sprang Thantos von seinem Stuhl auf. Er stellte sich so nah vor Karsh, dass ihre Nasen sich beinah berührten und zischte: »Nur so viel: Ihr werdet sie niemals mehr lebend zu Gesicht bekommen.«

»Und weshalb nicht, Lord Thantos?«, forderte Karsh ihn heraus, unbeirrt und furchtlos.

»Du dickköpfiger, seniler alter Hexer: Falls die bezaubernde Ileana Euch nicht bald zu Hilfe eilt, dann werdet Ihr überhaupt keine Menschenseele mehr zu Gesicht bekommen. Weil Ihr dann nämlich tot sein werdet.«

Kapitel 10

DER HINWEIS

»Treffer!«, schrie Alex triumphierend, als sie am nächsten Tag in der kleinen Pause ihre Schwester im Gang zu sich herüberwinkte. »Ich hab was gegen die Webb in der Hand.«

»Du hast ihre Gedanken gelesen?«, riet Cam eifrig.

»Besser noch …«, quälte Alex sie und ihre metallischen Augen funkelten. »Ich versteckte mich, ich hörte, ich ließ etwas zu Boden stürzen und ich sah!«

Vielleicht hatte es daran gelegen, dass ihre Schwester so am Ende war. Oder daran, dass die Webb, wie sie jetzt wussten, mit dem Verein *Helfende Hände* verstrickt war – und sich Beth geschnappt hatte. Vielleicht hatte es auch einfach nur daran gelegen, dass Alex wütend auf Karsh und Ileana war, weil sie nicht auftauchten.

Oder vielleicht, überlegte Alex weiter, während sie Cams besorgtes aber hoffnungsvolles Gesicht betrachtete, hatte sie ihrer Schwester einfach nur helfen wollen, ob sie nun mit Cam einer Meinung war oder nicht. Was auch immer. Alex hatte beschlossen, sich die Webb vorzuknöpfen. Auf ihre Art.

Das bedeutete, dass sie sich heute Morgen in die Lehrertoilette geschlichen, ein AUSSER-BETRIEB-Schild an einer der

Klotüren befestigt, sich dann dort mit hochgezogenen Füßen aufs Klo gesetzt, eingeschlossen und gewartet hatte.
Es dauerte nicht lange, bis ihr Plan aufging.
Sie berichtete Cam: »Es stellte sich also heraus, dass Cecilia Webb ein Handy besitzt, und entweder ist der Empfang auf den Toiletten besonders gut oder die Wahrscheinlichkeit, dass sie dort während der ersten Stunde gestört wird, sehr gering. Na, jedenfalls klingelte ihr Telefon schon, als sie durch die Tür kam. Nur dass sie offenbar nicht schnell genug drangegangen ist, denn sie musste zurückrufen.«
»Mit wem hat sie denn gesprochen?«, fragte Cam grinsend.
Alex zuckte mit den Schultern. »Keine Ahnung.«
Cams Lächeln verschwand. »Aber sie hat irgendwas total Belastendes gesagt, oder wie?«
»Wenn du ›Ich vermisse dich‹ und ›Mach dir keine Sorgen, Schatz, du kannst dich auf mich verlassen‹ als belastend ansiehst …«
Cam verschränkte die Arme vor der Brust. »Also hat sie offenbar einen Freund, den sie länger nicht gesehen hat – und das war's? Das ist dein Treffer?«
»Das und … äh, noch ein kleiner Leckerbissen: Er sitzt im Knast!«
Cam fiel vor Staunen fast die Kinnlade runter. »Er sitzt …? Woher weißt du …?«
Alex' Augen funkelten. »Es wurde mir zu langweilig, darauf zu warten, dass sie endlich was Interessanteres sagt. Also beschloss ich, mal nachzusehen, ob nicht die Nummer des ersten Anrufers vielleicht noch auf dem Display steht.«

Aha, dachte Cam, das Anti-Handy-Mädchen Alex hatte inzwischen was über moderne Technologie gelernt. Sie wollte ihre Schwester schon beglückwünschen, als ihr noch einfiel:

»Aber wie konntest du das denn durch die Wand hindurch sehen?«

»Konnte ich doch gar nicht«, erklärte Alex. »Supersicht ist deine Sache. Aber meine Sache ist es, das Telefon irgendwohin fallen zu lassen, wo ich es sehen kann. Und das ist mir gelungen. Es lag genau unter der Trennwand zur Nachbarkabine; du weißt ja, die Wände haben einen Handbreit offenen Spalt über dem Boden.«

Beeindruckt fragte Cam: »Und was stand dann da? Staatsgefängnis Massachusetts?«

»Aber gewiss doch … Liebe Cam, das wäre ja wohl ein bisschen zu leicht gewesen! Ich hatte gerade mal Zeit, die richtigen Knöpfchen zu drücken. Und dann erschien da eine Telefonnummer …«

»Die«, unterbrach Cam, »du dir gemerkt hast.«

»Justizvollzugsanstalt, meine Liebe.«

Die Tatsache, dass die Webb mit jemandem telefonierte – wahrscheinlich mit ihrem Freund –, der im Knast saß, war wirklich ein saftiger Leckerbissen und möglicherweise ein Hinweis. Doch dieses Wissen allein genügte nicht, um sie festzunageln.

»Na, dann suchen wir noch mal ein bisschen weiter!«, beschloss Cam.

Leider war das Angebot an schlagenden Anti-Webb-Beweisen in dieser Woche etwas mager, ebenso wie in der darauffolgenden. Nicht, dass sie sich nicht bemüht hätten. Cam organisierte irgendwoher den Lehrer-Stundenplan, sodass die Zwillinge ihr »zufällig« über den Weg laufen konnten und Alex nah genug an sie herankam, um ihre Gedanken lesen zu können. Sie begegneten ihr im Gang oder im Treppenhaus. Einmal lungerten sie in der Nähe herum, als Amanda sie angehalten hatte, um ihr eine Frage zu stellen. An jedem Tag, an dem die Webb Aufsicht in der Cafeteria hatte, brachte Alex das größte Opfer von allen und aß ihr Mittagessen dort.

Doch zu keinem Zeitpunkt gelang es Alex, auch nur für den Bruchteil einer Sekunde in die Gedanken von Ms Webb einzudringen.

Während einer der Mittagspausen, als die Webb in der Cafeteria auf und ab ging, schlich sich Cam aus dem Gebäude und ging zum Lehrerparkplatz hinüber. Vielleicht lag ja im Auto der Lehrerin irgendwelches Beweismaterial, das Cam mit ihren superscharfen Augen entdecken konnte.

Möglichst unauffällig strich Cam um den schwarzen Wagen herum, an dessen Stoßstange ein Aufkleber von *Helfende Hände* angebracht war, und sah konzentriert durch die Scheiben. Die Webb hatte es offenbar nicht so mit der Ordnung. Auf dem Beifahrersitz lagen Straßenkarten, *Helfende Hände*-Flugblätter und ein Paket Taschentücher. Leere Wasserflaschen und Pizzakartons waren auf dem Boden verteilt. Die Rückbank war leer.

Cam wollte schon wieder gehen, als ihr etwas ins Auge fiel, das hinter die Lehne des Fahrersitzes geklemmt war. Ein Stück Papier, so klein, dass es keinem normalen Menschen aufgefallen wäre. Zum Glück aber hatte Cam bemerkenswert scharfe Augen. Sie konzentrierte sich auf das Stück Papier. Offenbar handelte es sich um ein Zahlungsbeleg. Von einem Billigschmuckladen in Boston namens Trompe L'Oeil. Und – hey! – die Webb hatte dort ungefähr ein Dutzend unterschiedlicher Posten gekauft. Nur … Cams Augen brannten, als sie versuchte, den Zettel noch genauer zu sehen. Doch sosehr sie sich

auch bemühte, sie konnte die Unterschrift nicht entziffern. Jedenfalls stand da nicht Cecilia Webb. Der erste Buchstabe des Vornamens war eindeutig ein B. Der Nachname begann mit einem R.
Die Quittung war sicherlich interessant, doch Cam konnte sich den Zusammenhang zwischen dem Zettel, dem Anruf aus dem Knast und dem Ladendiebstahl nicht erklären.

Währenddessen fuhr Ms Webb damit fort, ihre Schüler zu quälen, schoss in rascher Folge Fragen auf sie ab, halste ihnen wahre Berge von Hausaufgaben auf. Doch mit der Zeit verlief sich die Nörgelei der Klasse. Die meisten passten sich an. Besonders eine Schülerin schien unter der harten Linie der Vertretungslehrerin zu erblühen: Elisabeth Fish.
Beth war zur Einserkandidatin aufgestiegen und brachte einen Einstein-Gedanken nach dem anderen vor. Ihre Hausaufgaben waren so vorbildlich, dass die Webb sie mehrfach laut vorlas. Unangekündigte Tests, für Cam eine der schlimmsten Plagen überhaupt, wurden zu Beths Lebensinhalt.
Doch es gab auch eine Kehrseite zu diesen glänzenden Leistungen: Ebenso rasant wie ihre Note in Landeskunde sich verbesserte, rutschte Beth in so ziemlich allen anderen Fächern ab. In einer E-Mail-Konferenz des Sixpacks bemerkte Kris, dass Beth, die früher in Spanisch ihre härteste Konkurrenz gewesen war, die letzte Klassenarbeit vollkommen verhauen hatte. Und Amanda schrieb: *Sie war überhaupt nicht vorbereitet in Algebra. Ich glaube, sie hatte nicht mal ihre Hausaufgaben gemacht.* Sukari ergänzte: *Puh! Und ich dachte, es wäre nur ein vorübergehender Anfall von Geistesschwäche, als dem Mädchen, das wir alle unter dem Namen Ms Zisch*

kannten, im Chemieunterricht das Elementzeichen für Jod nicht einfiel.

Beth beteiligte sich nicht an der Unterhaltung. Neuerdings verbrachte sie überhaupt keine Zeit mehr mit dem Sixpack. Sie verpasste das freitagnachmittägliche Pizzafest und sie erschien samstags nicht zum Einkaufsbummel mit dem anschließenden Kinobesuch. Sie meldete sich auch kaum noch bei irgendjemandem, beantwortete keine E-Mails, las sie vielleicht nicht einmal. Und als die ganze Schule über eine neue Serie von Ladendiebstählen im Einkaufszentrum redete – wiederum die gleiche Masche, ein Mädchen und eine ködernde Erwachsene –, beteiligte sich Beth demonstrativ nicht an den Gesprächen.

Wie Cam es schon befürchtet hatte, erschien Beth zweimal nicht zum Fußballtraining und wurde aus der Mannschaft geschmissen. Schlimmer noch: Es schien ihrer Freundin egal zu sein. Eines Tages beim Mittagessen, als das Thema auf *Helfende Hände* kam, wurde Beth ganz pampig. Die freiwillige Arbeit nahm so viel Zeit in Anspruch, dass Amanda, die eigentlich hatte mitmachen wollen, von ihrem Entschluss wieder abgerückt war. Und Beth (gar nicht typisch) hatte dem unschuldigen Mädchen Vorhaltungen gemacht. »Na, offenbar ist es dir wohl doch nicht so wichtig, Kindern in Not zu helfen, wie du dir eingebildet hattest«, schnaubte sie verächtlich.

Amanda verteidigte sich: »Das ist nicht fair. Ms Webb hat verlangt, dass wir uns kontinuierlich jeden Tag nach der Schule treffen. Veranstaltungen organisieren, mögliche Sponsoren im Internet ausfindig machen, Flugblätter entwerfen und was weiß nicht noch alles. Du hast das mitgemacht und die Kids bislang noch nicht mal gesehen. Ich hätte überhaupt keine Zeit mehr für irgendwas anderes. Ich hab mich für die Fußballmannschaft verpflichtet und die brauchen mich da.«

»Und deine Freunde brauchen dich«, hätte Cam Beth am liebsten gesagt, aber sie tat es nicht. Ihre Freundschaft war angeschlagen. Cam wollte ihr nicht den Rest geben.

Am Morgen des darauffolgenden Samstags, als sie auf der Suche nach ihrem Englischheft ihren Rucksack durchwühlte, fiel Cam plötzlich der zusammengefaltete Zettel in die Hände, den sie in ihr Mathebuch gelegt hatte.

Ich muss mit dir reden. Allein. Es ist echt wichtig. Ruf mich gleich nach der Schule auf meinem Handy an.

Beths Nachricht.

Anderthalb Wochen alt.

Beth wirkte überrascht und nicht besonders begeistert, als Cam um kurz nach zehn Uhr am Samstagmorgen vor ihrer Haustür stand. Sie war noch im Schlafanzug, hatte ihre Kontaktlinsen nicht eingesetzt und ihre Haare waren ein dichtes Gewirr von platt gelegenen Locken. Misstrauisch kniff sie die Augen zusammen. »Was machst du denn hier?«

Cam fühlte sich mit einem Mal verunsichert und verschränkte die Arme. »Ich muss mit dir reden. Und ich dachte, dass nicht einmal *Helfende Hände* es schafft, dich um diese Zeit schon aus dem Bett zu haben.«

»Du hättest auch vorher mal anrufen können«, murmelte Beth. »Es passt mir gerade wirklich nicht so gut.«

Aus dem Inneren des Hauses hörte Cam gedämpfte Geräusche: Ein Hund bellte, Musik ertönte aus dem Zimmer von Beths Schwester Lauren und jemand stritt sich. Erst dachte sie, dass der Fernseher eingeschaltet sei, doch dann wurde ihr klar, dass es Beths Eltern waren, die sich anschrien.

Cam versuchte einen Scherz: »Unstimmigkeiten in der Familie gehören irgendwie zum Müsli dazu, findest du nicht?«

Beths Gesicht verdüsterte sich und sie setzte zu einer Erwiderung an, doch dann kniff sie stattdessen den Mund zusammen.

»Können wir in dein Zimmer gehen?« Cam trat ins Haus. »Es ist wirklich wichtig, Bethie.«

Ihre Freundin gab keine Antwort, sondern drehte sich um und bedeutete Cam, ihr zu folgen. Wenigstens war Beth nicht wütend, dachte Cam erleichtert, während sie durch den Flur in den hinteren Teil des Hauses gingen – sonst hätte sie Cam doch gleich wieder rausgeschmissen.

Beths Zimmer war hell und sonnig, ein Tempel der Harmonie, Flora und Fauna – das vollkommene Spiegelbild von Beths fröhlichem Charakter. Trockenblumen standen in Tonvasen überall im Raum verteilt, Sierra-Club-Poster drängten sich mit Collagen und Familienfotos an den Wänden. Alles war voller Schnappschüsse vom Sixpack, Erinnerungen an eine jahrelange Freundschaft. Cam fiel auf, dass Beths Kalender noch den Vormonat anzeigte.

Als Beth gerade die Tür schließen wollte, stürmte ihr Hund, ein drahthaariger Foxterrier ins Zimmer. Cooper – den Cam insgeheim immer für eine Art Beth mit vier Pfoten gehalten hatte – sprang mit einem Satz auf das noch ungemachte Bett. Cam ließ sich neben ihn plumpsen und kraulte ihn hinter den Ohren. »Na, Cooper, was gibt's Neues?«

Beth nahm ihre Haare zu einem Pferdeschwanz zusammen, ließ sich am Schreibtisch nieder und setzte ihre Kontaktlinsen ein.

»Also … Wir müssen wirklich miteinander reden«, sagte Cam schließlich.
»Na schön«, erwiderte Beth tonlos und hielt mit den Fingern der einen Hand ihr Augenlid auf, um die Kontaktlinse einzusetzen. »Du hast offenbar das Hühnchen mitgebracht, also fang an zu rupfen.«
Enttäuscht, dass ihre Freundin ihr so eisig begegnete, sagte Cam geradeheraus: »Hör mal, ich weiß gar nicht genau, was mit uns passiert ist, aber es ist offensichtlich so, dass ich in letzter Zeit nicht die beste aller Freundinnen gewesen bin.«
»Ach nein, wie kommst du denn auf so etwas?«, fragte Beth sarkastisch, während sie sich der anderen Kontaktlinse widmete und heftig blinzelte. »Nur weil ich zum ersten Mal etwas ohne dich mache und du dich berufen fühlst, mich davon abzuhalten?«
»Darum geht es nicht und das weißt du auch genau …«, setzte Cam an.
Doch Beth schnitt ihr das Wort ab: »Oder vielleicht liegt es ja auch daran, dass ich einmal in einem Fach besser abschneide als du und du damit nicht fertig wirst? Oder daran, dass Cami nicht mehr Lehrers Liebling ist?«
Lehrers Albtraum, hätte Cam sie gerne verbessert. »Jetzt sei nicht so. Ich … hör mal, ich hatte in letzter Zeit viel um die Ohren und ich hab gerade erst deine Nachricht gelesen.«
»Meine Nachricht?« Beth wirkte aufrichtig erstaunt. »Deswegen bist du hergekommen? Es ist vorbei, Camryn.«
Schuldbewusst versuchte es Cam mit: »Du meinst, das Problem hat sich erledigt – was auch immer es war? Oder willst du nicht mehr mit mir darüber reden?«
»Ich kenne jetzt andere Menschen, mit denen ich darüber reden kann.«

Cam war betroffen. »Ich … Es tut mir wirklich leid. Aber das ist nicht der einzige Grund, warum ich gekommen bin.«

Beth riet: »Du willst mich davon überzeugen, dass ich die einzige Sache fallen lasse, die mir in meinem momentanen Leben etwas bedeutet. Wow – wie schön, dass ich so eine gute Freundin habe!«

»Ich weiß ja, dass du wütend bist. Und vielleicht ist es auch dein gutes Recht. Aber das ändert nichts an der Tatsache, dass du mir immer noch viel bedeutest. Ich mache mir sehr große Sorgen um dich.«

»Weswegen?«, fragte Beth herausfordernd. »Ich helfe Kindern in Not.«

Cam gab nicht nach. »Abgesehen von Landeskunde rutschst du in der Schule total ab. Wir kriegen dich kaum noch zu Gesicht, du meldest dich so gut wie nie bei uns. Du bist aber trotz allem noch meine Freundin, die beste.« Sie hielt inne und fügte dann noch hinzu: »Ich vermisse dich.«

Beth wandte sich ab, um sich ein Tempo zu schnappen und an ihren Augen zu tupfen. Lag es an den Kontaktlinsen oder weinte ihre Freundin?

»Freundin. Klar.« Beth schniefte. »Ich glaube eher, dass eine gewisse schrille Doppelgängerin diese Stelle eingenommen hat.«

Obwohl sie den verletzten Tonfall bemerkte, versuchte es Cam wieder mit einem Witz: »Sagen wir mal: Man kann sich seine Freunde aussuchen, aber nicht seine neu entdeckte Zwillingsschwester. Oder so ähnlich. Du und ich, wir haben uns einander doch schon vor langer Zeit ausgesucht.«

Beths Unterlippe bebte, als sie sich wieder umdrehte und Cam in die Augen sah. »Ich vermisse dich auch. Aber *Helfende Hände* ist eine gute Sache für mich. In meinem Leben passiert zurzeit alles Mögliche. Ich hab versucht, dir davon zu erzählen … aber du hast mir nicht zugehört.«

Diesmal war es Cam, der die Tränen in die Augen stiegen. »Dann höre ich jetzt zu.«

»Elisabeth!« Die Tür flog auf und Beths Mutter erschien – vollkommen aufgelöst, mit geschwollenen Augen und gerötetem Gesicht.

Beth sprang aus ihrem Stuhl und schnellte auf ihre Mutter zu, als ob sie Cam von ihr abschirmen wollte. »Was ist los, Mom? Wir … wir wollten eigentlich ein bisschen allein sein.«

Mrs Fish war fix und fertig. »Meine Kette ist weg! Hast du sie dir ausgeliehen, ohne mich zu fragen?«

Beth schüttelte den Kopf. »Nein. Mom … Cam und ich unterhalten uns gerade. Hast du Lauren schon gefragt?«

Doch ihre Mutter ließ sich so leicht nicht abschütteln. »Deine Schwester hat sie nicht. Ich rede von der Kette mit den Diamanten, die Oma Godlen mir geschenkt hat. Sie ist sehr wertvoll … ich meine … bist du sicher?«

Beth legte ihrer Mutter den Arm um die Taille und führte sie zur Tür. »Lass mir eine halbe Stunde Zeit. Dann helfe ich dir suchen.«

Die Tür fiel ins Schloss und Cam konnte nicht zurückhalten, was ihr auf der Zunge lag. Es war nicht ihre Absicht gewesen, sich so vorwurfsvoll anzuhören. »Beth … du würdest aber nicht, du weißt schon, Schmuck von deiner Mom spenden oder so etwas? Für einen guten Zweck … für *Helfende Hände*, meine ich?«

Ihre Freundin war völlig verdattert. »So etwas traust du mir zu?«

Cam zögerte. »Meiner Freundin Beth? Auf keinen Fall. Aber in letzter Zeit … irgendwie hast du dich so seltsam verhalten.«

»Vielleicht entwickelt sich deine Freundin Beth einfach weiter. Vielleicht wurde das auch höchste Zeit. Vielleicht hab ich jetzt eigene Interessen, die sich nicht mit deinen decken. Aber das bedeutet noch lange nicht, dass ich meine Mutter bestehlen würde.«

Cam konnte das Thema nicht fallen lassen. »Es sieht einfach so aus, als würdest du Dinge machen, die dir irgendwann einmal leidtun, weil du Probleme mit unserer Freundschaft hast, mit Alex.«

Beth schwieg.

Dann sagte sie leise: »Warum glaubst du eigentlich immer, dass sich alles nur um dich dreht? Merkst du denn gar nicht, wie egozentrisch du bist?«

Diesmal war es Cam, die überrascht war. »Das ist nicht fair. Wenn du zum Beispiel sehen würdest, dass ich ... mich selbstzerstörerisch verhalte, dann würde ich doch hoffen, dass du für mich da wärst. Das warst du doch immer. Freunde zu sein bedeutet, dass man ehrlich zueinander sein kann und sich auch entsprechend verhält.«

Beth erwiderte: »Freunde zu sein bedeutet, dass man dann und wann auch mal eine andere Sichtweise einnehmen kann, Entwicklungen nicht im Weg steht. Na schön, zugegeben, ich hab diese Woche meine Hausaufgaben nicht ordentlich gemacht – aber davon geht doch die Welt nicht unter. Ich hatte so viel zu tun. Ich glaube wirklich an das, was *Helfende Hände* organisiert. Ich verstehe einfach nicht, warum du das nicht akzeptieren kannst. Und falls du es wirklich nicht kannst, dann ist es vielleicht an der Zeit, einmal grundsätzlich über unsere Freundschaft nachzudenken. Und uns einzugestehen, dass davon nicht mehr viel übrig ist.«

Cam ging zu Beths Stuhl hinüber und beugte sich hinab, sodass die Mädchen auf gleicher Augenhöhe waren. »Das will ich nicht. Und ich hoffe, dass du es auch nicht willst.«

Beth kämpfte mit den Tränen. »Wie konntest du mir nur unterstellen, dass ich meine Mom bestehle?«

»Tut mir leid. Das war ...« Cam hielt inne. »Völlig blöd von mir. Verzeihst du mir?« Sie nahm ein Taschentuch aus der mit Blumen bedruckten Schachtel auf dem Tisch und reichte es Beth.

Beth schnäuzte sich. »Schon vergessen.«

Da sie Beth noch immer nicht die Wahrheit über Ms Webb und die Ladendiebstähle sagen konnte, suchte Cam nach einem unverfänglichen Thema. »Sag mal, du kommst doch heute Abend zum Winterball, oder?«

»Natürlich«, versicherte Beth. Zum ersten Mal an diesem Morgen zeichnete sich auf ihren Lippen ein Anflug ihres strahlenden Lächelns ab, das Cam so mochte.

Was sie auf eine Idee brachte.

»Hey, weißt du was? Wir können alle zusammen gehen. Das ist jetzt vielleicht ein bisschen kurzfristig, aber Jasons Freund Rick ist eigentlich ganz cool ...«

Beths Lächeln verschwand. Sie schüttelte den Kopf. »Du änderst dich wohl nie. Wie kommst du darauf, dass ich deine Hilfe brauche, um jemanden zu finden, mit dem ich hingehen kann?«

Cam schluckte. »So hab ich das doch nicht gemeint. Du hast doch neulich noch gesagt, dass du nicht weißt, mit wem du gehen sollst.«

»Das war vor zwei Wochen.«

»Natürlich bist du nicht auf meine Hilfe angewiesen. Es ist auch völlig okay, wenn du allein hingehst ... Sukari macht das ja auch und ...«

Beth unterbrach sie. »Es wäre völlig okay, aber wie das Leben so spielt: Ich bin schon verabredet.«
»Wirklich?«
»Wenn du dich bitte nicht so überrascht anhören würdest, Cami?«
»Ich bin nur erstaunt, dass du mir nichts davon erzählt hast, das ist alles.«
Warum eigentlich? Offenbar gab es ja in letzter Zeit alles Mögliche, von dem Beth ihr nichts gesagt hatte. »Und, wie ist der Typ so? Wer ist es denn? Ist er … nett?«
Noch bevor sie zu Ende gesprochen hatte, wusste Cam, dass er nicht nett war. Denn während Beth ihr freudig von dem Jungen erzählte, der in ihr Leben getreten war, verspürte Cam eine eisige Kälte, ein Pochen in den Schläfen, Gänsehaut. Und dann sah sie …
Eine große und sportliche Gestalt, milchschokoladebraune Augen, umrahmt von langen, dunklen Wimpern, zerzauste, hellbraune Haare, ein umwerfendes Lächeln.
»Shane«, sagten sie gleichzeitig.
Der Junge vom *Helfende-Hände*-Stand. Natürlich, Beth und er arbeiteten bestimmt zusammen. Shane Wright.
Irgendetwas sagte Cam, dass das vollkommen falsch war.

Kapitel 11

EIN VATER ZU VIEL

Alex lag in ihrem Bett, die Arme weit von sich gestreckt, und blickte starr an die Decke. Die Anzeige ihres elektronischen Weckers sagte ihr, dass es spät war, schon Viertel nach zehn am Morgen, und dennoch hatte sie keine Lust aufzustehen. Zum ersten Mal seit langer Zeit war sie allein.

Cam war übereilt aufgebrochen, um Beth zu besuchen. Die Stille, die aus Dylans Zimmer kam – mit dem ihren durch ein gemeinschaftliches Bad sowie einen begehbaren Kleiderschrank verbunden –, sagte ihr, dass er noch schlief. Die Alten, Dave und Emily, würden sie nicht stören.

Sie hatte geträumt und wünschte, sie könnte sich wieder hineinfallen, sich von diesen süßen Gefühlen überschwemmen lassen. Sie stellte sich vor, wie sie die Traumfetzen wieder zusammensetzte und daraus eine weiche Daunendecke webte, in die sie sich einhüllen konnte.

Sie war in Montana. Draußen … die klare, frische Bergluft schnitt in ihr Gesicht … die leuchtenden Farben, das tiefe Waldgrün der Blätter, das blendende Weiß der schneebedeckten Berge, das Azurblau des Himmels – Vormittage, die wirkten, als habe jemand mit einem riesigen Pinsel orangefarbene, gelbe und rote Streifen über die Landschaft gezogen.

Und drinnen. In ihrem Haus war es warm, der süße Duft von Pfannkuchen oder Eiern mit Speck, der aus der Küche wehte und in ihre Nase stieg, ließ ihr das Wasser im Mund zusammenlaufen. Sara, strahlend, klug und liebevoll, summte eine Melodie. Sara lächelte.

Freunde … die witzige, treue Lucinda mit dem runden Gesicht und dem spöttischen Mund und der freundliche Tagträumer Evan mit den Rastalocken und dem verschrobenen Sinn für Humor würden bald kommen und sie holen. Ihr war klar, was die meisten ihrer Mitschüler von ihnen dachten: Sie waren Außenseiter, eine Dreiergruppe, die in keine andere Clique passte. Niemand verstand sie. Doch das machte nichts, denn sie hatten ja einander. Gemeinsam jobbten sie nach der Schule, unterstützten sich, überlebten. Und ihr Lieblingsspiel hieß »Bloß weg hier!«.

Drüben in Montana war ihr alles vertraut, dort war es sicher. Niemand jagte sie, niemand versuchte ihr eine Falle zu stellen. Niemand sagte ihr, dass sie nicht willkommen war.

Sie war zu Hause.

Alex drehte sich auf die andere Seite und ließ ihre Arme über die Bettkante baumeln. Es funktionierte nicht. Sie schaffte es nicht, den Traum wieder aufleben zu lassen. Diese kleine, nervtötende Sache namens Wirklichkeit zog und zerrte an ihr, bis sie schließlich vollkommen wach war.

Andererseits: Die Winter in Montana waren bitter. Vor allem, wenn sie nicht genug Geld hatten, um die Heizkosten aufzubringen. Einmal war es ganz schlimm gekommen und ihr Goldfisch war erfroren. Wenn der Winter endlich ging, waren alle Bäume tot und kahl, der Schnee verwandelte sich in grauen Matsch und der Himmel hing schwarz und drohend über der Welt.

Andererseits: Sara rauchte. Der süße Duft des Frühstücks war immer von den bitteren Dämpfen ihrer ekeligen Zigaretten durchzogen.
Andererseits: Ihr Zuhause war ein blecherner Wohnwagen und es gab tatsächlich auch eine »böse« Figur, die ihnen beiden etwas wollte. Der widerliche Vermieter Hardy Beeson und seine niemals endenden Versuche, ihnen zu kündigen. Seine bevorzugte Waffe: schlichte Gemeinheit. Ihre Freunde hatten es auch nicht leichter. Luce war eine Träumerin, die gemeinsam mit viel zu vielen Not leidenden Verwandten in einem Miniatur-Häuschen wohnte, Evans Mutter trank.
Ihre Freunde waren für Alex das Wichtigste auf der Welt, dennoch gab es vieles, was sie nicht mit ihnen teilen konnte. Ihre Fähigkeit, Gegenstände zu bewegen, anderer Leute Gedanken zu hören. Dass sie so seltsam war.
Abgesehen von Sara – als sie noch gelebt hatte – war es in Montana auch nicht besser gewesen.
Alex drehte sich auf die Seite und öffnete die Augen. Cams Zimmer, inzwischen ihrer beider Zimmer. Pastellfarben: Zartrosa, Mintgrün, Babyblau. Regale, auf denen Bücher, CDs, Fotografien und Kerzen aufgereiht waren. Zwei identische Betten, zwischen denen ein Nachttisch stand, zwei identische Schreibtische. Irgendjemand – Cam – hatte hier Platz für sie geschaffen.
Dies war ihr Zuhause.
Alex gähnte laut, warf die Decke zurück, schlug die Beine über die Bettkante, stand auf und ging unter die Dusche. Obwohl keine Gefahr bestand, dass zwischendurch das heiße Wasser ausging, beeilte sie sich. Die Macht der Gewohnheit würde wohl erst mit der Zeit nachlassen.

Apropos Gewohnheit, dachte Alex und blickte sich im Zimmer um, Cami hatte eine richtig schlechte Gewohnheit, vor allem, wenn sie es sehr eilig hatte. Dieser kleiner Messie hatte den Inhalt des Rucksacks einfach auf dem Boden ausgekippt und dort liegen gelassen, ebenso wie haufenweise Klamotten, die Cam während der Woche getragen hatte oder möglicherweise hatte tragen wollen. Auch die Kleider, die sie vielleicht heute Abend zum Schulball anziehen wollte. Eine spießige und süßliche Veranstaltung, an der Alex auf keinen Fall teilnehmen würde. Außerdem ging Cade Richman, der nette Typ, den sie irgendwie ganz gern mochte – na schön, den sie *wirklich sehr* mochte –, nicht hin. Er war übers Wochenende weggefahren, um seine Schwester in ihrem neuen College zu besuchen.

Alex erlitt einen überraschenden Anfall von »gute Tat«, ein plötzlicher Ordnungsdrang überkam sie. Nachdem sie sich angezogen hatte, fing sie an aufzuräumen. Als sie Cams zerknitterte T-Shirts in den Wäschekorb warf, geschah es.

Der Geruch traf sie wie ein Schlag. Durchdringend, ekelerregend und vertraut. Es roch wie der Tod, wie Saras Tod. Alex räumte schnell den ganzen Wäschekorb aus, obwohl sie genau wusste, wonach sie suchte.

Eine Jeans. Und ein T-Shirt. Sie nahm beides in die Hand und hätte sich beinah übergeben.

Ohne nachzudenken stürmte Alex durch die Tür in Dylans Zimmer. Sie konnte sich gerade noch davon abhalten, ihn anzuschreien – doch obwohl sie blind vor Zorn war, hatte ihr Gehirn noch nicht ganz abgeschaltet. Sie begnügte sich also damit, den Langschläfer am Arm zu packen und ihn wachzurütteln.

Natürlich war er nicht gerade begeistert.

»Wa… ? Was ist los? Was ist passiert?« Dylans hellblaue

Augen weiteten sich vor Schreck. Alex konnte das wilde Schlagen seines Herzens hören.

»Steh auf!«, befahl sie.

»Hey, brennt es irgendwo? Was ist denn los?«, winselte Dylan panisch.

»Es brennt nicht«, erwiderte Alex. »Aber dir mache ich jetzt Feuer unterm Hintern.«

Dylan stützte sich auf seine Ellenbogen, mit weit aufgerissenen Augen und noch immer pochendem Herzen – es bereitete Alex keine Schwierigkeiten, seine Gedanken zu lesen. *Was hat die denn auf einmal? Die ist ja völlig durchgeknallt! Was will Alex denn von mir?*

»Was ich von dir will?« Alex warf Jeans und Shirt in seine Richtung.

Mit einer raschen Bewegung wich Dylan den Kleidungsstücken aus. »Mann, ich weiß ja nicht, was mit dir los ist, aber …«

»Dann erkläre ich es dir, *Mann*! Die Teile stinken! Du hast geraucht. Deswegen knall ich durch!«

Wäre er wach und klar im Kopf gewesen, so hätte er vielleicht bemerkt, dass sie seine Gedanken gelesen hatte.

Dylan setzte sich auf.

Er nahm die verräterische Jeans in die Hand. »Also riecht das ein bisschen nach Rauch. Na und?«

Alex verengte ihre Augen und wünschte sich, dass sie Cams Fähigkeiten hätte – dass sie die Nikotinjeans in Flammen setzen könnte.

»Wenn ich das riechen kann, dann kann deine Mutter das auch! Was meinst du, wie sie reagieren wird, wenn sie das rauskriegt?«

Plötzlich sprang Dylan aus dem Bett und raste an Alex vorbei. »Du bist aber nicht meine Mutter, Schwesterherz, also lass mich in Ruhe! Und wen stört es schon, wenn ich ein paarmal gequalmt habe. Ich hab dich für lockerer gehalten.«

»Ich bin locker. Mehr als du denkst. Lass das sein, Mann.« Dylan fuhr sich mit der Hand durch seine vom Schlaf zusammengepappten Haare. »Du machst da viel zu viel Wirbel drum. Eine einzige Zigarette, mehr war nicht.«

Obwohl er einen ganzen Kopf größer war als sie, verstellte Alex ihm den Weg ins Bad. »Raffst du es denn nicht? So fängt es an und es endet …«

»Vielen Dank, Gesundheitsminister«, grummelte Dylan.

Alex machte einen Rückzieher. Ihre Taktik brachte sie nicht weiter. »Wart mal, Dyl«, sagte sie in einem sanfteren Tonfall. »Ich wollte nicht so ausrasten, aber das macht mich halt wahnsinnig.«

»Hör mal, ich werd schon nicht ins Gras beißen wie deine Alte, falls du das befürchtest.«

Alex war entsetzt.

Dylan schämte sich sofort.

Es klopfte an der Tür, doch sie standen beide nur da und starrten einander sprachlos an.

Es klopfte noch einmal, lauter diesmal. Und Daves Stimme fragte: »Alex? Bist du da drinnen?«

Die Tür wurde langsam geöffnet und Dave spähte ins Zimmer. Offenbar war ihm klar, dass er mitten in eine heikle Situation hineingeplatzt war, doch er sagte nur: »Komm doch bitte mal nach unten, Alex. Tut mir leid, dass ich störe.«

Ohne ihren wütenden Blick von Dylan zu nehmen, erwiderte Alex: »Kein Problem. Wir waren sowieso gerade fertig.«

Alex fragte sich, ob sie vielleicht eine Strafpredigt erwartete: Falls Emily schon Wind von Dylans neuer Angewohnheit gekriegt hatte, dann würde sie ihr, Alex, die Schuld geben. Und das, dachte sie, wär die totale Ironie. Doch als sie in die Küche einbog, wo Emily mit verschränkten Armen auf sie wartete, wurde Alex klar, dass es um etwas ganz anderes ging.

»Wollen wir uns nicht setzen?« Dave ließ sich auf einem Stuhl an dem kleinen, viereckigen Küchentisch nieder.

Zurückhaltend schloss Alex sich ihm an. Einen Moment später setzte sich auch Emily.

Alex hatte es nicht nötig, ihre Gedanken zu lesen, sie konnte in ihren Gesichtern lesen. Beide waren verwirrt und besorgt.

»Also dann.« Alex trommelte mit den Fingern auf den Tisch. »Was ist los, Leute? Was hab ich diesmal angestellt?«

Dave räusperte sich. »Gar nichts …«

Emily unterbrach ihn: »Es geht darum, was du nicht getan hast. Oder nicht erzählt hast.«

Dave hustete. »Wir wollen die Sache nicht schlimmer machen, als sie offenbar ist …«

Alex fühlte, wie sich alles in ihr zur Abwehr rüstete. »Also: Was hab ich offenbar nicht getan?«

Dave setzte seine Nickelbrille auf. »Wir haben heute Morgen eine beunruhigende Nachricht erhalten.«

»Wenn es was mit Dyl zu tun hat …«, begann Alex, doch Emilys nächster Satz ließ ihr die Worte im Halse stecken bleiben. »Es geht um die Vormundschaft.«

Alex verkrampfte sich. War etwas schiefgelaufen?

Dave legte ihr die Hand auf die Schulter. Alex schüttelte sie ab. »Kein Grund zur Panik«, sagte er und schenkte ihrer abwehrenden Geste keine Beachtung. »Nur ein kleiner Stolperstein, weiter nichts.« Dave unterbrach sich und beobachtete ihre Reaktion.

Emily erläuterte: »Heute Morgen kam per Kurier ein Paket ins Büro. Es gibt etwas, das du uns nicht erzählt hast.«

Wenn du nur wüsstest, was ich dir alles nicht erzählt hab – du weißt so ziemlich gar nichts von mir, dachte Alex. Sie warf einen Blick auf Emily. Versuchte Cams Mom, sich ihre Erleichterung nicht anmerken zu lassen? *Vielleicht sucht sie ja nach Stolpersteinen, damit sie mich endlich los ist und sie wieder gemütlich zu viert in der Küche essen können.* Doch als sie Daves Hand wieder auf ihrer Schulter spürte, warm und beruhigend, wurde ihr klar, dass er sich wirklich wegen irgendetwas Sorgen machte. Und sie erklärte innerlich Waffenstillstand.

»Wir müssen dich etwas fragen, Alex«, sagte Dave langsam. »Und es ist unheimlich wichtig, dass du vollkommen ehrlich antwortest.«

»Na, dann mach mal«, murmelte sie und verbarg ihre aufsteigende Panik.

»Das Paket enthielt Dokumente, mit denen jemand versucht, unseren Vormundschaftsantrag anzufechten.«

Alex' verwirrtes »Wer denn?« wurde von Emilys angespannter Stimme überlagert: »Ein Mann, der behauptet, dass er dein Vater ist …«

Aron? Er lebt?, dachte Alex – oder vielleicht hatte sie es sogar ausgesprochen.

Nein. Daves nächste Worte warfen sie in ein schwindelerregendes Durcheinander. »Ein gewisser Isaac Fielding, Ehemann von Sara. Du hast doch gesagt, dass er tot sei, Alex.«

Alex hatte sich die Hand vor den Mund geschlagen, als Ike

Fieldings Name fiel. Ihre grauen Augen waren vor Schreck weit aufgerissen. Und dann hatte Alex die Flucht ergriffen. Emily wollte ihr nach. Als Alex zur Tür hinausrannte, hörte

sie Emilys Stimme: »Nein, Dave, sie kann nicht einfach so weglaufen. Sie ist uns eine Erklärung schuldig.«
Und Dave hatte ruhig erwidert: »Ich weiß. Aber wir müssen ihr ein bisschen Zeit geben. Das Mädchen hat offenbar einen Schock erlitten. Vielleicht hat sie ja wirklich geglaubt, dass er tot ist.«
»Vielleicht glaubt sie aber auch, dass sie sich alles Mögliche ausdenken kann, weil wir so einfältig sind …«
Alex rannte in die Garage, schnappte sich Dylans Mountainbike – noch so ein Teil, was er nicht mehr brauchte und ihr vermacht hatte – und trat, so kräftig sie konnte, in die Pedale. Sie brauchte Zeit, um nachzudenken.

Half Moon Cove war ein winziger, sichelförmiger Strand in der Nähe von Cams Haus. Er war durch eine etwa einen Meter hohe Mauer aus groben Steinen vor der Straße geschützt. Da er auf die Bucht und nicht auf den Ozean hinausging, war das Wasser recht ruhig und seicht – es war wie am Ufer eines Binnensees.
Wie in Montana.
Dies war der einzige Ort in Marble Bay, der Alex an ihre Heimat erinnerte.
Cam lehnte ihr Rad gegen einen Baum. Niemand außer ihr hätte erraten können, wohin Alex verschwunden war. Sie eilte die Steinstufen zum Kiesstrand hinunter und hörte es. Sie blieb stehen und lauschte.
Wieso taucht er denn jetzt auf einmal auf? Wetten, dass ich weiß, was er von mir will? Sie können mich nicht zwingen, mit ihm zu gehen. Ich kann nicht. Ich will nicht … Ich lauf weg!
Wenn du wegläufst, sagte Cam telepathisch, während sie den

Strand nach Alex absuchte, *dann muss ich wohl mit … Wir gehören doch jetzt zusammen.*

Doch Alex war absolut nicht nach Scherzen zumute. Sie schoss zurück: *Ich sehe schon die Schlagzeilen im Marble Bay Freibeuter oder wie auch immer euer Lokalblättchen heißen mag: Prinzessin entsagt vollkommenem Leben, Alphamädchen auf der Flucht … Gold-Cam nicht zu halten. Als ob du so etwas machen würdest.*

»Für dich schon«, sagte Cam laut, als sie Alex schließlich gefunden hatte, die mit dem Rücken an die Kaimauer gelehnt dasaß und auf das Wasser hinausstarrte.

Alex blickte zögernd auf. »Würde ich aber gar nicht von dir verlangen. Und wo wir gerade von Verlangen reden: Es verlangte mich eigentlich nach Einsamkeit …« Alex zitterte in ihren knielangen Hosen und dem ärmellosen T-Shirt.

Cam zog ihre Strickjacke aus und legte sie um Alex' Schultern. »Ich brauche keine Einladung. Gewöhn dich dran.«

Alex war drauf und dran, die Jacke aus purem Trotz abzustreifen, doch dann überlegte sie es sich anders. Sie gab nach und wickelte sich das Kleidungsstück enger um ihren Körper. »Danke für die Wärme, aber ich brauche wirklich ein bisschen Zeit für mich. Verschwinde.«

»Warum bist du abgehauen?«, fragte Cam, schenkte Alex' schroffer Art keinerlei Beachtung und ließ sich stattdessen neben sie auf den Sand gleiten.

Alex zuckte mit den Schultern. »Mir ist nichts Besseres eingefallen.«

Cam erinnerte sich an einen Spruch auf Beths Kalender und scherzte: »Du bist nur dort, wo du selbst hingegangen bist.«

Alex warf den Kopf zurück.

»Na vielen Dank. Wenn ich mal einen richtig kitschigen

Spruch brauche, dann weiß ich ja, an wen ich mich wenden kann.«

In Wirklichkeit wussten sie beide, warum Alex die Flucht ergriffen hatte. Es ging nicht darum, dass Dave und Emily sie beim Lügen ertappt hatten. Sie war nur schlicht und ergreifend zu Tode erschrocken.

»Alex«, fuhr Cam sanft fort, »warum hast du uns überhaupt belogen?«

»Hab ich doch gar nicht«, beharrte Alex trotzig.

»An diesem Abend, an dem du auf einmal vor unserer Haustür standest, haben meine Eltern doch versucht herauszukriegen, was eigentlich los ist, und du hast behauptet, dass er tot sei.«

»Dein Gedächtnis ist nicht gerade umwerfend, Baby.« Alex reckte trotzig das Kinn vor. »Wenn ich mich recht erinnere, sagte damals Dave – Zitat: ›Du hast gerade deine Mom verloren. Dein Dad ist schon vor einigen Jahren gestorben.‹«

»Haarspalterei gibt Spliss, Alex. Er hat nur formuliert, was du uns zu verstehen gegeben hast.«

Alex wandte sich ab. Sie wollte nicht, dass Cam ihr Gesicht sehen konnte – und vor allem wollte sie nicht ihr eigenes Spiegelbild sehen, in so liebevoller Sorge um sie.

»Du wusstest, das er noch lebt«, wiederholte Cam.

»Für mich ist er gestorben. Ich meine, was hat er denn schon je für mich getan? Es wäre mir im Traum nicht eingefallen, dass er nach mir suchen würde – oder irgendwas von mir will.«

»Und was ist deine These? Warum ist er auf einmal hier aufgetaucht?«, fragte Cam.

Alex wurde wütend. »Warum? Lass mich mal nachdenken. Woran kann ich mich erinnern, wie ist er denn so drauf, der

Ike … Hey, könnte er denken, Sara ist tot! Vielleicht hatte sie ja eine Lebensversicherung. Dann hat bestimmt das Mädchen die Kohle. Ich könnt's gut gebrauchen …«

Cam legte tröstend einen Arm um ihre Schwester. »Vielleicht ist er ja gar nicht mehr so. Menschen können sich auch verändern.«

»Er ist aber kein Mensch. Er ist … die menschliche Entsprechung zu Beton. Er … er hat uns sitzen lassen, Cam. Hat uns nur einen riesigen Stapel Rechnungen dagelassen, einen unglaublichen Schuldenberg, den meine Mutter nie abtragen konnte. Armut.« Sie sprach das Folgende nicht aus, aber sie dachte es: *Du hast ja keine Ahnung, wie das ist. Du und deine vollkommene, harmonische Familie.*

Cam schloss die Augen und überlegte einen Moment lang. »Wenn du sie lässt, Alex, dann wird diese ›vollkommene, harmonische Familie‹, wie du sie so sarkastisch nennst, auch zu deiner. Sie wollen es zumindest alle versuchen.«

Alex schlug unwirsch die Hacken ihrer Schuhe in den feuchten Sand und fuhr Cam an: »Nicht deine Mom. Sie fänd's bestimmt völlig in Ordnung, mich zurückzuschicken. Zurück zu ihm.«

Cam schüttelte den Kopf. »Quatsch! Emily hat Ängste, sie ist vielleicht auch nicht so spontan, aber sie hat ein gutes Herz. Das beste auf der ganzen Welt. Wenn du mir nicht glaubst, dann lies doch ihre Gedanken …«

Alex überlief ein kaltes Frösteln.

»Trau dich!«, forderte Cam sie heraus. »Und außerdem kannst du ja wohl unmöglich an meinem Dad zweifeln. Karsh hat uns doch erzählt, dass er Dave als meinen Adoptivvater ausgewählt hat. Und das wäre nicht geschehen, wenn er nicht das Allerbeste für uns wollte.«

»Dave hat ein Kind mit Supertalenten bestellt. Nicht zwei davon«, erinnerte Alex sie.

Mit einem Mal platzte Cam heraus: »Was für ein Durcheinander! Unser echter Vater war Aron. Ein guter und mächtiger Hexer, aber nichtsdestotrotz tot.«

Alex war sofort mit dabei. »Ike, eine fiese und faule Niete, war niemals mein Dad, aber auf einmal kehrt er von den ›Toten‹ zurück und will es werden!«

Cam fuhr fort: »Dave hat mich aufgezogen, er will für uns beide da sein.«

Alex fügte hinzu: »Emily ist nicht deine leibliche Mutter, Sara war nicht die meine – aber beide waren Moms in allem, was zählt.«

»Und dennoch ist unsere leibliche Mutter Miranda …« Cam unterbrach sich und wusste nicht, wie sie den Satz zu Ende führen sollte. Dann rief sie aus: »Was für ein Chaos mit unseren Eltern … man kann nicht mit ihnen leben, aber auch nicht ohne sie.«

Alex brach in Gelächter aus.

Cam erhob sich, klopfte den Sand von ihren Kleidern und streckte ihre Hand aus. Alex zögerte nur kurz und ergriff sie dann, erlaubte Cam, ihr auf die Beine zu helfen.

»Folgender Plan. Und sag jetzt nicht wieder ›keine gute Idee, Cam‹, denn das stimmt nicht. Wir gehen nach Hause und erzählen Dad alles über Ekel-Ike. Dad beantragt eine Verhandlung gegen ihn und wir wehren uns.«

»Meinst du, das funktioniert?«, fragte Alex zaghaft. Sie wagte nicht, sich Hoffnungen zu machen.

»Ike kriegt dich nicht. Basta. Wir werden dich so schnell nicht wieder los, Alexandra Fielding!«

Alex schenkte ihr ein breites Grinsen. »Na, dann freut euch.«

Kapitel 12

EIN BEZAUBERNDER ABEND

Als Cam an diesem Abend mit Jason zum Schulball kam, musste sie zweimal hingucken. Volle Punkte für Bree! Und für Kristen, die schon immer die Kreativste ihrer Freundinnen gewesen war, und für alle anderen, die an den Dekorationen mitgearbeitet hatten. Die öde Turnhalle hatte sich in ein glitzerndes Winter-Wunderland verwandelt.

Von den hohen Dachbalken hingen schimmernde silberne und weiße Sterne. Luftballons waren an den Neonröhren befestigt und schnörkelige weiße Girlanden wanden sich um die Rohre, die kreuz und quer unter der Decke verliefen. Kunstschnee, wie man ihn im Kino benutzt, lag überall verteilt und bedeckte beinah den ganzen Boden der Turnhalle. Cam war sich sicher, dass Bree ihre Verbindungen nach Hollywood eingesetzt hatte, um da dranzukommen.

Vor den Wänden standen mit Wintermotiven bemalte Kulissen. Und von den Basketballkörben baumelten Schlittschuhe und altmodische Schlittenglöckchen.

Doch am schärfsten fand Cam die überdimensionalen Schneemänner, die da und dort in der Halle standen. Sie waren aus riesigen Styropor-Bällen gemacht und trugen alle einen roten Schal und einen albernen schwarzen Schlapphut.

»Mann, das ist ja der helle Wahnsinn!«, rief Jason, als er das alles betrachtete.
Cam blickte in seine funkelnden Bitterschokolade-Augen. »Der beste Schulball, auf dem du je gewesen bist?«
»Ja, aber nicht nur wegen der Deko.« Jason bemühte sich, locker zu klingen, aber als er seinen Arm um Cams Hüfte legte, konnte er nicht verbergen, wie glücklich er war. »Falls ich das nicht bereits erwähnt hatte: Du siehst, du weißt schon, echt gut aus. Klasse.«
Cam strahlte. »Du hattest es bereits erwähnt – aber macht nichts.« Durch die ganzen Trauma-Sitzungen mit Beth und Alex war Cam heute kaum Zeit geblieben sich zu überlegen, was sie denn anziehen sollte. Schließlich entschied sie sich für ein glitzerndes, silbernes, rückenfreies Top und einen Minirock. Spontan hatte sie noch ihr Sonnen-Amulett gegen eine locker sitzende, lassoähnliche Kette eingetauscht.
»Komm, wir gehen mal zum Büfett rüber«, sagte Jason gerade und zeigte zum anderen Ende der Turnhalle hinüber, wo lange Tische mit verlockenden Gerichten aufgestellt waren.
Cam sah, dass sich dort schon ein paar Leute versammelt hatten. An ihrer Gestik erkannte sie, dass sie sich über die bleischweren Fleischklößchen lustig machten, die Mrs Sullivan jedes Jahr spendete. Es gab einen beliebten Witz: Iss einen davon und du bleibst auf ewig mit der Erde verhaftet – die Teile fühlten sich beim Essen an, als verschluckte man kiloschwere Kanonenkugeln.
»Cami! Hier drüben«, rief Amanda winkend.
Cam lächelte. Amanda hatte sich in einen hellblauen, knöchellangen Rock und ein gestreiftes, eng anliegendes Top geworfen, ihre leuchtend roten Locken umrahmten ihr puppenhaftes Gesicht. Sie wollte gerade zu ihrer Freundin hi-

nübergehen, als Rick, einer von Jasons Freunden, quer durch die Halle rief: »Hey Mann, guck dir das an.« Er stand am Büfett und jonglierte mit drei Fleischklößchen.

»Bin gleich wieder da.« Jason drückte Cams nackte Schulter und verschwand in Richtung Rick.

»Wo sind denn die anderen alle?«, fragte Cam Amanda.

»Sukari ist da drüben.« Amanda deutete auf das andere Ende der Turnhalle, wo Sukari aus einer Gruppe – größtenteils Jungen – hervorleuchtete. Sie trug ein pfirsichfarbenes Wickelkleid mit passender Schärpe.

»Die verliert aber keine Zeit, um Anschluss zu finden!«, sagte Cam und winkte Sukari zu. »Aber selbst für ihre Verhältnisse ist das ein ziemlicher Harem.«

Amanda legte ihren Kopf schräg. »Ob ich wohl gleich mal rübergehen sollte, um die Geschlechterverteilung ein bisschen auszugleichen?«

»Hervorragender Einfall«, stimmte Cam lächelnd zu und wünschte mit einem Mal, dass Dylan und Alex hier wären. Doch Dylan hatte schon etwas anderes vorgehabt und ihre Zwillingsschwester hatte beteuert, dass sie einfach nicht auf einen Schulball passte. Cam hatte nicht versucht sie umzustimmen.

Wenn sie jedoch schon gewusst hätte, was sie nun mit einem Mal wusste, dann hätte sie es vielleicht doch versucht.

Etwas Giftiges war in den Raum gedrungen.

Noch bevor sie es sehen konnte, spürte Cam es. Sie wirbelte herum und augenblicklich bestätigte sich ihre Ahnung. Neben Ms Hammond hatte auch Ms Webb heute Abend Aufsicht. Als sie Cams Blick bemerkte, erdreistete sie sich sogar zu lächeln! Doch dieses Lächeln war einfach …

»Böse! Böse! Sehr gewagte Klamotten, Cam!« Brianna, in

einem hautengen Nichts von einem schwarzen Kleid mit Spaghettiträgern, näherte sich Cam. »Total geniale Avantgarde, einen Rock vom letzten Jahr mit einem Top von vor fünf Minuten zu kombinieren.«

Sollte das eine Beleidigung sein? Ein Kompliment? Egal. Sie zog Bree zur Seite, deutete auf die Webb und flüsterte: »Wieso hat die denn Aufsicht?«

»Und wie kommst du darauf, dass ich das weiß?« Bree zuckte mit den Schultern.

»Weil du alles weißt«, beharrte Cam. »Alles über jeden und zwar immer.«

»Danke für die Blumen«, erwiderte Bree ausdruckslos. »Und für die lobenden Worte anlässlich der heutigen Turnhallengestaltung. Aber aus irgendeinem Grund ist die Frage, wer heute Aufsicht hat, nicht in meiner Muss-ich-rausfinden-Rubrik gelandet.«

Kristen, deren langes schwarzes Haar über ein blassgelbes Kleid wallte, schwebte zu ihnen herüber. »Leute! Beth ist gerade aufgetaucht – das müsst ihr sehen!«

Cam und Bree wandten sich in Richtung Eingang. Es gab nur ein einziges Wort, um Elisabeth Fish in diesem Moment zu beschreiben: Strahlend! Wie Aschenputtel beim Ball, als ob ein Leuchtkegel auf sie gerichtet wäre – sie sah umwerfend aus.

Seit dem Morgen hatten sich Beths Haare von zerzaustem Gewirr in eine Flut dichter und glänzender Locken verwandelt, die einer Prinzessin würdig gewesen wäre. Sie trug ein trägerloses, mit Rosen bedrucktes Kleid, das ihr zauberhaftes Megawatt-Lächeln unterstrich.

Doch was den Anwesenden endgültig den Atem verschlug, war ihre Begleitung.

Shane strahlte etwas Geschmeidiges, etwas Selbstsicheres aus. Lag es an seinem guten Aussehen, dass Cams Herz wie wild klopfte? Oder hatte die plötzlich in ihr aufsteigende Unruhe andere Gründe?

Als hätten sie es vorher geplant, versammelte sich das gesamte Sixpack einschließlich Begleitern und Freunden um Beth und Shane.

»Du leuchtest ja richtig!«, sagte Sukari.

Amanda fügte hinzu: »Dein inneres Licht ist wohl auf Halogen eingestellt.«

Brianna nahm die Verfolgung auf. Sie streckte Beths Begleiter ihre mit einem Diamantarmband geschmückte Hand entgegen und zwitscherte: »Hi! Ich bin Brianna. Und du bist Shane. Zweifellos.«

Er grinste und schüttelte ihre Hand. »Zweifellos.«

Bree hatte auf automatischen Flirt gestellt und säuselte: »Bethie hat natürlich schon von dir erzählt, aber sie hat nie erwähnt, dass du so …«

»Groß bist«, unterbrach Kristen und versetzte Bree einen nachdrücklichen Tritt auf den Fuß. »Du wirkst größer als wir … äh, erwartet hatten …«

Auf Cam machte Shane einen erheiterten Eindruck. Das Gespräch war ihm nicht unbehaglich, wie es für Jason – oder die meisten anderen Jungen – gewesen wäre. Fast so wie an jenem Tag im Einkaufszentrum, an dem Cam mit ihm zusammengerasselt war.

Beth stellte sie alle vor und endete schließlich mit: »Cam hast du ja schon kennengelernt.«

»Camryn Barnes, meine ich«, scherzte er spielerisch, genau wie bei jenem ersten Mal. »Wer könnte sie vergessen?« Er machte keine Anstalten, ihr die Hand zu geben. Stattdessen

fasste er Beth' noch fester und beugte sich herunter, um mit seinen Lippen ihre Schläfen zu berühren.
Mit einem Mal erinnerte sich Cam an die Zeit, in der sie und Beth noch Kinder waren und stundenlang über einen Satz gelacht hatten. Die Verbindung zu Beths Nachnamen hatte sie sofort in Gekicher ausbrechen lassen: Um diesen Fish zu fangen, muss man schon einen saftigen Köder auslegen. *Dieser Typ hat offenbar gleich ein ganzes Netz geworfen*, dachte Cam nun.
Glaubst du, dass sie angebissen hat?
Cam schnappte nach Luft und erstickte fast an ihren Worten. Shane hatte ihre Gedanken gelesen.

Der Ball war ihr verdorben. Und das, obwohl die Band zu spielen begonnen hatte, Jason an ihrer Seite war und Stimmen, Musik und Lachen den Raum zwischen Boden, Decke und Wänden erfüllte. Doch Cam konnte an nichts anderes mehr denken als an Shane.
Und dazu: Wo sie auch hinsah, starrte Cecilia Webb sie an. Verfolgte die Frau sie? Konnte auch sie Cams Gedanken lesen? Und – die gruseligste Frage von allen – gab es eine Verbindung zwischen Shane und der Webb?
Als Cam zuvor hierhergegangen war, hatte sie sich wieder wie früher gefühlt, hübsch, unbeschwert, umgeben von ihren Freunden, mit einem gut aussehenden Typ an ihrer Seite. Jetzt, zwei Stunden später, stand sie kurz vor dem Zusammenbruch.
Doch erst als die Band eine heisere Version eines ihrer Lieblingslieder anstimmte und Jason die Melodie leise mitsummte, verlor sie die Beherrschung.

Zack! Da war es wieder: Ihr Herz raste, Schweißperlen erschienen auf ihrer Stirn und sie wurde in schwindelerregende Kälte eingehüllt.
Unwillkürlich griff sie sich an ihren Hals. Doch ihre Finger fanden dort nicht ihr Sonnen-Amulett. Sie wirbelte herum und kehrte Jason den Rücken zu. Sie kannte den Grund ihrer Vorahnung, aber sie wusste noch nicht, was geschehen würde. Sie wusste nur, dass es schlimm würde.
»Hab ich dich mit meinem schrägen Gesinge verletzt?« Jason beugte sich nah an sie heran, damit sie seine Frage durch die laute Musik hindurch hören konnte.
Cam wandte sich um und kicherte nervös. »Nein, ich bin …«
Er legte die Hand auf ihren Arm. »Sollen wir verschwinden?«
»Ich brauch nur ein Glas Wasser«, erklärte sie und fühlte sich wie von einem Magneten auf die andere Seite der Tanzfläche gezogen.
»Soll ich es dir holen?«, bot er an.
»Schon in Ordnung«, beteuerte Cam rasch. »Bin gleich wieder da.«

Einer inneren Stimme folgend stürzte sie in die entlegenste Ecke der Turnhalle. Dort hatte man den größten der Deko-Schneemänner aufgestellt. Wie ein Wachtposten stand er vor der Tür zum Geräteraum. Ohne nachzudenken rannte Cam an dem Styropor-Mann vorbei und durch die Tür. Es kam ihr gar nicht in den Sinn, sich zu fragen, weshalb nicht abgeschlossen war.
 Sie wusste: Wer auch immer hinter ihr her war, würde ihr nachkommen.
»So sieht man sich wieder, Camryn Barnes, meine ich.«

Seine Stimme war leicht und spöttisch. Es war anders: Er hatte schon auf sie gewartet.

Sie hörte, wie die Tür hinter ihr zufiel und bemühte sich verzweifelt, die Nerven zu behalten. »Willst du etwa behaupten«, erwiderte sie, »dass auch nur eines unserer Treffen reiner Zufall war?«

Shanes muntere Augen glitzerten. »Vielleicht absichtlich zufällig.«

Cam betrachtete sein Gesicht und versuchte herauszufinden, wer er wohl in Wirklichkeit war – und was er wollte. Unerwartete Gelassenheit überkam sie. Ihr Herz schlug wieder mit normaler Geschwindigkeit, sie fröstelte nicht mehr. Genau genommen wurde ihr seine Gegenwart langsam merkwürdig angenehm.

Dann fiel ihr Beth ein.

Cam reckte ihr Kinn vor. Wer er auch sein mochte und was er auch vorhatte – sie würde schon damit fertig werden. Auch ohne Alex, ohne ihr Amulett, sogar ohne die Unterstützung ihrer Beschützer. Sie war kein ohnmächtiges Opfer. »Was willst du von mir, Shane? Hat man dich geschickt …«

»Um dich zu bekehren?«

Einen Moment lang war Cam verwirrt. Bekehren? Wozu? Redete er von … *Helfende Hände*?

Shane lachte. »Du kannst doch nicht ernsthaft immer noch glauben, dass ich irgendwas mit … einem guten Zweck zu tun hab?«

Er hatte schon wieder ihre Gedanken gelesen. Na schön. Sie konnte damit umgehen.

»Toller Trick«, sagte sie sarkastisch und zuckte die Schultern. »Aber das reicht leider nicht, um mich zu beeindrucken. Was kannst du denn noch so?«

Shane erwiderte: »Alles Mögliche. Komm mit mir und ich zeig's dir.«

»Wohin?«

»Coventry Island. Dort wohne ich.«

»Wo ist das denn?« Cam konnte ihr Interesse nicht verheimlichen. »Ich meine, ist es …« Sie wollte »auf dieser Erde« sagen, aber das hörte sich ja wohl völlig bescheuert an! »Gibt es das wirklich?«

Shane lachte und seine Augen funkelten. »Eine Insel vor der Westküste des Michigansees. Zufrieden?«

Mit *ihm* gehen – auf irgendeine abgelegene Insel? Niemals! Sie schüttelte den Kopf. »Ich bin jetzt hier, Shane. Falls das dein richtiger Name sein sollte.«

»Doch, das ist er wirklich. Meine Eltern liebten Wild-West-Filme.«

»Klasse, Shane. Wenn du mir eine Botschaft überbringen sollst, dann sprich jetzt oder lass mich in Zukunft in …«

Irgendetwas stimmte nicht. War die Tür hinter ihr aufgegangen? Gesellte sich Ms Webb zu ihnen? Zwei gegen einen? Cam wünschte, ihre Ohren wären so hyperscharf wie die von Alex. Sie konzentrierte sich, doch es war kein Laut mehr zu hören.

»In Frieden? Ich soll dich in Frieden lassen?«, vollendete er ihren Satz. »Frieden ist eine merkwürdige Angelegenheit. Wenn du nicht weißt, wer du wirklich bist, wirst du ihn vielleicht niemals finden.« Er hielt inne und fixierte sie mit seinem Blick, dann fügte er hinzu: »Meinst du nicht auch, Apolla?«

Cam musste schlucken, doch sie wollte sich nicht so leicht verwirren lassen. Er hatte ihr noch nichts gesagt, worauf sie nicht auch schon selber gekommen war. Shane war ein Hexer, der neue Bote von »Onkel« Thantos. Aber wie passte Ms Webb ins Bild? Und was war der Zusammenhang mit *Helfende Hände*?

»So viele Fragen!« Er hatte schon wieder ihre Gedanken gelesen. »Und da du ja eine schlaue kleine Hexe bist, hast du dir schon allerlei zusammengereimt. Aber eben nicht alles. Ich will dir keinen Schaden zufügen. Ich will dich auch nicht entführen. Einige Leute, die lange Zeit darauf gewartet haben, dich kennenzulernen, haben mich zu dir geschickt. Also, wie deine reizende Freundin Beth es wahrscheinlich ausdrücken würde: ›Kommst du?‹«

Als er den Namen ihrer Freundin aussprach, wurden Cams Handflächen feucht und ihr Herz fing wieder an, wie wild zu klopfen.

»Beth hat mit der ganzen Sache nichts zu tun. Lass sie in Ruhe!«

Shane zuckte die Schultern. »Beth ist süß. Und sie hat Ideale. Sie ist voller Vertrauen – im Gegensatz zu dir. Du könntest noch was von ihr lernen, Apolla.«

»Du meinst, dass ich dir vertrauen sollte?!« Obwohl sie sich so fürchtete, wäre Cam beinah in Lachen ausgebrochen.

Shane beugte sich zu ihr und legte sanft seine Hände auf die ihren. Die Berührung verursachte ein vertrautes, aufregendes Gefühl, wie ein leichter Stromschlag. Er flüsterte: »Cam? Du hast Unrecht, wenn du mich für einen miesen Typ hältst. Ich bin kein böser Mensch. Ich handle nach meinem Gewissen.«

»Und was bedeutet das? Du hast mir immer noch nicht erzählt, was du hier eigentlich machst.« Cams Stimme zitterte.
Sie zog ihre Hände zurück.

»Ich bin gekommen, um dich dorthin zu bringen, wo du im

Grunde deines Herzens hinwillst, liebe Apolla. Nach Coventry Island, wo du geboren wurdest und wo deine Familie dich erwartet. Deine wahre Familie.«

Das Zimmer drehte sich um sie. Cam hielt sich an einem Regalbrett fest, um nicht das Gleichgewicht zu verlieren. Sie hörte seine Stimme: »Du willst es doch. Du hast es schon immer gewollt. Sie warten alle auf dich …«

Doch die folgenden Worte kamen nicht aus seinem Mund. »Nicht so. Nicht auf diese Art. Alex!« Das hatte Alex gesagt, als schon einmal jemand versucht hatte, sie irgendwohin zu locken. Es stand einer gegen einen. Cam hatte Shanes Können noch nicht in Aktion erlebt, sie war sich nicht sicher, ob sie es mit ihm aufnehmen konnte. Sie beschloss, einem Kampf auszuweichen.

Stattdessen verhandelte sie.

Ihre Hand klammerte sich so fest an das Regalbrett, dass die Knöchel schon ganz weiß wurden. Cam holte tief Luft. Sie sah Shane direkt in die Augen. »Abgemacht. Ich komme mit …«

»Wusste ich es doch!« Er freute sich.

»Unter einer Bedingung.«

»Du stellst eine Bedingung?« Seine Augen weiteten sich vor Staunen.

»Lass Beth in Ruhe. Verschwinde einfach – und komm nicht zurück.«

»Aber das würde sie doch verletzen«, erwiderte Shane sanft.

»Einerseits ja, andererseits nein. Sie ist wirklich voller Vertrauen. Und unschuldig. Und ganz gleich, was du selbst von dir denkst und glaubst, Shane … du bist doch ein mieser Typ. Es ist mies von dir, dass du Beth benutzt, um an mich ranzukommen. Also los: Brich ihr das Herz – aber nicht den Lebenswillen. Lass ihre Seele in Frieden.«

Ein Hauch von echtem Mitgefühl huschte über Shanes glattes Gesicht. Er hatte seine harte Maske fallen gelassen.
Und in diesem Sekundenbruchteil hatte Cam einen Einfall. Doch noch bevor sie ihren Plan in die Tat umsetzen konnte, flog die Tür hinter ihr auf.

Kapitel 13

DER ALBTRAUM

Drei weiße Kugeln standen im Türrahmen: Der Schneemann?! In ihrer Verwirrung dachte Cam schon, er hätte die Tür von allein geöffnet. Aber das war doch nicht …

»Schnapp sie dir!«, zischte eine Stimme, die aus dem Schneemann kam. Sie hatte diese Stimme schon einmal gehört.

Cam wusste nicht so genau, was sie jetzt machen sollte. Also konzentrierte sie ihren glühenden Blick auf den Styropor-Schneemann und versuchte zu sehen, wer darin steckte. Es war gar nicht ihre Absicht gewesen, ihn zu versengen – doch mit einem Mal war der künstliche Schneemann von Rauchschwaden eingehüllt, der beißende Geruch von angesengtem Styropor durchzog die Luft und trieb hinüber in die anliegende Turnhalle.

»Um Himmels willen, Cam! Was hast du gemacht?« Shane versuchte gar nicht erst, seine Angst zu verbergen, während der Rauch immer dichter wurde. Der Schneemann hatte Feuer gefangen und die Schwaden schwarzen Qualms begannen den Raum zu verdunkeln.

»Dämlicher Dienerjunge!« Schon wieder diese Stimme, dünn und schrill. »Verschwende keine Zeit! Schnapp sie dir einfach!« Gleichzeitig sprang eine Gestalt hinter dem Schneemann hervor: ein Mann mit einem bleistiftdünnen Schnauzer und schütteren, fusseligen Barthaaren an seinem spitzen Kinn. Cam fand alles an ihm total unwirklich, ein Haufen Knochen in einem Hautsack. Angst kroch ihr in den Nacken. Sie hatte dieses Wesen schon einmal gehört.

Es war ...?! Der Hexer! Der die Gestalt einer riesigen Eidechse annehmen konnte. Den Ileana mit Fredo angesprochen hatte. Das wusste Cam noch, denn sowohl der Name als auch der Mann hatten sie geradezu an ein Frettchen erinnert. Er hatte schon einmal versucht, die Zwillinge zu entführen. Damals war ihre tapfere Beschützerin Ileana dazwischengegangen.

Diesmal war Cam auf sich gestellt.

Er wollte sich auf sie stürzen, doch sie war zu schnell und zu schlau. Mit einer Bewegung, die sie unzählige Male auf dem Fußballfeld geübt hatte, täuschte Cam einen Ausfall nach links an, duckte sich dann unter seinem rechten Arm hindurch und stürzte zur Tür hinaus – genau auf die Mitte der überfüllten Halle zuhaltend, hinter ihr wogende Schwaden des stinkenden Rauchs.

Cam raste an schockierten Mädchen und Jungen vorbei, boxte sich durch tanzende Pärchen.

»Wo ist Mrs Hammond!!«, schrie sie.

Der beißende, heiße Rauch ließ die Temperatur in der Halle rapide ansteigen. Die Feuermelder schlugen Alarm. Panik ergriff die Kids.

Dann vernahm man in der Nähe mehrfach ein lautes Knallen, das beinah das Geschrei der Menge übertönte. Cam wirbelte herum und sah ihn – Fredo! – hinten beim Büfett! Systematisch schmiss er Teller und Gläser an die Decke – mit einer solchen Kraft, dass sie die Glühbirnen zerschmetterten und die Turnhalle in tiefster Dunkelheit versank.

Ihre eigenen Scheinwerfer-Augen sahen, was niemand anders sehen konnte: Der frustrierte, wutschäumende Hexer wandte sich zur Bühne und feuerte mit voller Wucht auf die Band. Augenblicklich gaben die Verstärker ein zischendes Geräusch von sich und verstummten! Was hatte er vor? Wollte er die ganze Turnhalle in die Luft jagen? Cam rechnete damit, dass jeden Moment Flammen auf der Bühne auflodern würden.
Stattdessen fühlte sie auf einmal, wie sie bis zu den Knöcheln in … einer schleimigen, klebrigen Masse stand. Was war das? Fredo stand nunmehr an der hinteren Wand, zog mit Godzilla-mäßiger Kraft an der Hauptwasserleitung – so fest, dass sie platzte. Der Gestank von etwas Fauligem, Ekligem durchflutete den Raum. Es war, als sei ein verseuchter, giftiger Fluss über die Ufer getreten. Die allgemeine Panik wuchs zum Inferno. Was einmal ein bezaubernder Schulball der Marble-Bay-High-School gewesen war, verwandelte sich in einen schwarzen und schleimigen Albtraum; das Winter-Wunderland erinnerte an eine riesige Jauchegrube; eine verängstigte, schreiende, schubsende Menschenmasse jagte in wilder Flucht über einen morastigen Boden dem Ausgang zu.
Jetzt sprang die Schulleiterin, Mrs Hammond, auf die Bühne und rief mit gellender, das laute Geschrei übertönender Stimme in die Halle …
»Bewahrt bitte die Ruhe! Es gibt kein Feuer in der Turnhalle. Das Wasser wird euch nichts tun. Ihr seid nicht in Gefahr. Wir werden alle Türen und Notausgänge öffnen und ihr begebt euch bitte geordnet auf den Hof.«
Ihr tapferes Bemühen konnte nicht gegen das weiter ansteigende Wasser und den würgenden Gestank im Raum ankommen. Schluchzende und kreischende Kids, die zu entkommen versuchten, rutschten aus und fielen der Länge nach in den

Matsch. Cam merkte, wie sie langsam von der Menge verschluckt wurde, sie war umgeben von einem ungebärdigen Gewirr aus rudernden Armen und Beinen. Durch den Lärm hindurch meinte sie zu hören, wie ihre Freunde einander riefen. Sie musste irgendetwas unternehmen – bloß was? Was nützte es jetzt, Menschen zu blenden und ihnen mit ihrem verblüffenden Blick ein Geständnis zu entringen? Was hatte sie davon, dass sie Gegenstände in Brand setzen konnte? Sie musste sich darauf beschränken, im Dunkeln sehen zu können und vielleicht würde sie es ja auch schaffen, einen Lichtstrahl zu erzeugen, der den Weg zum Ausgang beleuchten könnte.

Doch als sie gerade ihre Augen auf die größte der Doppeltüren gerichtet hatte, packte sie jemand am Arm. Shane hatte sie erwischt. Adrenalin schoss durch sie hindurch und setzte übermenschliche Kräfte in ihr frei, sie riss sich los und entkam. In diesem Moment erblickte sie Beth: Mit wilden Bewegungen, das Kleid vollkommen durchnässt, beugte sich das Mädchen hinunter und als sie sich wieder aufrichtete, hatte sie Bree in ihren Armen – und sie davor gerettet, zertrampelt zu werden. Cam schoss auf die beiden zu. Als sie Sukaris Schärpe sah, die in dem nunmehr kniehohen Wasser trieb, wurde ihr zunächst ganz schlecht, doch dann hörte sie Sukaris ruhige und sichere Stimme. »Kristen! Amanda! Bleibt in meiner Nähe! Haltet euch fest!«

Er ergriff sie von hinten. Cam fühlte einen Arm, der sich dicht um ihre Taille schloss. »Jetzt hab ich dich endlich gefunden!«

»Niemals! Du wirst mich niemals kriegen!«, kreischte sie. Ohne nachzudenken beugte sie sich vor und schlug ihre Zähne in seinen Arm. Erst als er aufschrie: »Aua! Was machst du denn da?«, wurde Cam bewusst, dass sie keineswegs einen angreifenden Hexer besiegt, sondern stattdessen ihren Retter gebissen hatte. Die Wunde über Jasons Handgelenk blutete.

»Oh nein! Jason! Das tut mir unendlich leid!«

»Was ist denn mit dir los? Komm, wir verschwinden!« Er packte sie, warf sie über seine Schulter und schob sich durch die Tür. Hinaus in die Freiheit.

»Es war Fredo! Der Eidechsen-Mann!«

Erst Stunden nachdem Cam geduscht und sich die Haare gewaschen hatte, war ihr schwesterlicher, unkonventioneller Klon ins Zimmer geschlendert. Mit Schallgeschwindigkeit raste Cam durch die Geschehnisse des schrecklichen Abends. Und es war Alex, die zusätzlich beschleunigte – von Unglauben über Erstaunen bis zu Empörung. »Der Fiesling ist also wieder da – um zu Ende zu führen, was er begonnen hat!«

»Und diesmal hat sich die schuppige Kröte einen Freund mitgebracht. Einen gut aussehenden.«

Alex war wütend auf sich selbst, kaute an ihren Nägeln und fuhr sich mit den wunden Fingern durch ihre abgesäbelten Haare. »Ich hätte da sein müssen«, wiederholte sie ein ums andere Mal.

Stattdessen hatte sie den Großteil des Abends in ihrem Zimmer verbracht, eingehüllt in eines von Saras abgewetzten alten Flanellhemden. Sie hatte an der Gitarre herumgezupft und sich schließlich vor Cams Computer gepflanzt und ein Lied komponiert, in der Hoffnung, sich so von den Gedanken an den schmierigen Isaac Fielding ablenken zu können. – Das allerdings war ihr letztlich doch nicht gelungen.

Alex wusste, auch wenn Fielding sie verlassen hatte, war es gut möglich, dass er einen rechtlichen Anspruch auf sie hatte, einen, gegen den nicht einmal der rechtschaffene Anwalt David Barnes angehen konnte. Sie hatte ihre alte Freundin Lucinda angerufen, die ihr bestätigen konnte, dass Ike in Crow Creek gesichtet worden war, irgendjemand hatte ihn an Saras Grab gesehen. Völlig verzweifelt hatte Alex Mrs Bass, der Bibliothekarin von Crow Creek, eine E-Mail geschickt. Vielleicht konnte die Kindheitsfreundin ihrer Mutter ihr im bevorstehenden Gerichtsverfahren mit einer Aussage oder so etwas helfen. Dann war Alex aus lauter Unruhe zu einem Spaziergang aufgebrochen. Die Nacht war kühl und half ihr, den Kopf klar zu kriegen.

Sie war überhaupt nicht darauf vorbereitet gewesen, Cams Gedanken in ihrem Kopf vorzufinden, als sie wieder um die Ecke in die Straße der Barnes eingebogen war – es war, als hätten die Hilferufe Cams auf Alex geradezu »gewartet«, als hätten sie auf dem Bordstein »gesessen«, weil sie es nicht weiter »geschafft« hatten. *Wo steckst du?*, schrie Cam telepathisch. *Beweg dich endlich gen Heimat! SOS, Schwester!!*

Die ganze Zeit über, gestand Alex sich ein, hatte Cam mit ihren unheilvollen Ahnungen goldrichtig gelegen. Sie schwebten in Gefahr und nicht nur wegen eines hinterhältigen Diebes. Ich war trotzig und selbstsüchtig, machte Alex sich Selbstvorwürfe, zu sehr damit beschäftigt, mein Ehrenabzeichen für Außenseiter zu tragen, um mitzubekommen, was direkt vor meiner Nase ablief.

»Mach das nicht«, sagte Cam jetzt, die zerstreut Alex' Gedanken gelesen hatte.

»Was soll ich nicht machen?«

»Alles so drehen, dass es nur um dich geht. Die Lass-mich-philosophieren-Parkuhr ist abgelaufen. Wir müssen was unternehmen. Und zwar jetzt.«

»Cam, was ist …?« Alex ließ sich auf den Schreibtischstuhl sinken. Sie wagte kaum zu fragen.

Es war auch gar nicht nötig. Cam erwiderte: »Shane macht voll einen auf ›Vertrau mir einfach‹. Aber mich kriegt er damit im Leben nicht! Ich hab dich gehört, wie du ›Nicht so‹ gesagt hast.«

»Ich hätte …«

»Karsh«, unterbrach Cam. »Der hätte da sein müssen. Er ist doch einer der Mächtigen. Unser Beschützer. Es ist sein Auftrag, in unseren Köpfen zu sein, uns zu leiten, uns zu helfen.«

Alex biss sich auf die Unterlippe und sprach aus, was beide Mädchen dachten: »Und wenn nicht er, dann doch wenigstens sie.« Ileana.

Die Zwillinge sprachen es nicht aus, doch voller Angst dachten sie das Gleiche. *Was ist, wenn Karsh und Ileana nicht kommen? Wir werden doch nicht alleine mit Thantos und seinen Boten fertig.*

Sie mussten sie erreichen. Wie auch immer.

Gleichzeitig krempelten sie die Ärmel ihrer Schlafanzüge hoch – so ähnlich und doch so unterschiedlich: Cams dicker, weicher Designerstoff, Alex' gemütlich verwaschenes Flohmarktteil – und machten sich an die Arbeit. Cam verscheuchte Alex von ihrem Schreibtischstuhl, setzte sich an den Computer und schrieb: »Verbindung aufnehmen.«

Beschwörungen, stand an erster Stelle.

Alex, die hinter ihr stand, schüttelte den Kopf. »Schon probiert, schon gereimt.«

»Vielleicht war unser Spruch einfach Schrott?«, überlegte Cam.

Alex zuckte mit den Schultern. »Auch nicht schlechter als sonst.«

Als Nächstes schrieb Cam: Dad. »Wir müssen mit Dad reden. Vielleicht kann er Karsh irgendwie erreichen. Schließlich hat ihn der alte Zauberer ausgewählt, mich großzuziehen. Außerdem weiß er, dass etwas nicht in Ordnung ist, Alex. Ich kann zwar seine Gedanken nicht lesen, aber als ich nach Hause kam, stand es ihm wie ins Gesicht geschrieben. Ich denke, er ist sich ziemlich sicher, dass es kein Zufall war, was heute Abend passiert ist.«

Alex löschte Dad. »Ihn mit reinzuziehen in unsere Probleme mit Thantos und seinen Abgesandten bedeutet automatisch, dass wir auch Emily mit reinziehen. Ihn zu fragen bedeutet – alles zu erzählen. Das geht nicht.«

Frustriert drehte sich Cam zu ihr. »Wir haben uns nicht genug angestrengt, Ileana und Karsh hierherzukriegen!«

»Oder …«, grübelte Alex, »wir waren nicht schlau genug.«

»Soll heißen?«

»Leg deine Sonnenkette um, Cam«, riet Alex, um deren Hals das Mond-Amulett hing.

»Warum hat uns Ileana nicht einfach ihre Telefonnummer gegeben?«, motzte Cam, ging zur Kommode hinüber und nahm den Schmuck heraus. Während sie die Kette anlegte, ertönte ein vertrautes *Ping!* aus dem Computer – eine E-Mail war angekommen. Nur von Kristen. Aber ebenso gut hätte eine gemeinsame Gedankenblase über den Köpfen der Zwillinge schweben können.

Denkst du das Gleiche wie ich?

E-Mail!

Glaubst du, Ileana hat Internet? Cam verspürte ernste Zweifel.

Sie verkehrt doch, wie du dich wahrscheinlich ausdrücken würdest, am liebsten in In-Kreisen. Selbst wenn sie … nicht hier aus der Gegend ist, dachte Alex hoffnungsvoll.

Aber sie ist eine Hexe.
»Im Gegensatz zu uns, oder was?«, sagte Alex hörbar. »Komm schon, Cami, denk cyber. Wir schaffen das schon.«
Was hätte sie wohl für eine Adresse?, versuchte Cam zu überlegen.
Alex zuckte mit den Schultern. »Shane hat dir doch erzählt, wo sie wohnen.«
»Immerhin ein Anfang«, stimmte Cam zu und schrieb:

@coventryisland.com

Nickend ergänzte Alex: »Naheliegend wäre also:

ileana@coventryisland.com«

Cam schrieb eine Kurznachricht:
Ileana, wir brauchen dich! Schreib sofort zurück! Doch sobald sie auf SEND gedrückt hatte, teilte der Computer ihr mit, dass die Adresse unbekannt sei. Sie versuchte es mit

hexeileana@coventryisland.com

aber auch das war es nicht.
Alex dachte scharf nach. »Vielleicht kein Name, sondern ein Charakterzug.« Cam grinste und versuchte:

supergöttin.com

Als das auch nicht funktionierte, tippte sie

ichbinnegöttinunddunicht.com

Cam und Alex sahen sich in ihre silbergrauen Augen, deren stürmische Iris tintenschwarz umrandet war, und gleichzeitig erlitten sie einen Anfall von unerwartetem Geistesblitz. Hätten sie in diesem Moment aus dem Fenster gesehen, so hätten sie vielleicht bemerkt, dass die ersten Sonnenstrahlen sich über den rasch verblassenden abnehmenden Mond schoben.
 Alex schubste Cam beiseite und tippte:

nenntmichgöttin@coventryisland.com

Kapitel 14

SONNTAG IN SALEM

Ileana nestelte an ihrem Armband aus gehämmertem Gold herum, drehte es ungeduldig, während sie unter dem eindrucksvollen Steindenkmal wartete. Nathaniel Hawthorne! Was würde der berühmte Autor von *Der scharlachrote Buchstabe* und *Das Haus mit den sieben Giebeln* wohl davon halten, wenn er wüsste, dass man ihn für alle Ewigkeiten als gewöhnlichen Tauben-Landeplatz verewigt hatte. Das Denkmal stand auf dem Marktplatz seiner Geburtsstadt, einem Ort, der aus einem finsteren Grund berühmt – oder besser gesagt: berüchtigt – war.

Hinter den herzförmigen, rosa getönten Gläsern ihrer Sonnenbrille flatterten ihre rauchigen Holzkohle-Augen unruhig hin und her. Sie fühlte sich wie auf dem Präsentierteller. Wie unter Zwang schlang sie ihren mitternachtsblauen Reiseumhang enger um die Taille – dann zupfte sie an ihrem Halstuch herum, löste es schließlich und erlaubte dem dünnen Stoff, frei um ihre Schultern zu wogen.

Diese Stadt hatte sie immer schon gruselig gefunden. Sie hatte keine Ahnung, weshalb Brice Stanley in seiner Not-E-Mail darauf bestanden hatte, dass sie sich ausgerechnet hier trafen. Brice war ein berühmter Hollywood-Filmstar und insgeheim auch ein Hexer – was um alles in der Welt verschlug ihn wohl in diesen schäbigen Park? Mitten nach Salem, Massachusetts? Nicht, dass sie alles stehen und liegen gelassen hätte und hergerast war, bloß weil Brice sie darum gebeten hatte. Sie war ja keiner von seinen üblichen Fans, keiner von den Abertausenden, die alles für den verwegenen, charismatischen Star getan hätten. Sie hatte er nicht in seinen Bann geschlagen. Wie sagte die jugendliche Apolla noch so schön? Ach ja, dachte sie und versetzte einem Grasbüschel einen Tritt. »Niemals!«

Nein, Ileana war nur aus einem einzigen Grund hierhergeflogen. Sie war verzweifelt und wusste nicht, an wen sie sich noch wenden sollte. Vielleicht konnte er ihr ja helfen. Sie hatte immer noch nicht herausgefunden, wo Karsh war und wie sie ihren geliebten, kränkelnden Lehrmeister befreien konnte.

Die Nachrichten wurden immer angsteinflößender.

Seid gewarnt, Ileana, stand da, *wagt es nicht, den Rat mit in diese Angelegenheit hineinzuziehen. Sollten wir herausfinden, dass Ihr Lady Kartoffel – wie Ihr sie insgeheim nennt – oder irgendeinen der Erleuchteten um Hilfe gebeten habt, dann hat es der alte Karsh so gut wie hinter sich.*

Noch gestern Abend war wieder eine E-Mail gekommen.

Vergeudet nicht so viel Zeit, ihm bleibt nicht mehr viel.

Dann hatte sich Brice gemeldet! Wenn sie nicht so gedankenverloren und in Panik gewesen wäre, hätte sie sich vielleicht gefragt, weshalb er zu dieser Zeit schrieb, schließlich war für ihn in Kalifornien noch nicht einmal die Sonne aufgegangen. Und wieso die Nachricht so untypisch für ihn war.

Und vor allem: Warum ausgerechnet Salem? Nicht weit von der Ostküste!

Nun, sie würde ihn fragen, sobald er hier auftauchte. Anhand des Standes der Sonne und mithilfe der goldenen Taschenuhr, die sie tief in ihrem Umhang vergraben hatte, errechnete Ileana, dass er inzwischen dreizehn Minuten und siebenundvierzig Sekunden zu spät war. Ungehalten deutete sie mit dem Finger auf eine der Tauben, murmelte eine Beschwörung und verwandelte den Vogel in ein Huhn. Als ob das Gackern Brice schneller herbringen würde! Aber irgendetwas musste sie doch unternehmen. Sie verabscheute Unpünktlichkeit an allen Menschen außer an einem einzigen: an sich selbst.

Knack! Der Ast, der soeben durchgebrochen war, befand sich mindestens einen Häuserblock von ihr entfernt, doch die Sinne der Hexe waren äußerst scharf. Nun vernahm sie das unverwechselbare Geräusch von Reifen, die über Kies knirschen. Es waren Fahrradreifen und sie näherten sich ihr, wurden lauter. Und dann die Stimmen. Mädchenstimmen, flüsternd. Sie wollte den Geräuschen keine weitere Beachtung schenken, doch dann wurde ihr klar …

Ileanas Umhang bauschte sich, ihre Haare flogen nur so, als sie außer sich vor Zorn herumwirbelte. »Ihr zwei! Was wollt ihr hier?«

Ein paar Meter vor Ileana brachte Alex ihr Rad zum Stehen und nahm den Sturzhelm ab. »Also bist du tatsächlich gekommen.« Ihr Tonfall war eine Mischung aus Erleichtertsein und Verbitterung. »Um ihm einen Gefallen zu tun – irgendeinem dahergelaufenen Filmstar.«

Cam brachte den Gedanken zu Ende. »Aber nicht unseretwegen.«

Ileana hob den Arm. Allzu gerne hätte sie diese unverschämten Zwillinge in … ein Paar Kaulquappen verwandelt! Doch blitzschnell griff Alex nach Ileanas Arm und vereitelte ihren Plan.

Man hatte sie reingelegt! Wie konnten es Apolla und Artemis

nur wagen, sie so zu hintergehen! Eine List, die … nun ja, ihrer selbst würdig gewesen wäre! Wie kam es, dass sie klug genug waren, sie – *sie!* – so auszutricksen, dass sie alles stehen und liegen ließ und den ganzen Weg von Coventry Island bis in diese verhasste, schreckliche Stadt Salem, Massachusetts, zurücklegte.

»Wir mussten uns halt einen Ort aussuchen, den wir erreichen konnten.« Cam, die ihren Helm neben ihr rotes Rennrad auf den Boden fallen gelassen hatte, war sich darüber im Klaren, dass sie haufenweise Erklärungen abgeben mussten. »Mit dem Rad dauert es zwei Stunden von Marble Bay bis hier.«

Ileanas E-Mail-Adresse herauszukriegen und einen Plan auszuhecken, um sie nach Salem zu locken, war schnell gegangen. Cam hatte mit einer dringlichen SOS-Nachricht begonnen. *Man hat Verbindung zu uns aufgenommen! Der Eidechsen-Mann ist wieder da. Komm sofort!*

Alex hatte den Text gelöscht. »Das wird nicht funktionieren. Es gibt bestimmt einen Grund, weshalb sie nicht hier ist, einen Grund, weshalb sie uns nie gesagt hat, wie wir sie erreichen können.«

»Ja: Kontrolle«, knurrte Cam. »Nach dem Motto: ›Ich entscheide, wann ihr mich braucht. Ich entscheide, wann ich euch helfe. Ich behalte die Kontrolle.‹«

»Na, damit kennst du dich ja aus«, spottete Alex.

Cam überhörte die Bemerkung. »Wir müssen sie irgendwie reinlegen. Du hast Recht.«

Und dann hatten sie angefangen, sich in Ileanas alte E-Mails einzuhacken – und hatten die Briefe an und von Brice Stanley

gefunden.

Der Filmstar? Überrascht lehnte sich Cam in ihrem Stuhl zurück. »Vielleicht haben die miteinander E-Mails ausgetauscht. Sie flirtet online mit einem Filmstar? Und er macht auch noch mit?«

Alex grinste. »Sie hat sich in den egoistischsten Mann Amerikas verknallt … ich meine natürlich in den begehrtesten Junggesellen. Wetten, dass sie sofort kommen würde, wenn er sie darum bittet, egal wohin und wann …«

Heute früh um acht Uhr hatten sie ein eiliges Frühstück zu sich genommen, Dave und Emily einen Zettel hinterlassen, sich auf ihre Räder geschwungen und auf den Weg gemacht. Cam kannte die Strecke: Sie hatte schon zweimal einen Schulausflug ins historische Salem mitgemacht und die Stadt beide Male als gruselig empfunden. Inzwischen wusste sie auch warum.

Im siebzehnten Jahrhundert hatte man dort die Hexenprozesse abgehalten. Vielleicht war einer ihrer Vorfahren damals ums Leben gekommen.

Während Alex erklärte, weshalb sie Hilfe brauchten, betrachtete Cam die »Göttin« und sah, dass Ileana erschöpft wirkte. Sie war bleich und ihr zerzaustes Haar hatte seinen goldenen Glanz verloren.

Alex, die Cams Gedankengang mitverfolgt hatte, fügte telepathisch hinzu: *Sie ist auch ziemlich abgemagert.*

Cam betrachtete Ileanas Klamotten. Was sie unter dem Umhang erkennen konnte, war zum einen ungebügelt …

»Falls ihr mich hierhergelockt habt, um euch als Schönheits- und Modepolizei aufzuspielen, dann verwandle ich euch in zwei hässliche Entlein!« Ileana hatte ihre Gedanken gelesen und war beleidigt.

»Was ist denn passiert? Du siehst sehr müde aus …«, fragte Alex sanft. »Es geht aber um etwas anderes! Der Eidechsen-Mann, zweiter Teil: Fredo ist wieder aufgetaucht und er will uns schnappen. Es handelt sich hier um einen Notfall! Wir mussten dich irgendwie erreichen.«

»Erzähl mir was Neues!« Ileana schien ungerührt.

Vorsichtig berührte Cam sie an der Schulter. »Tut uns leid, dass wir dich reingelegt haben. Wir haben es erst mit Beschwörungen versucht, aber du hast uns nicht gehört. Wir stecken in Schwierigkeiten.«

Ileana wich ihrer Hand aus und fuhr Cam an: »Nicht nur ihr!«

»Aber wir stehen weiter oben in der Hackordnung«, erwiderte Alex. »Unsere Bedürfnisse haben Vorrang vor deinen …«

Ileana warf den Kopf zurück und stieß ein bitteres Lachen aus. »Meine Bedürfnisse? Ihr glaubt ernsthaft, dass ich deswegen nicht alles stehen und liegen gelassen habe und euch zu Hilfe gekommen bin?«

»Also hast du uns doch gehört …?« Cam war verwirrt.

» … und bist absichtlich nicht erschienen?« Alex war verletzt.

»Schlaue kleine Hexen! Jetzt habt ihr's verstanden! Ihr läutet, aber ich komme nicht. Also versucht ihr es stattdessen auf die hinterhältige Tour. Zu schade, dass ihr eure Zeit verschwendet habt.« Sie unterbrach sich mitten in ihrem Redeschwall. »Woher kanntet ihr eigentlich mein Passwort?«

»Nirgendwoher«, erklärte Cam. »Wir haben die ganze Nacht dagesessen und einfach versucht uns an alles zu erinnern, was wir über dich wissen. Wir dachten, dass du vielleicht einen Namen benutzt. Von jemandem, der dir nahesteht.«

»Karsh.«

Ileana wandte sich ab, um ihre bebende Unterlippe vor den Mädchen zu verbergen. »Das magische Wort.«

Cam sah es, bevor Alex es hörte. Ein eisiger Luftzug umwirbelte sie, eine Gänsehaut erschien auf ihren Armen und in ihren Schläfen pochte es. Ihre Augen brannten. Doch sie sah ein so niedriges Zimmer, dass ein großer Mensch nicht aufrecht darin stehen konnte. Ein so beengtes Zimmer, dass nicht genug Luft zum Atmen darin war, so dunkel, dass man eine Taschenlampe brauchte, um sehen zu können. Oder eine Kerze.

Dann hörte Alex das Knarren von Holzstufen – oder knackten da Knochen? Dann Geräusche, die sie nicht klar zuordnen konnte, die aber an das Brüllen eines Löwen, das Meckern einer Ziege und – am leisesten von allen – ein raues Flüstern erinnerten.

Gleichzeitig riefen Cam und Alex: »Karsh steckt in Schwierigkeiten!«

Jetzt brach Ileana in Tränen aus. Doch sogleich fasste sie sich wieder, wischte mit dem Handrücken über ihre goldgesprenkelten Augen und gab schniefend zu: »Sie haben ihn erwischt und ich weiß nicht, wo er ist.«

Cams Kehle war wie eingeschnürt. »Wer … wer hat ihn erwischt?«

Ileanas Antwort schnitt in ihr Herz. »Was denkst du?«

Mit bebender Stimme sagte Alex: »Thantos? Ist er mächtig genug, um Karsh zu entführen?«

»Euer Onkel Fredo, der Idiot, ist auch dabei«, erwiderte Ileana verbittert.

Cam war verwirrt. »Onkel? Thantos ist der Bruder unseres Vaters, stimmt's? Und wieso …«

»Wer hat denn jemals behauptet, dass Aron nur einen Bruder gehabt hätte?«

Alex' Magen schmerzte. Cam zitterte.

Ileana hatte vergessen, dass die Zwillinge noch längst nicht alles über ihre Vergangenheit wussten. Mit einem Mal verspürte sie eine große Erschöpfung und war dankbar, dass das Denkmal auf einem Sockel stand. Sie ließ sich darauf niedersinken und erzählte den Zwillingen – wenn auch nicht alles – von ihrer Herkunftsfamilie. Wie die Brüder auf Coventry Island aufgewachsen waren. Wie Karsh, der Arons Lehrmeister gewesen war, das engste Verhältnis zu dem so klugen und gütigen Hexer gehabt hatte.

Cam sprach aus, was sie beide fragen wollten: »Und unsere Mutter? Kanntest du …«

Ileana holte tief Luft. Was würde Lord Karsh wohl auf diese Frage erwidern? Sie presste die Lippen zusammen und sagte: »Miranda ist verschwunden. Gleich nach eurer Geburt.«

Alex flüsterte: »Ist sie tot?«

»Seit fünfzehn Jahren hat sie niemand mehr gesehen, man geht also davon aus«, sagte Ileana. »Nur …«

»Was?«, drängte Cam unruhig.

»Nichts.«

»Nix nichts!« Alex packte Ileana am Arm.

»Man hat niemals …« *ihre Leiche gefunden*, wollte Ileana eigentlich sagen, doch stattdessen fuhr sie fort: »… einen Beweis für ihren Tod gefunden.«

Ein stürmischer, schneidender Ostwind hatte sich während des Gesprächs der drei erhoben – doch ein leises Lüftchen hätte ausgereicht, um die Geschwister umzuwerfen. Alex war vollkommen durcheinander. In ihrem Kopf drehte sich alles und es fiel ihr nichts ein, wodurch sie es stoppen konnte, außer Folgendem: »Karsh! Wir werden ihn finden«, behauptete sie. »Wir helfen dir, ihn zu suchen.«

»Das ist jetzt das Allerwichtigste!« Cam war bewusst, dass sie sich überdreht anhörte. Sie fühlte sich, als koche ihr Blut, es pochte wild unter ihrer Haut.

»Lass uns helfen, bitte«, flehte Cam und beschrieb dann das Zimmer, das sie gesehen hatte, überschrie dabei Alex fast, die fast gleichzeitig von den Geräuschen erzählte, die sie gehört hatte.

Ileana dachte: so ernsthaft! Und entschlossen! Sie hatte gerade ein Familiengeheimnis gelüftet, das die beiden bis ins Mark erschütterte. Und dennoch hatte die Sorge um Karsh für sie Vorrang.

Wenn es darum ging, anderen zu helfen, kannten Apolla und Artemis weder Angst noch Grenzen.

Ileana konnte und durfte ihre Hilfe nicht annehmen. Die Mädchen waren Thantos' Beute. Er würde vor nichts zurückschrecken, um sie in seine Gewalt zu bringen.

Also wies sie die aufrichtig gemeinten Hilfsangebote der Mädchen zurück. »Es läuft auf Folgendes hinaus«, erklärte sie. »Wenn ihr mir helft, haben die leider gewonnen. Sie wollen doch nur Karsh und mich beiseiteschaffen, damit ihr ohne Schutz seid.«

»Wenn das stimmt«, erinnerte Cam Ileana, »dann haben sie ja schon fast gewonnen.«

»Das ist nicht fair! Ich tu ja mein Bestes!« Wütend sprang Ileana auf. »Ich finde schon allein eine Lösung!«

Alex konnte Ileanas Gesichtsausdruck ohne Schwierigkeiten deuten. Die tapfere und schöne Hexe versuchte mit aller Macht, sich ihre panische Angst nicht anmerken zu lassen. Alex hatte Mitleid mit ihr. Es musste doch irgendwas geben, womit sie ihr helfen konnte.

Als hätte sie ihn innig herbeigewünscht, schoss mit einem Mal ein Einfall durch ihren Kopf. Sie wusste, was sie tun konnte. Also fragte sie ihren besorgten Hexen-Vormund: »Hast du irgendwelche Kräuter dabei?«

Überrascht fauchte Ileana: »Aber natürlich! Ich trage immer Eisenhut, Petersilie und Salbei bei mir. Das braucht er, um daraus sein Elixier herzustellen!«
Cam erkannte, dass Ileana von Karsh sprach. Und sofort begriff sie, was ihre Zwillingsschwester vorhatte. Sie streckte ihre Hand aus und machte einen Schritt auf Ileana zu. »Darf ich sie mir mal ansehen?«
Ungeduldig nahm Ileana den Beutel ab, den sie um ihre Schulter befestigt hatte.
Sie warf ihn Cam mit einem Blick zu, der besagte: *Als ob du damit irgendetwas anzufangen wüsstest!*
Rasch löste Alex ihre Kette und bat Cam zugleich im Stillen: *Gib mir deine auch, mach schnell!* Gleich darauf lagen die goldenen Amulette miteinander verbunden in Alex' geöffneter Hand.
In der Zwischenzeit hatte Cam den Beutel geöffnet und die Kräuter, die Ileana zu einem feinen Puder zermahlen hatte, auf ihre eigene Handfläche gestreut.
Jetzt brauchten sie schnell noch einen Zauberspruch! Aber welchen?
Klar, dachte Cam – einen heilenden. Alex begann zu sprechen und Cam fiel mit ein.

Großer Kosmos voller Güte,
nimm dieser Erde heilende Blüte,
schenk Ileana frischen Mut
durch Zaubermond und Sonnenglut,
nimm Zweifel fort aus ihrem Sinn,
geleite sie zum Siege hin.

Zunächst verspürte Alex das Kribbeln, dann erwärmten sich die Amulette und zugleich ertönte ein leises Summen. Der Zauber funktionierte, die Schmuckstücke verbanden sich miteinander!

Ileana war sprachlos vor Staunen über die Kraft von Arons Zwillingstöchtern, wenn sie gemeinsam handelten – obwohl es nicht das erste Mal war, dass sie dieses Schauspiel beobachten konnte.

Alex hatte sich nicht vorher überlegt, was sie als Nächstes machen sollte. Sie spürte, wie Cams Hand ihre Schulter drückte, schloss die Augen und beschwor das Bild der Amulette in sich herauf – der Schmuckstücke, die Cam und sie beschützen sollten. Ileana brauchte diese goldene Mond-Sonne jetzt, doch sie würde sie niemals annehmen. Konnte Alex sie ihr vielleicht auf irgendeine andere Art und Weise zukommen lassen?

Mit einem Mal wurde sie von Wut übermannt, Zorn auf die Monster, die Karsh entführt hatten. Getrieben von Alex' Kraft schwebten die Amulette in die Luft, weg von ihrer Handfläche, und ließen sich in der tiefen, samtenen Tasche von Ileanas Umhang nieder.

Als sie die Augen wieder öffnete, waren ihre Hände leer.

Ileana bebte. Sie wusste, dass die Mädchen ihr damit die einzige Möglichkeit eröffneten, Karsh zu befreien. Und sie nahm die Amulette an. Doch zugleich war ihr klar: Die Zwillinge waren nun vollkommen schutzlos.

Kapitel 15

TRÜGERISCHER SCHEIN

»Bist du sicher, dass es die richtige Entscheidung war?«, fragte Cam auf dem Rückweg nach Marble Bay beunruhigt.

»Ich bin überhaupt nicht sicher«, erwiderte Alex und versuchte, nicht trotzig zu wirken. »Ich weiß nur, dass Ileana Hilfe braucht. Reicht das nicht?«

Cam runzelte die Stirn. »Unsere Eltern haben die Amulette für uns angefertigt …«

Alex machte dicht. Das Thema Eltern würde unweigerlich zu Miranda führen. Falls sie noch lebte, hatte sie ihre Töchter im Stich gelassen. So schien es ihr jedenfalls. Und falls sie nicht am Leben war … Alex stemmte sich in die schwarzen Gummipedale ihres Mountainbikes und hängte ihre Zwillingsschwester ab.

Cam holte sie schnell wieder ein. »Ich will Ileana doch auch helfen. Aber sie ist nicht die Einzige, die in Schwierigkeiten steckt. Wir auch – deshalb haben wir ja schließlich dieses Treffen organisiert. Du hast ihr gerade das einzige Verteidigungsmittel gegeben, was wir haben. Vielleicht können ihr die Amulette ja nicht einmal helfen.«

Am spätherbstlichen Himmel, der am Morgen noch von schneidendem Sonnenlicht erhellt gewesen war, zog langsam

eine dichte Wolkendecke auf. Alex verlangsamte das Tempo. »Vielleicht ist sie mit uns verwandt.«
»Sie hat die gleichen Augen wie wir«, gestand Cam ein und fügte dann hinzu: »Und außerdem sind die Zweige unseres Familien-Stammbaums ein ziemliches Gewirr ...«
»Wer sie auch sein mag«, schloss Alex, »sie kann uns jetzt nicht mehr helfen. Wir müssen allein klarkommen.«
Und das taten sie auch. Um sich von Gedanken an Karsh und Ileana abzulenken, verbrachten Cam und Alex in den nächsten zwei Wochen jede freie Minute damit, einen Plan auszuhecken, wie sie das Netz aus Lügen zerreißen konnten, in dem Beth gefangen war – und auch das, welches für sie selbst ausgelegt worden war.

Gleich am Montagmorgen, noch vor der Schule, begannen sie damit und versuchten, etwas über die Organisation namens *Helfende Hände* auszugraben. Cam suchte im Internet, doch die Informationen dort waren genau die gleichen wie auf den Flugblättern im Einkaufszentrum: Voller Tricks sprachen sie die Menschen an, geschickt wurde ihnen vermittelt, dass sie durch freiwillige Arbeit für die Organisation Kindern helfen konnten. Nichts Neues für Cam und Alex.
Cam wollte den Computer schon wieder ausstellen, als Alex sagte: »Halt! Vergiss mal einen Moment lang, was da steht. Denk darüber nach, was fehlt.«
»Hä?« Cam legte die Stirn in Falten.
»Es gibt haufenweise Infos, warum sie Geld sammeln, über die Hilfsprogramme für Kinder, die sie damit finanzieren, aber keine genauen Angaben darüber, wo genau das Geld eigentlich landet.«

Cam zuckte mit den Schultern. »Das wissen wir doch – Sunshine House.«
»Und kannst du dir irgendeinen Grund dafür denken, weshalb das auf der Internet-Seite nicht erwähnt wird?«
»Weil … es das gar nicht gibt?«, riet Cam.

Sie hatte Unrecht. Das Sunshine House existierte tatsächlich. Es hatte auch eine eigene Internet-Seite, die das bestätigte, was *Helfende Hände* behauptet hatte: eine von Fachleuten unterhaltene Anlaufstelle für misshandelte und verstoßene Kinder. Ein sicherer Ort, an dem die Kids bleiben konnten, bis sie entweder nach Hause zurückkehrten oder in eine Pflegefamilie kamen. So weit, so gut. Aber angesiedelt ist das Sunshine House – in Kalifornien, südlich von Los Angeles!
»Wie praktisch«, schnaubte Alex. »So kann Beth Fish aus Marble Bay, Massachusetts nicht mal eben vorbeischneien und sehen, was mit ihrem eigenhändig gesammelten Geld gemacht wird.«
Cam überlegte. »Ms Webb hat Beth erzählt, dass *Helfende Hände* diese Anlaufstelle tatsächlich in Gang hält. Selbst wenn das übertrieben war – sie müssen doch zumindest einer der Haupt-Geldgeber sein.«
Wenn da alles in Ordnung ist.
»Und wie kriegen wir das raus?«, fragte Alex.
»Es gibt doch sicher irgendein Gesetz, in dem steht, dass gemeinnützige Organisationen enthüllen müssen, wo die Kohle herkommt. Mein Dad weiß das bestimmt.«

»Aber wir waren uns doch einig, dass wir ihn nicht mit in die Sache reinziehen wollen, oder? Außerdem: Warum sollte zwei neugierigen Fünfzehnjährigen überhaupt irgendetwas zur Verfügung gestellt werden, das der Enthüllung dienen könnte?«

»Wer hat denn behauptet, dass wir zwei danach fragen?« Cams graue Augen funkelten. Mühelos eröffnete sie eine neue E-Mail-Adresse in ihrem Computer.

Alex' Gesicht verzog sich langsam zu einem breiten Grinsen. Sie schubste Cam zur Seite und schrieb:

Sehr geehrte Damen und Herren,

man hat mir von der hervorragenden Arbeit berichtet, die Sie mit dem Sunshine House vollbringen, um Kindern in Not zu helfen. Ich würde gern einen Beitrag dazu leisten. Doch meine Berater – Sie wissen ja, wie solche Menschen sind! – bestehen darauf, dass ich weitere Informationen über Ihre momentanen Geldgeber einhole, bevor ich Ihnen einen Betrag überweise. Würden Sie mir wohl eine vollständige Liste Ihrer Sponsoren zukommen lassen? Ich bin sicher, dass Sie meine Bitte vollkommen vertraulich behandeln werden.

Cam drängte sich an die Tastatur und vollendete den Text:

Mit freundlichen Grüßen
Brice Stanley

Alex schickte die Nachricht ab.

Alle redeten von der Katastrophe beim Schulball. Wie durch ein Wunder und dank des entschlossenen Vorgehens von Lehrern und Polizisten war niemand verletzt worden.

Was war in der Turnhalle passiert? Wie konnte es sein, dass sämtliche Leitungen im selben Moment Amok liefen? Und

was für ein klebriger Morast war das gewesen? Die vorherrschende Meinung war, dass es sich zweifellos um Sabotage handelte.
Alle Schüler, die das Chaos miterlebt hatten, mussten mit den zuständigen Behörden sprechen. Doch das ergab keine Hinweise auf den Täter und sein Motiv. War es ein Schüler gewesen, der eine alte Rechnung begleichen wollte? Irgendein Wahnsinniger?
Nur drei Wesen kannten die Wahrheit. Und sie würden niemals den Mund aufmachen.
Die Turnhalle schloss also für einige Wochen wegen Sanierungsarbeiten und die Sportstunden wurden gestrichen.
Von den Mitgliedern des Sixpack schien Brianna am meisten unter den Folgen der Geschehnisse zu leiden. Beth hatte sie davor bewahrt, zertrampelt zu werden. Da sie, typisch Bree, nicht in der Lage war, einfach »Danke« zu sagen, bemühte sie sich jetzt, ihre Freundschaft mit Beth noch enger werden zu lassen.
Cam unterdrückte einen Anflug von Eifersucht, wenn sie sah, wie die beiden kichernd über den Gang liefen, einander im Unterricht kleine Zettel zusteckten und gemeinsam das Sushi verspeisten, das Bree in die Cafeteria liefern ließ. *Beth ist meine beste Freundin – sie konnte Bree früher nicht einmal so richtig leiden …*
Eile mit Weile, lautete Alex' telepathische Botschaft. *Jetzt ist doch erst mal nur wichtig, dass wir Beth vor den Helfenden Händen in Schutz nehmen.*
Als Cam und Alex aus der Schule kamen, waren ihre Nachforschungen einen Riesenschritt weitergekommen. Als sie den Rechner anstellten, ertönte sofort ein fröhliches Signal und verkündete, dass sie eine neue E-Mail bekommen hatten.

Sehr geehrter Herr Stanley,
herzlichen Dank für Ihr Interesse. Es wäre uns eine Ehre, Sie zu unseren Sponsoren zählen zu können. Beiliegend übersenden wir Ihnen Informationen über unsere Einrichtung und die Kinder, für die wir arbeiten. Darunter befindet sich auch die Auflistung, um die Sie gebeten hatten.

Die Nachricht war unterschrieben mit »Oliver O'Day, Leiter, Sunshine House«.
Cam hielt den Atem an, während Alex das Textdokument öffnete. Sunshine House wurde von mehr als einhundertfünfzig verschiedenen Organisationen und Einzelpersonen unterstützt. Die Namen waren alphabetisch aufgeführt.
Die Organisation *Helfende Hände* hätte in dieser Auflistung der Stiftungen genau zwischen *Hartherzig? Nein danke!* und *Im Zweifel für das Kind* gehört – war aber nicht dabei.
»Da haben wir die Bestätigung«, sagte Cam triumphierend. »Wir hatten also Recht mit unserer Ahnung: *Helfende Hände* ist eine einzige große Gaunerei, weiter nichts.« Sie schnappte sich das Telefon.
»Wen willst du anrufen?«, erkundigte sich Alex.
»Beth natürlich! Und danach Mrs Hammond – und meinen Dad. Was dachtest du denn?«
»Immer mit der Ruhe. Das Ziehen von voreiligen Schlüssen gehört nicht zum Programm des heutigen Wettbewerbs«, entgegnete Alex. »Es ist noch immer nicht ausgeschlossen, dass es einen vollkommen logischen Grund dafür gibt, warum *Helfende Hände* nicht auf der Liste steht. Mit absoluter Sicherheit wissen wir bislang nur, dass die Organisation das Sunshine House offenbar weder am Laufen hält noch finanziert. Und weder Ms Webb noch Shane sind die, für die sie sich ausge-

ben. Aber«, ermahnte Alex, »eine doppelte Lüge macht noch lange keine Wahrheit. Wir brauchen noch stichhaltigere Beweise.«

Alex' vorsichtige Überlegungen beeindruckten Cam. Diese Seite ihrer Schwester kam nur selten zum Vorschein. Sie musste lachen. »Du klingst wie eine Anwalts-Tochter. Ich dachte, das wäre meine Stellung in diesem Haushalt.«

»Falls es dir noch nicht aufgefallen sein sollte …« Alex zog schelmisch die Lippen kraus. »Die schon vorher nicht ganz normale Barnes-Familie ist seit meiner Ankunft tatsächlich noch ein bisschen konfuser geworden.«

In diesem Moment musste Cam sie einfach umarmen. »Was haben wir für ein Glück gehabt.«

»Tja, aber leider reicht Glück allein nicht aus, wenn wir dieses Rätsel lösen wollen«, erinnerte Alex sie und wand sich aus Cams Armen. »Weiter im Text, Schwesterherz.«

Kapitel 16

DER DURCHBRUCH

Die Anwaltskanzlei »Crunkle, Wong, Barnes und DiBenedico« lag im Geschäftsviertel von Marble Bay. Das Büro war in einem eleganten dreistöckigen Stadthaus aus dem 19. Jahrhundert untergebracht, das Cams Dad und seine Kollegen vor über zehn Jahren gekauft hatten. Cam war schon immer gern dort gewesen. Die Bücherregale vor den mit dunklem Holz verkleideten Wänden, die Wendeltreppe, der verlockende Duft frisch gebrühten Kaffees erschienen ihr einladend und behaglich. Alle waren dort nett zu ihr – sie war die Tochter des Chefs.

Natürlich war sie niemals am Abend und erst recht nicht tief in der Nacht dort gewesen, wenn das Haus dunkel und verlassen lag.

Bislang.

Mit der Ausrede, dass sie dringend noch einmal in die Bücherei mussten, hatten sich Alex und Cam nach dem Abendessen auf ihre Räder geschwungen und waren die knapp vier Kilometer bis zum Bürogebäude gefahren. Cam war aufgeregt, aber sie hatte kein schlechtes Gewissen, obwohl sie dort einbrechen wollten. Ziemlich seltsam.

Alex, die ihre Gedanken gelesen hatte, erwiderte: »Du hast

einen ehrenhaften Grund. Außerdem brichst du ja gar nicht so richtig ein. Du hast doch den Schlüssel.«

»Genauer gesagt: Ich habe den Schlüssel gestohlen …«

»Noch besser: geliehen«, erinnerte Alex sie, als sie ihre Räder abstellten und die drei Stufen zur Eingangstür hinaufgingen. »Du leihst ihn doch höchstens für eine Stunde oder so. Und falls es aus irgendeinem Grund nicht möglich sein sollte, dass du ihn wieder rechtzeitig in seine Schreibtischschublade legst, dann übernehme ich das und zaubere ihn dahin.«

»Angeber«, murmelte Cam. »Mach dich lieber mal nützlich – spitz deine Superohren nach ungewöhnlichen Geräuschen, während ich aufschließe.« Cam musste mehrere Schlösser öffnen und wartete dann auf das leise Summen der Alarmanlage. Fast automatisch tippte sie die richtigen Zahlen ein, um das System auszuschalten.

Alex war beeindruckt. Es wäre ihr gar nicht in den Sinn gekommen, dass es eine Alarmanlage geben könnte – geschweige denn, dass Cam die Zahlenkombination kannte. »Dave vertraut dir wohl ziemlich.«

»Vielleicht hat er geahnt, dass ich das irgendwann mal brauche. Und darauf vertraut, dass ich ihn nur im äußersten Notfall hintergehe.«

»So wie jetzt, Cami. Dies ist ein äußerster Notfall. Na dann, auf, auf.«

Leider hatte Cam nicht die leiseste Ahnung, wo sie finden konnten, wonach sie suchten: die Akte des Mädchens Lizzie Andrews. Des Mädchens, das sie bei dem Versuch des Diebstahls beobachtet hatten.

»Vergiss nicht«, ermahnte sie Alex, »dass wir nur Lizzies Adresse wollen, damit wir mit ihr reden können. Ansonsten keinerlei Rumschnüffeln.«

»Wenn mir also durch Zufall etwas in die Hände fällt, das mit der Sache Barnes gegen Fielding zusammenhängt – also deine Familie gegen Ekel-Ike, dann soll ich nicht mal einen Blick drauf werfen, oder wie?«

Cam seufzte tief. Darauf gab es keine Antwort.

Ebenso wenig gab es eine Lösung für ihr momentanes Problem: Die Aktenschränke in Daves Büro im dritten Stock waren abgeschlossen. Damit hatte Cam nicht gerechnet. Also hatte sie auch nicht die passenden Schlüssel. Welche ihrer Fähigkeiten konnte sie in dieser Situation einsetzen? Sie konnte ja wohl schlecht die Schlösser einfach zum Schmelzen bringen.

Alex las ihre Gedanken. *Wie wär's mit der Fähigkeit des gesunden Menschenverstandes? Wo bewahrt Dave …*

»Natürlich!« Cam verstand. Ihr Dad würde die Schlüssel zu den Akten wahrscheinlich an einem ähnlichen Ort aufbewahren, wie der, an dem er zu Hause die Büroschlüssel hatte. Sie sah in seiner Schreibtischschublade nach. Links …

Lizzie Andrews war auch ein fünfzehnjähriges Mädchen, das bei einer Pflegefamilie in Waverly wohnte, einem Ort nahe Marble Bay. Man hatte sie mittels Kameraüberwachung geschnappt, als sie in einem Laden in Boston ein Paar Diamantohrringe klaute. Ihre erwachsene Komplizin war entkommen – und Lizzie weigerte sich, ihren Namen preiszugeben. Die Verkäuferin hatte eine Beschreibung der Frau abgegeben: groß, dünn, blonde Haare, braune Augen. Passte auf ziemlich viele Menschen.

Cam notierte sich Lizzies Anschrift und legte die Akte dann sorgfältig wieder genau an den richtigen Platz zurück.

Alex hatte sich unterdessen in eine andere Akte vertieft. Ebenso wie Cam hatte sie gefunden, wonach sie suchte.

Normalerweise schwänzte Cam keinen Unterricht, doch sie entschied sich absichtlich für den folgenden Nachmittag, um Lizzie einen Besuch abzustatten. So war die Wahrscheinlichkeit am größten, das Mädchen allein anzutreffen. Den Unterlagen hatte sie entnommen, dass Lizzies Pflegeeltern beide arbeiteten und sie selbst bis zum Verhandlungstermin nicht zur Schule ging, sondern zu Hause unterrichtet wurde. Mit ein bisschen Glück war der Lehrer schon wieder weg, wenn Cam da aufkreuzte.

Kurz vor der letzten Stunde schlich sich Cam also aus dem Schulgebäude und nahm den Bus, der sie in einer halben Stunde nach Waverly bringen sollte. Sie ging allein, denn für Alex sah ihr gemeinsamer Plan eine andere, ebenso wichtige Beschäftigung vor.

Den Zettel mit der Adresse, die Cam sich abgeschrieben hatte, in der Hand, fand Cam nach einigem Suchen endlich ein kleines Reihenhaus aus Ziegelsteinen. Sie war nervös und hatte ein flaues Gefühl im Magen, als sie die Stufen zur Haustür hinaufging und klingelte.

»Wenn du irgendwas verkaufen willst, dann kannst du gleich wieder gehen.« Die Frau vor ihr war so groß und dick, dass sie beinah den Türrahmen ausfüllte.

»Wo… wohnt hier Lizzie Andrews?«, stammelte Cam.

»Und wer bist du, wenn ich fragen darf?«

»Äh … eine Freundin …?«, versuchte sich Cam. »Ich meine, aus der Schule.« Sie lächelte hoffnungsvoll. »Ich wollte ihr ein Buch vorbeibringen.«

Die Frau musterte Cam von oben bis unten, beschloss dann offenbar, dass sie keine Bedrohung darstellte und rief Lizzie zur Tür. »Fünf Minuten«, sagte sie und ließ die Mädchen allein.

Cam erschien das Mädchen noch blasser, zappeliger und hoffnungsloser, als sie sie von ihrer Begegnung im Einkaufszentrum in Erinnerung hatte. Doch bevor Lizzie Gelegenheit fand, die Tür zuzuknallen, versicherte Cam ihr: »Ich tu dir nichts. Ich will dir helfen.«

Lizzie schien sich einen kurzen Moment lang zu beruhigen. »Was tust du hier? Was willst du?«, flüsterte sie nervös.

»Können wir uns irgendwo ungestört unterhalten?« Cam spähte an dem Mädchen vorbei in das unbeleuchtete Zimmer hinter ihr.

Über ihre Schulter rief Lizzie der Frau zu: »Rose? Ich setze mich kurz draußen hin. Ich komme sofort wieder rein.«

Die Antwort lautete: »Lass die Tür auf, damit ich dich sehen kann.«

»Ist das deine Pflege-Mom?«, fragte Cam, als sie sich nebeneinander auf die Stufen setzten.

Das Mädchen verhärtete sich. »Nein. Sie ist mein vom Gericht bestimmter Wachhund – Moment mal, woher weißt du, dass ich bei einer Pflegemutter bin? Wer bist du eigentlich?«

Cam holte tief Luft. »Tut mir leid. Noch mal von vorn: Ich bin Camryn Barnes.«

»Barnes? Soll das heißen, dass du … verwandt bist mit …«

Cam zuckte mit den Schultern. »Die Welt ist klein, wie? Ich bin seine Tochter.«

Lizzie wurde blass. »Dann hast du ihm bestimmt … erzählt, was im Einkaufszentrum passiert ist.«

»Nein, das hab ich nicht«, sagte Cam und bemerkte, wie Lizzie sich entspannte. »Das stand mir nicht zu – aber die Lage hat sich verändert. Es ist wirklich wichtig, dass du mir die ganze Geschichte erzählst.«

Sie schüttelte den Kopf. »Ich kann nicht.«

»Vielleicht, wenn du weißt, warum …« Und Cam erzählte ihr, dass Ms Webb seit Neuestem ihre Vertretungslehrerin war. Und dass Beth der verschlagenen Frau vertraute und bei *Helfende Hände* mitmachte. Dass Beths Notendurchschnitt in den Keller abrutschte, dass sie sich mit einem Typ eingelassen hatte, der nichts Gutes im Schilde führte. Cam sprach von ihrer Angst, dass man Beth vielleicht ebenso zu einem Diebstahl überreden würde, wie man es mit Lizzie getan hatte.

»Deine Freundin Beth ist auch bei einer Pflegefamilie?«

Cam war überrascht. »Nein! Sie wohnt bei ihren normalen Eltern, Vater-Mutter-Kind und alles. Warum fragst du?«

»Schon gut.« Lizzie erhob sich langsam. »Wofür brauchst du mich, wenn du die Webb ja schon festnageln kannst?«

Weil ich niemandem erzählen kann, was ich weiß, dachte Cam. *Weil sonst alle herausfinden würden, dass ich eine Hexe bin. Die seltsame Fähigkeiten hat … so wie diese:*

Gemeinsam mit Alex hatte sie sich am Abend zuvor einen Zauberspruch ausgedacht. Den Cam nur anwenden wollte, wenn es unbedingt notwendig war. Bevor Lizzie sich abwenden konnte, richtete Cam ihre magnetischen Augen auf das verängstigte Mädchen neben ihr und sang leise:

> *»Du trägst an einer Last, zu schwer für deine Schultern zart.*
> *Mit Scham und Heimlichtuerei allein zu sein, ist hart.*
> *Drum löse dich, oh Lizzie, aus deinen festen Ketten.*
> *Vertraue mir und sprich dich aus,*
> *denn nur Vertrauen kann dich retten.«*

Als sie die letzte Zeile vollendet hatte, biss Cam sich auf die Unterlippe und hoffte … hoffte …

Ein Schleier legte sich über Lizzies Augen. Und sie erzählte alles.

Viele Stunden später, als sie neben Cam in Daves Büro saß, wiederholte Lizzie ihre Geschichte. Das Mädchen gab zu, dass Mitglieder von *Helfende Hände* sie zunächst zu einem kleinen Diebstahl verleitet und sie dann erpresst hatten, in großem Stil für sie zu stehlen. Und dass man ihr gedroht hatte: Wenn sie es jemals vorhätte, zur Polizei zu gehen, würde Ms Webb dafür sorgen, dass sie bei ihrer Pflegefamilie rausflog – wovor Lizzie sich schrecklich fürchtete, denn das Dasein in einem der Kinderheime war zumeist noch schlimmer als das Leben bei ihren Pflegeeltern.

Cam war voller Mitleid mit dem Mädchen, als Dave sanft die alles entscheidende Frage stellte: »Weißt du, wo das Geld aus den Diebstählen landet?«

»Jedenfalls nicht bei den Kids. Damals wusste ich das noch nicht, aber jetzt ... es wandert direkt in die Tasche von Cecilia Webb und ihrer Bande von schmierigen Dieben.«

Lizzie erzählte noch allerlei Einzelheiten – nicht nur von dem Diebstahl, bei dem man sie erwischt hatte, sondern auch von denen davor ...

Cams Empfindungen waren Lizzies sehr ähnlich. Erleichterung und Angst zugleich durchfluteten sie – begleitet von Schuldgefühlen. Bislang hatte David Barnes seine Tochter nicht danach gefragt, weshalb sie überhaupt mit Lizzie Andrews gesprochen hatte, wie es dazu gekommen war, dass sie seine Klientin in sein Büro gebracht und sie davon überzeugt hatte, dass sie alles erzählen sollte. Cam konnte ihm auch keine aufrichtigen Antworten geben. Sie hoffte darauf, dass er es einfach so hinnehmen, ihr vertrauen würde. Cam musste Dave nur noch eine einzige Sache erzählen. Sie hoffte, dass er nicht fragen würde, woher sie das wusste: »Sag der Polizei, dass sie auch kontrollieren soll, mit wem die Webb von ihrem Handy aus telefoniert. Ich glaube, sie hat öfter mal jemanden angerufen, der im Gefängnis sitzt.«

Eine Stunde später hatte Dave die Polizei alarmiert und diese wiederum erließ einen Haftbefehl gegen Cecilia Webb – Lizzie berichtete, dass die Frau sich manchmal auch Belinda Rogers nannte. Cam erinnerte sich an den Beleg, den sie im Auto gesehen hatte: Daher also die Anfangsbuchstaben BR. Lizzie erklärte, dass Ms Webb oft nach Boston fuhr, um die Schmuck-Imitationen zu erstehen, die sie dann bei den Diebstählen benutzten.

Trompe L'Oeil – »Trügerischer Schein«, hatte Dave den Namen des Ladens für sie übersetzt. Wie passend, dachte Cam.

Cam war stolz auf sich. Ganz allein hatte sie es geschafft, die arme Lizzie aus den Fängen der sogenannten *Helfenden Hände* zu befreien und diese finstere Ms Webb des schweren Diebstahls zu überführen.

Doch bald würde sie feststellen, wie voreilig sie sich selbst auf die Schulter geklopft hatte.

Kapitel 17

DIE VERTAUSCHTEN SCHWESTERN

Alle von Cams Freunden, einschließlich Beth, waren eingeweiht, dass am Nachmittag – zur gleichen Zeit, als Cam zu Lizzie unterwegs war – ein »Schwindel-Tausch« stattfinden sollte. Alex wollte versuchen, sich im Landeskunde-Unterricht für ihre Zwillingsschwester auszugeben. Das Sixpack wusste allerdings nicht warum. Sie fragten auch nicht. Doch Brianna, Beth, Kristen, Sukari und Amanda hätte man ohnehin nicht täuschen können – nicht durch die Schirmmütze und auch nicht dadurch, dass Alex sich wie Cam geschminkt hatte und Designer-Klamotten trug, die ihr steif und unbequem vorkamen.

Alex hatte Ms Webb im Visier. Sie musste es schaffen, nah genug an sie heranzukommen, um sich einen Zutritt zu ihren Gedanken zu verschaffen. Drei Tage waren seit der Katastrophe beim Schulball vergangen und Cam hatte berichtet, dass die Webb am Montag irgendwie verändert gewesen war, mitgenommen. War sie so erschüttert, dass sie »laut« genug denken würde?

Alex hatte Glück. Nur auf eine ganz andere Art, als sie es sich erhofft hatte.

Falls Ms Webb bemerkte, dass es Alex war und nicht Cam, die

in der dritten Reihe saß, ihr Haar unter einer Fan-Mütze der Bostoner Baseballmannschaft versteckt, dann ließ sie sich zumindest nichts anmerken. Cam hatte ihre Schwester gewarnt, dass die Vertretungslehrerin schwer zu täuschen war, dass sie eine Unterrichtsmethode hatte, die schroff und – zumindest anfänglich – äußerst einschüchternd wirkte. Alex war allerdings gut vorbereitet. Cam hatte mit ihr gepaukt und sie hatte eine rasche Auffassungsgabe.

Es stellte sich heraus, dass es gar nicht so schwer war, an Webbs Gedanken heranzukommen. Aber es war auch nicht besonders aufschlussreich. Die meiste Zeit konzentrierte sie sich tatsächlich auf den Unterricht. Einschläfernd.

Wenn Ms Webb über ihre Schüler nachdachte, so tat sie es zumeist abfällig: *Da sitzen sie alle mit ihren Fruchtfliegen-Intelligenz-Quotienten.* Über Scott Marino dachte sie: *Bin ich froh, dass diese Sache mit dem plötzlichen Erblinden nur vorübergehend war! Der Typ ist mir ja völlig gleichgültig, aber der Rummel, der darum entstanden wäre, wenn nicht – der hätte mir gerade noch gefehlt.* Dann beobachtete sie Brianna. *Verwöhntes kleines Blag. Aber sie ist nicht so dumm wie die meisten, das muss ich ja zugeben.*

Webbs harter Blick wanderte zu Beth Fish hinüber: *Meine Vorzeigeschülerin! Und bei der großen Veranstaltung machen wir aus ihr eine richtige Geldquelle!*

Veranstaltung? Wer? Was? Wo? Alex hatte keine Ahnung, worauf sie anspielte. Nur dass sie offenbar irgendwas plante.

Dann wandte die Webb sich Alex zu. *Die kleine Miss Barnes,* dachte sie – *nicht ganz richtig, tut so, als hätte sie was gegen mich in der Hand. Dann wäre sie ja wohl schon längst damit zu den Bullen gelaufen. Nahezu verbrecherisch, wie diese beiden dreisten Zwillinge die Sache im Einkaufszentrum vermas-*

selt haben. Na, Miss Barnes wird schon merken, was sie davon hat, wenn sie ihr nächstes Zeugnis sieht.

Als also Ms Webb der Schwamm aus der Hand hüpfte und quer über ihre glänzende schwarze Bluse eine Staubspur zog, als ein Buch von Briannas Tisch flog und der Lehrerin gegen den Arm knallte, als sie über Scott Marinos Rucksack stolperte, der plötzlich im Gang lag – konnte Alex auch nur das kleinste bisschen dafür?

Aber nicht doch!

Sobald es klingelte, sprang Alex von ihrem Stuhl auf. Sie war schon halb bis zur Tür gekommen, als jemand ihr auf die Schulter tippte. Brianna. Viel zu laut neckte sie: »Wo willst du denn hin, Cami-Klon?«

Alex zuckte mit den Schultern. »Nach Hause.«

Bree senkte ihre Stimme. »Wir gehen alle noch ins PITS. Jetzt kannst du ja auch das volle Programm durchziehen, Cam-des-Tages.«

Alex nahm ihre Mütze vom Kopf und zog Cams Haargummi ab. »Ich glaube kaum.«

»Ich hingegen glaube sehr wohl«, schmeichelte Bree. »Es sei denn, Cam kommt zurück. Wo auch immer sie sein mag …«

Bree bohrte nach Neuigkeiten. Alex beschloss, ihr keine zu geben.

Eine Stunde später ließ sich das Sixpack an seinem üblichen Tisch im Pie in the Sky – alias PITS – nieder, vor sich wie immer zwei Pizzen und sechs Getränke. Die Katastrophe beim Schulball schien vergessen, die Stimmung war ausgelassen und das Geplapper erschien Alex vollkommen geistlos. Themen: Jungen, Fußball, Noten, Jungen … bla, bla, bla. Alex schaltete ab und hoffte, dass Cam bald auftauchen würde – sie wollte endlich erfahren, wie die Sache mit Lizzie gelaufen war.

»Bislang haben wir schon über tausend Dollar gesammelt, in nur zwei Wochen!« Das erregte Alex' Aufmerksamkeit. Beth bekam beim Reden rote Flecken auf den Wangen vor Eifer. »Zwei ziemlich arbeitsreichen Wochen.«

»Du persönlich?«, fragte Bree und schnitzte sorgfältig die Kruste von ihrem Stück Pizza.

Beth kicherte. »Na ja, ich weiß ja, dass Eigenlob stinkt, aber Shane und ich haben ein ziemlich cooles Flugblatt entworfen und das dann haufenweise in Briefkästen geworfen und Autos unter die Scheibenwischer geklemmt. Und ich hab die Läden abgeklappert, Spenden gesammelt und all solche Sachen.«

»Klasse!«, sagte Amanda. »Das ist echt toll, aber …« Sie war sich nicht sicher, wie sie es sagen sollte …

Kristen hatte solche Schwierigkeiten nicht. »Vielleicht solltest du einen Teil deiner selbstlosen Zeit wieder den Hausaufgaben widmen …«

»Achtung: wunder Punkt«, warnte Sukari. »Aber im Ernst, Fish, dein Bio-Test ist total danebengegangen. Und das war doch immer dein bestes Fach.«

»Vielleicht bedeutet ›im Ernst‹ für mich momentan einfach …« Beths Tonfall hätte trotzig sein müssen, stattdessen klang sie traurig. »Dass ich denen helfe, die es nötig haben, und dass ich nicht so egoistisch bin.«

Kristens dunkle Augen blitzten. »Das soll also heißen, dass ich egoistisch bin, weil mir meine Noten nicht egal sind?«

Amanda mischte sich ein. »So hat sie das doch bestimmt nicht gemeint! Sie probiert nur etwas Neues für sich aus, sie wird ihr Gleichgewicht schon noch wiederfinden.«

Beth schien verletzt, also fügte Amanda hinzu: »Erzähl doch ein bisschen, was ihr alles so für die Kids macht – schickt ihr denen auch Bücher und Spielzeug und so etwas?«
»Wir schicken Geld, von dem sie Bücher kaufen können. Und Kleider. Das Geld, das wir gesammelt haben, kann viel bewirken.« *Und nach der Veranstaltung ist es bestimmt mehr als doppelt so viel!*
»Was für eine Ver…« Gerade noch rechtzeitig fiel Alex auf, dass Beth diese Worte gar nicht laut ausgesprochen hatte. Zum Glück waren Kristen und Bree gerade in eine andere Unterhaltung verstrickt und niemand hatte Alex gehört.
Also konzentrierte sie sich wieder auf Beths Gedanken. *Ich wünschte, ich könnte ihnen von dem Rave erzählen! Rave der Retter – ein cooler Name, den sich Ms Webb da ausgedacht hat. Wir werden noch haufenweise Geld zusammenkriegen!*
Ein Rave? War das die Veranstaltung, an die auch Ms Webb gedacht hatte? Alex trommelte mit den Fingerkuppen auf die Tischplatte. Ein Rave – zumindest da, wo sie aufgewachsen war – bedeutete nichts Gutes. Dunkel, laut, überfüllt und manchmal ein Ort, an dem illegale, schlimme Sachen abliefen. Aber vielleicht war das hier ja anders, auf dem Massachusetts-Niedlich-Planeten. Doch wenn die Webb ihre Finger mit im Spiel hatte …
Wenn ich nur wüsste, wann der Rave stattfindet. Shane hat ja versprochen, dass er anruft, sobald der Termin feststeht. Ich weiß nur nicht, was ich anziehen soll. Normalerweise würde ich ja Cam fragen – tja, aber das bringt zurzeit wohl eher wenig!
Alex sprang auf und tippte an Beths Arm. »Ich muss mal mit dir reden – unter vier Augen.«
Beth war sehr verwundert. Doch Alex konnte hören, wie sie

dachte: *Hmmm … vielleicht interessiert sich Alex ja für Helfende Hände. Sie ist schließlich nicht in allem identisch mit ihrer Schwester.* Also war Alex klar, dass es für Beth vollkommen unerwartet kam, als sie in der Toilette anfing: »Beth … also, ich muss dich was fragen. Bitte raste nicht gleich aus – aber … was weißt du eigentlich von ihm?«

Beth war gleich ganz Abwehr. »Shane? Kann dir doch egal sein. Du wirst deiner Schwester ja doch von Tag zu Tag ähnlicher.«

»Und das findest du nicht gut, Beth?«

»Momentan finde ich das zumindest nicht so besonders toll.«

Alex gab nicht auf. »Weißt du, wie alt er ist? Wo er wohnt? Auf welche Schule er geht? Was er so vorhat?«

Trotzig erwiderte Beth: »Ich weiß alles, was ich wissen muss. Und jetzt in diesem Augenblick weiß ich, dass ich wieder zu den anderen zurückmuss.«

Sie machte kehrt und ging zur Tür hinaus. Doch Alex konnte noch einen letzten Gedanken hören. Einen Gedanken, der sie überraschte und traurig machte. *Was ist bloß mit Cam und Alex los? Warum begreifen sie es denn nicht? Shane und Helfende Hände sind das einzig Gute in meinem Leben. Meine Eltern streiten sich die ganze Zeit. Meine Mutter weint pausenlos. Mein Dad spricht nicht darüber, er will mir nichts Genaues sagen, aber ich glaube, dass er auszieht. Ich kann nicht darüber nachdenken … Und ich will auch nicht.*

Kapitel 18

DER SPATZ IN DER HAND

Ganz am Ende der Straße, auf einem winzigen Grundstück, stand ein unscheinbares, kleines Giebelhaus aus Holz. Einmal abgesehen von dem neuen weißen Anstrich, den es dann und wann bekommen hatte, war es noch mehr oder weniger genau so erhalten, wie es vor vielen Jahrhunderten gewesen war, als man es erbaut hatte. Das Haus glich vielen anderen in der Stadt. Es war durch nichts von ihnen zu unterscheiden. Und genau das war einer der Gründe, weshalb Lord Thantos sich darin eingenistet hatte.

Auch das Innere des Hauses war völlig ohne Besonderheiten, abgesehen von einem einzigen Detail. Von einem Einbauschrank im Flur aus konnte man durch eine Falltür in ein verborgenes Treppenhaus gelangen.

Alte, abgenutzte Holzstufen führten zu einem kleinen Zimmer hinab. Die einzige Lichtquelle in diesem Zimmer waren zwei winzige Fenster. Ein modriger, schaler Geruch durchzog den feuchten Raum, als hätte seit vielen Jahren dort niemand mehr gewohnt. Vor langer Zeit einmal hatte das Zimmer einem rechtschaffenen Zweck gedient. Ein Mensch hatte sich dort vor seinen Verfolgern versteckt, die ihn wegen Hexerei hinrichten wollten. Aber das war lange her.

Nun diente das Zimmer als Kerker für Karsh.

Seine Entführer hatten ihn inzwischen losgebunden. Seil und Kette waren überflüssig geworden – Karsh war zu schwach, um einen Fluchtversuch zu unternehmen. Thantos erlaubte ihm gerade genug Nahrung, um ihn am Leben zu erhalten. Sicher, ein Zauberspruch Karshs hätte die Qualen vielleicht vorübergehend gelindert. Doch wie sie alle, so war auch er nur ein Mensch und würde früher oder später doch verhungern müssen.

Aber bis dahin erinnerten ihn seine Schmerzen, dass er sehr wohl noch am Leben war! Die Arthritis – die Entzündungen in den Gelenken seiner müden Knochen – ließ ihn jedes Mal stöhnen, wenn er sich nur aufrecht stellte. Von seinen Gehversuchen ganz zu schweigen. Der Schmerz schoss in Schüben durch seinen Rücken und seine Hände zitterten mittlerweile beinah ständig. Er benötigte seine Medizin, seine selbst gebrauten Tränke und Elixiere, um die Symptome unter Kontrolle zu halten und sein Leiden zu lindern.

Doch sein Verstand war so scharf wie eh und je. Karsh wusste genau, wo er sich befand, weigerte sich jedoch standhaft, an den Namen des Ortes auch nur im Entferntesten zu denken. Ileana konnte telepathisch Verbindung zu ihm aufnehmen. Wenn es sein einziger Sieg bleiben würde zu verhindern, dass sie in diese Falle ging, so hatte sich sein Tod gelohnt.

Er richtete seinen Blick auf die Entführer. Fredo war auf einem Stuhl eingeschlafen, der Kopf auf die knochige Schulter gesackt. Thantos stand am Fenster, ungeduldig. *Es dauert länger, als es eigentlich sollte*, dachte das kaltherzige Monster. *Die sprunghafte Hexe legt eine unerhörte Willensstärke an den Tag. Aber die Zeit arbeitet gegen sie. Es wird nicht mehr lange dauern. Ileana wird das Leiden ihres Karsh beenden wollen.*

»Gerade Ihr« – unerwartet rief Karsh Thantos in Erinnerung, dass er noch immer die Gedanken anderer lesen konnte – »solltet Ileana nicht unterschätzen.«

Thantos wirbelte herum und richtete seinen Blick auf den Gefangenen. »Ich unterschätze vor allen Dingen ihre Verehrung für Euch nicht – wenngleich ich sie nicht verstehe. Ileana wird kommen. Da würde ich Euer Leben drauf wetten.«

»Ileana«, krächzte Karsh, »wird das Nötige tun, um die Töchter Eures Bruders zu beschützen. Sie ist viel zu klug, um Euch auf den Leim zu gehen. Sie wird nicht kommen, Thantos.«

»Zu klug, meint Ihr? Ihr Verstand wird nicht verhindern können, dass sie ihrem Herzen folgt. Bis hierher.«

»Niemals«, wiederholte Karsh.

Thantos zuckte mit den Schultern. »Dann müssen wir jetzt wohl den Einsatz erhöhen.« Er zog ein Glasfläschchen aus seiner Jackentasche und schwenkte es vor Karshs tränenden Augen hin und her. »Ich ließ dies extra für Euch herstellen. Ich verrate Euch auch, was drin ist. Eine belebende Mixtur aus Blättern und Wurzelstock von Eisenhut, eine Prise Salbei und Petersiliensamen. In der richtigen Zusammensetzung entsteht die Grundlage für ein besonderes Elixier – ich glaube sogar, dass Ihr es verwendet, um Eure ständigen, entsetzlichen Schmerzen zu lindern. Wollt Ihr einmal sehen?«

Karsh versuchte, sein Verlangen danach zu unterdrücken, doch er scheiterte. Nur ein paar Tropfen, wenn er nur ein winziges Schlückchen davon nehmen könnte, dann käme er vielleicht wieder ein bisschen zu Kräften und das hatte er bitter nötig. Ileana war in ihren Künsten noch nicht weit genug, völlig ohne ihn auszukommen. Und die Mädchen, seine Zöglinge? Er hatte noch nie jemanden im Stich gelassen, der ihm anvertraut war.

»Beruhigt Euch, mein alter Freund. Jeder macht alles irgendwann zum ersten Mal. Im Stich lassen auch. Es wird Euch nichts anderes übrig bleiben.« Gehässig richtete Thantos den Flaschenhals nach unten und gab dann vor, entsetzt zuzusehen, wie die grün-goldene Flüssigkeit auf den Steinfußboden rann. »Hach, jetzt hab ich doch tatsächlich was verschüttet …«

Das Geräusch von Vogelschwingen überraschte ihn. Karsh war eingenickt, doch mit einem Mal wieder hellwach. Er wusste, was dieser Laut zu bedeuten hatte. *Nein!*, schrie sein Herz. Seine Beschwörungen waren nicht erhört worden, sie war gekommen.

Ileana war zunächst in Salem geblieben. Eigentlich hatte sie vorgehabt, die Stadt sofort wieder zu verlassen. Doch als Apolla und Artemis – vielmehr Camryn und Alexandra – sich wieder auf ihre Fahrräder schwangen (die sie im Übrigen eines Tages nicht mehr benötigen würden … Nach ihrem sechzehnten Geburtstag würden sie brauchbarere und interessantere Möglichkeiten der Fortbewegung erlernen …) und Ileana ihnen mit ihrem Blick folgte, blieb sie wie angewurzelt stehen. Was sollte sie jetzt tun? Sie beschloss, sich von ihrem Instinkt leiten zu lassen. Etwas anderes blieb ihr nicht.
Als sie die Hand in die Tasche steckte, spürte sie die Amulette der Zwillinge. Alexandra hatte es sicher gut gemeint – welch ein reines Mädchen! – doch Ileana hegte ernsthafte Zweifel,

ob dieses Sonne-Mond-Zeichen ihr wirklich helfen konnte. *Schenk Ileana frischen Mut.* Sie lachte. Eines Tages würde sie den Zwillingen beibringen, sich richtige Zaubersprüche auszudenken. Und dennoch fühlte sie sich irgendwie selbstsicherer. Stärker.

Sie verließ den Park in östliche Richtung, ging zum Wasser hinunter und setzte sich auf die Kaimauer am Hafen. Eine Gruppe von Touristen kam auf ihrem Weg zu den historischen Sehenswürdigkeiten an ihr vorbei und bestaunte die jahrhundertealten Häusergruppen ringsum.

Ileana hörte dem Vortrag des Reiseleiters nicht absichtlich zu: »Während der berüchtigten Hexenprozesse im Jahre 1692 wurden aufgrund von Anschuldigungen einiger Kinder und Frauen insgesamt neunzehn Menschen gehenkt. Auf unserem Programm steht nun eine Nachstellung der damaligen Ereignisse: Die unschuldigen Opfer erwachen wieder zum Leben und flehen ihre tauben Richter um Gnade an – vergeblich, denn die Justiz konnte sich nicht vom allgemeinen Wahn der Zeit lösen.«

Ileana hatte keinerlei Interesse an diesem lehrreichen Schauspiel. Zugegeben, von ihrer eigenen Vorgeschichte wusste sie nicht viel – sie hatte als Kleinkind ihre Eltern verloren und war bei Karsh aufgewachsen –, doch über diese Stadt wusste sie genug.

Karsh hatte ihr oft davon erzählt. Von der finsteren Zeit, in der jeder verfolgt wurde, von dem man auch nur annahm, dass er irgendwie anders sei. Seine eigene Großmutter …

Eine sehr kluge und schöne Frau, viel zu schlau für die damalige Zeit. Heutzutage wäre sie sicher eine bedeutende Ärztin, hatte Karsh Ileana erzählt, aber damals …! *Sie wurde hingerichtet, weil sie anderen half.*

Ileana hörte seine raue Stimme in ihrem Kopf.

Moment mal! Das war wirklich seine raue Stimme! Ileana zuckte zusammen. Sie betrachtete den Häuserblock zu ihrer

Linken. Sie fühlte nichts. Sie ließ ihren funkelnden Blick in die entgegengesetzte Richtung wandern und schließlich blieb er an einem alten, kleinen Giebelhaus hängen, an dem höchstens die Wandfarbe neu war.

Sie flog durch das Fenster ins Zimmer. Zunächst schwebte sie über dem Kopf des schlafenden Fredo. Sie zwitscherte fröhlich, als er aus seinem Stuhl aufsprang und hektisch versuchte, den Vogelmist aus seinen Haaren zu entfernen – ein kleines Mitbringsel, das sich Ileana nicht hatte verkneifen können.
Thantos begriff sofort, was geschehen war.
Der hexende Schurke spottete: »Eine Taube? Nichts als eine gewöhnliche Taube? Meine liebe Ileana, ich hatte Euch wirklich für einfallsreicher gehalten. Wenn Ihr Euch schon in einen Vogel verwandelt, um durch unser kleines Fenster fliegen zu können, weshalb dann nicht in einen mächtigen Adler? Oder zumindest …«
»In eine Krähe?«, ergänzte sie sarkastisch.
»Ganz genau«, überlegte Thantos. »Andererseits … egal, mir genügt es zu wissen, dass ich den Vogel abschießen werde.«
Sie hielt genau auf Thantos zu, flog vor sein Gesicht und flatterte wie wild mit den Flügeln. Als er sie mit seinen muskulösen Armen packen wollte, wich sie geschickt aus. Schließlich landete Ileana vor Karsh und sagte: »Es ist vorbei. Ich bin ja jetzt da.«
Der Klang ihrer menschlichen Stimme verwirrte Fredo. Erst als die kurzen Taubenbeine in die Länge wuchsen, sich die Flügel zusammenfalteten und zu Armen wurden, sich das Federkleid der Taube in Haut verwandelte und der kleine Vogelkopf mit einem Mal Ileanas erlesene Gesichtszüge trug,

verstand er. Und bekam einen solchen Wutanfall, dass Thantos ihn aus dem Raum verbannte.
Ileana hatte damit gerechnet, Karsh in schlechter Verfassung anzutreffen, doch sie konnte einen Laut des Entsetzens nicht unterdrücken. Wie sehr hatte diese Entführung ihn mitgenommen! Seine Haut war aschgrau, er war bis zum Skelett abgemagert und die Furchen in seinem verwitterten Gesicht waren jetzt noch tiefer.
Doch seine Augen lebten.
»Was glaubtet Ihr denn, in dieser Gestalt ausrichten zu können?«, höhnte Thantos. »Hattet Ihr vielleicht vor, ihn mit Taubenmist zu befreien? Oder dachtet Ihr, dass es reicht, wenn Ihr ein paarmal kräftig mit den Flügeln schlagt?«
Ileana schenkte Thantos keine Beachtung. »Lord Karsh.« Sie verbeugte sich vor ihrem Lehrmeister. »Vergebt mir. Es war meine Schuld …«
Mit einer Stimme, die kaum lauter war als ein Flüstern, versuchte Karsh sie zu beruhigen: »Schuldgefühle bringen uns nicht weiter, mein Kind. Lernt aus Euren Fehlern und verzeiht Euch selbst.«
»Gewiss ein guter Rat, Ileana. Ihr solltet Euch keine Vorwürfe machen, weil mein Bruder Euch kürzlich entkommen ist. Und somit Lord Karsh entführen konnte. Was wiederum auch Euch jämmerlich leicht in die Falle gehen ließ.« Thantos holte das dicke Seil und die Kette, die in der Ecke lagen, seitdem er Karsh losgemacht hatte.
Ileana ließ den Kopf hängen. Sie hatte nicht nachgedacht, wollte nur auf schnellstem Wege zu Karsh kommen. Sie hatte keinen Fluchtplan. Wieder einmal, dachte sie, als Thantos ihre Handgelenke an die von Karsh band, war ihre Ungeduld ihr zum Verhängnis geworden. Nicht nur, dass sie Karsh nicht

retten konnte, sie ließ auch noch die Zwillinge, die ihr zu Hilfe gekommen waren, endgültig im Stich.
Thantos, der ihre Gedanken verfolgt hatte, lachte gackernd. »Ihr habt Recht, meine Nichten sitzen wirklich in der Patsche. Da Ihr ja nunmehr offensichtlich nicht in der Lage seid, sie zu beschützen, sind Artemis und Apolla leichte Beute für mich.«
Karsh versuchte, Ileana davon abzuhalten, einen ihrer berüchtigten Wutanfälle zu kriegen. Zwecklos. Sie tobte: »Unterschätzt sie nicht. Gemeinsam werden sie Euch einen Strich durch die Rechnung machen!«
»Wie bedauerlich es also ist«, erwiderte Thantos drohend, »dass sie im entscheidenden Moment nicht beieinander sein werden.«

Kapitel 19

ES IST AN DER ZEIT

Cam konnte nicht einschlafen. Ihr Kopf brummte wie ein Motor, der nicht auszuschalten war, den ganzen Tag über hatte sie sich kaum auf etwas konzentrieren können. Ihre Hausaufgaben, das Buch, was sie gerade las – Emma von Jane Austen –, nicht einmal eine Zeitschrift hatte etwas bewirkt. All das lag unbeachtet neben ihrem Bett, zusammen mit ihren CDs und den Kopfhörern. Sogar im Dunkeln ließen sich ihre immer wiederkehrenden Überlegungen nicht abstellen.

Sie hätte eigentlich begeistert sein müssen. Ganz allein war es ihr gelungen, dass das Mädchen endlich tat, was es wirklich wollte: alles gestehen. Cam hatte dazu beigetragen, dass sich Lizzie aus dem »Gefängnis« befreien konnte, das Ms Webb und ihre eigenen Schuldgefühle um sie her errichtet hatten. Und genau dafür waren ihre, Cams, Fähigkeiten doch eigentlich da, oder? Außerdem hatte sie es noch hingekriegt, dass die Webb niemals wieder ein anderes verletzliches Kind in ihre Machenschaften verstricken konnte.

Doch leider hatte sie das Nachspiel vergeigt. Ausgerechnet das, was ihr ganzes Leben lang an erster Stelle gekommen war: ihre Freundschaft mit Beth. Cams Ahnungen, ihre Voraussagen, ihr umwerfendes Sehvermögen hatten zwar eine ihr völlig Fremde aus den Schatten geleitet, doch was Beth anging, so war sie all die Wochen über vollkommen blind gewesen – bis jetzt.

Cam hatte nicht erkannt, was sich die ganze Zeit über direkt vor ihren Augen abgespielt hatte. Es gab einen Grund, weshalb Beth dieser Webb so leicht auf den Leim gegangen war und weshalb sie Shane vertraute. Ihre gutherzige, geradlinige Freundin hatte ihr emotionales Gleichgewicht verloren, schob Panik wegen ihrer Eltern. Beth hatte versucht, ihr davon zu erzählen, doch Cam hatte nicht zugehört. Augen und Ohren dicht. Super Freundin.

Da musste erst Alex kommen.

Sobald die Schwester ihr die Einzelheiten erzählt hatte, war Cam zum Telefon gerast – alles in ihr schrie danach, Beth anzurufen und »die Sache wieder hinzubiegen«, doch Alex hatte sie aufgehalten. »Sie hat es mir ja eigentlich gar nicht erzählt – ich hab nur ihre Gedanken gelesen. Außerdem: Wenn du sie jetzt anrufst, dann nur, damit es dir dann besser geht. Für sie ändert das nichts.«

»Dann bin ich also ein egoistisches Ekel«, hatte Cam düster erwidert. »Wissen ja sowieso schon alle.«

Alex schlug einen spöttischen Ton an. »Arme kleine Cami. Alle halten sie für so selbstständig – aber das ist sie in Wirklichkeit gar nicht!« Cam schnitt eine Grimasse und Alex erinnerte sie: »Was du bislang schon erreicht hast, wird Beth mehr helfen als alles andere …«

»Und was wir noch erreichen werden – mit einer Notoperation, die Shane aus ihrem Leben entfernt«, hatte Cam den Satz vollendet.

Alex hatte Recht. Morgen war auch noch ein Tag. Und heute hatte sie immerhin schon erreicht, dass Beth für alle Zeiten sicher vor der Webb und den Machenschaften dieser *Helfende-Hände*-Organisation war. Keine Besprechungen mehr, kein Stand im Einkaufszentrum – Cam nahm sich vor, ihrem Dad von Mrs Fishs verschwundener Kette zu erzählen, da sie nunmehr sicher war, dass Beth sie »gespendet« hatte. Jetzt würde sicherlich kein »Rave der Retter«, keine einzige Veranstaltung mehr stattfinden.

Morgen würde sie endlich damit anfangen, ihre Freundschaft zu kitten.

Sie würde Beth einen Einkaufsbummel vorschlagen, sie beide ganz allein. Vielleicht würde Beth ihr, wenn sie wieder mehr Zeit zu zweit verbrachten, irgendwann alles erzählen. Und dann würde Cam auch wirklich zuhören. Sie drehte sich auf die andere Seite und vergrub ihr Gesicht in dem kühlen, weichen Kissen. Vielleicht konnte sie ja einschlafen, wenn sie sich anstrengte.

Auf der anderen Seite des Nachttisches, der ihre Betten voneinander trennte, lag Alex, mit dem Rücken zu Cam gewandt, auch sie hellwach. Sie merkte, wie die Gedanken durch den Kopf ihrer Zwillingsschwester rasten, aber sie weigerte sich zuzuhören. Wie oft hatte Cam diese weinerliche Leier schon durchlitten? Sie und Beth waren also auf der Straße der lebenslangen Freundschaft in ein Schlagloch geraten – na und? Im Endeffekt machte das keinen Unterschied. Ab morgen würde schon wieder alles ins Lot kommen … Cam war wie immer optimistisch.

Doch Alex bremste ihren Spott. Cam – oder Apolla – war das
Sonnenschein-Mädchen, benannt nach dem Gott der Sonne. Hatte sie, Alex, also das Recht, ihr diese Lebenseinstellung,

ihren Glauben daran, dass alles und jedes sich lösen ließ, zu missgönnen? Wahrscheinlich war Cam einfach so.

Und sie selbst neigte eher zum Grübeln? Dazu, die dunkle Seite der Welt zu erkennen? Oder war das ihre Wirklichkeit? Gestern Abend hatte Alex in Daves Büro ihre Akte gefunden. Darin war der Brief eines Anwalts gewesen, der Ike Fielding vertrat. Und der jetzt den Antrag der Barnes auf das Sorgerecht für Alex anfocht.

Auch andere Dokumente waren in der Akte. Beweise dafür, dass er mit Sara Fielding verheiratet gewesen war, und obwohl man keine Adoptionsunterlagen gefunden hatte, machte ihn diese Tatsache zu Alex' Vater. Die Briefe beschrieben »wirtschaftliche Überlegungen«, die ihn dazu gezwungen hatten, sich von Sara zu trennen. Doch nun hatte er sich gefangen und wäre bereit, seine Verantwortung für das Kind zu übernehmen – vor allem, weil seine geliebte Sara nunmehr von ihnen gegangen war. Geliebt! Alex musste sich beinah übergeben. Er hatte seine Pflichten sträflich vernachlässigt und damit Sara und Alex direkt auf den Weg in die Armut gebracht. Ike Fielding war ein übler Typ, ein Kriecher, ein Kerl ohne Rückgrat.

David Barnes war ein rechtschaffener Mann, ein Verfechter der Gerechtigkeit. Falls es irgendwo auf dieser Welt Gerechtigkeit gab, dann würde er sich durchsetzen.

Und es gab einen Hoffnungsschimmer. Bislang – zugegeben, es handelte sich nur um einige Tage – hatte Ike nicht auf die Briefe und Anrufe aus Daves Büro reagiert, die ihn zur Anhörung vor Gericht bestellten.

Timing war jetzt alles: Wenn Ike – hoffentlich – wieder verschwand, würde er zum ersten Mal in seinem Leben das Richtige tun.

Alex hörte, wie Cam leise atmete. Ihre Zwillingsschwester war endlich eingeschlafen. Und wenn sie, Alex, etwas Glück hatte, würde sie sich bald ein Beispiel an ihr nehmen.

Folge mir, Artemis, man braucht dich.
Das leise Flüstern eines Mannes.
Karsh … bist du es? Einen Moment lang wusste Alex nicht, wo sie war.
Nur du kannst sie retten, Artemis. Nur du allein.
Alex bemühte sich nach Leibeskräften aufzuwachen. Sie blinzelte. Niemand war im Zimmer, nur die schlafende Cam. Die offensichtlich nicht dasselbe hörte wie sie.
Dir bleibt nicht viel Zeit. Erhebe dich!
Karsh? Die Stimme war nicht die seine, sie klang schrill und weinerlich, nicht kratzig und beruhigend. Aber wer hätte es sonst sein können?
Es musste Karsh sein! Ileana hatte ihn befreit und jetzt sprach er zu ihr, rief nach ihr. Aber wieso? Alex war inzwischen hellwach. Sie stützte sich auf ihre Ellenbogen, ihr Herz klopfte wie wild und sie sah hinaus in die Mondnacht und lauschte angestrengt.
Die Nacht gehört dir, nur dir, Artemis.
Wenn du deine Freundin retten willst, dann komm … allein. Lass Apolla schlafen.
Welche Freundin? Beth? Oder Ileana? Das war nicht anzunehmen.
Also Beth!
Warum ich?, fragte sie telepathisch.
Weil, erwiderte die Stimme, *du ein Geschöpf der Nacht bist, Artemis.*

Kapitel 20

DER RAVE

Verstohlen. Das Wort kam Alex in den Sinn, als sie lautlos – um ihre Schwester nicht zu wecken – und beunruhigt in ihre schwarze Hose und ein schwarzes Hemd schlüpfte. Jemand war soeben verstohlen in ihre Gedanken eingedrungen. Es gab ein Problem, und nur sie, das Geschöpf des Mondes, konnte es lösen. Unwillkürlich griff sie nach ihrem Amulett und erinnerte sich dann, dass sie es nicht mehr hatte.

Die Stimme, Karsh, hatte behauptet, dass man sie erwarten würde. In einem schwarzen Auto, das hinter der Ecke geparkt war.

Alex' Puls raste. Irgendetwas war nicht in Ordnung. Wieso hatte sich Karsh so … künstlich angehört? Hatte Cam irgendwas mitbekommen? Sie warf einen Blick auf ihre Zwillingsschwester, die friedlich schlief.

Man erwartete sie, genau wie die Stimme es gesagt hatte, in einem Auto, das so groß und schwarz war, dass es Alex an einen Leichenwagen erinnerte. Sie schüttelte die in ihr aufsteigende Furcht ab, öffnete die Tür und ließ sich langsam in den Wagen gleiten, im vollen Bewusstsein darüber, dass sie allein war. Ohne ihre Schwester, ohne ihr Amulett – war sie denn verrückt, dass sie sich so mitten in der Nacht hinausschlich?

Nein. Wenn Karsh sie gerufen hatte, dann gab es sicherlich einen guten Grund dafür. Falls es Karsh war, der sie zu sich gebeten hatte, war sie in Sicherheit.

Nur dass der Mann, der am Steuer saß, nicht Karsh war.

Alex erstarrte.

»Verriegel die Tür«, riet er. Seine Stimme klang unheilvoll und er richtete seinen stechenden Blick auf die Straße. »Wir wollen doch nicht riskieren, dass du uns verloren gehst, bevor wir überhaupt am Ziel sind.«

Fredo. Das war Fredo. Der Eidechsen-Mann, wie Cam ihn nannte. Onkel Fredo, der Idiot, hatte Ileana gesagt.

Fredo hatte sie reingelegt.

Sie betrachtete sein Profil. Er hatte eine lange, dünne Nase und gewölbte Wangen. Aus seinem spitzen Kinn wuchsen ein paar Büschel von Barthaaren. Die schütteren Haare voller Gel konnten seinen kahlen Schädel nicht verbergen. Ihr Onkel. Was für ein Jammerlappen, von einem mächtigen Hexer ganz zu schweigen. Oh Mann! Ihr ehemaliger Vermieter, Hardy Beeson, hatte ihr mehr Angst eingejagt als dieses Wiesel!

Alex fürchtete sich nicht mehr. Wenn das alles war, was sie aufbringen konnten – damit würde sie schon fertig. »Sie haben mich also reingelegt. Eins zu null für Sie. Und was gibt's Neues?«

»Ganz einfach, liebe … Nichte. Es ist an der Zeit.«

»Jetzt mal ohne Hexer-Fachsprache. Wofür ist es an der Zeit?«

Er verzog das Gesicht. Offenbar war sie nicht so eingeschüchtert, wie er es sich erhofft hatte. »Schon bald wirst du alles erfahren, was du wissen musst. Und jetzt halt die Klappe. Ich bring dich zu ihr.« Er versuchte, ein teuflisches Lachen hervorzubringen, um sie einzuschüchtern. Doch er brachte nur ein Grunzen zustande.

»Schon bald« entpuppte sich als halbe Stunde. Zwei Tatsachen arbeiteten gegen Alex. Sie konnte nicht wie Cam im Dunkeln sehen und sie kannte die Straßen und finsteren Gassen dieser Stadt nicht. Sie hatte nicht die leiseste Ahnung, wohin sie fuhren. Schlimmer noch, Fredo tat so, als wäre das alles irgendein Film, und hängte die ganze Zeit unsichtbare Verfolger ab. Ständig machte er 180-Grad-Kurven und bog ohne ersichtlichen Grund ab. Die Straßen von Marble Bay waren um diese Zeit wie leer gefegt.

Schließlich hielten sie vor einem Lagerhaus in einer menschenleeren Seitenstraße.

Alex fiel auf, dass dort mehrere Autos und auch einige Fahrräder abgestellt waren. Und der Parkplatz im Hinterhof stand voller Wagen. Ein normaler Mensch mit normalen Sinnen hätte es kaum bemerkt, doch sie hörte Musik, einen lauten, pulsierenden und gleichförmig-rhythmischen Takt aus dem Inneren des Gebäudes.

Als sie in den Keller hinabstieg, glaubte Alex einen Moment lang zu ersticken. Der Raum erschien ihr wie ein Albtraum: dunkel, verraucht, und mit so vielen schweißüberströmten Menschen gefüllt, dass jeder Feuerwehrmann einen Herzinfarkt erlitten hätte. Grelle Scheinwerfer warfen neonfarbene Blitze in die nahezu vollkommene Dunkelheit, ihr schneidender Rhythmus erinnerte an die Signallampen eines Krankenwagens.

Was sollte sie hier? Das war eine Falle. Wieso sollte Beth sich hier in diesem Inferno aufhalten?
Alex drehte sich um.
Doch Fredo war im dichten Gewühl direkt hinter ihr und versperrte ihr den Weg zurück.
»Wo ist sie?«, schrie Alex gegen den Lärm an.
Er grinste hämisch und schüttelte den Kopf: »Nicht in diesem Ton, liebe Nichte …«
»Spar dir die liebe Nichte, du Monster. Wo ist Beth? Ist sie am Ende gar nicht hier?«
»Oh doch, sie ist hier. Das kannst du mir glauben. Wenn du wirklich so schlau bist, dann find sie doch einfach!«
Alex musste beinah lachen. Was sollte das denn sein? Die Hexer-Version von Ätschbätsch, ich weiß was, was du nicht weißt …
Sie sah sich alles genau an. Es wimmelte von Leuten, etwa in ihrem Alter, die gemeinsam wie ein riesiger Hundertfüßer wirkten. Jungs mit Piercings in allen Körperteilen, Langhaarige und Punks, Mädchen mit neonfarbenen Haaren und Tätowierungen, die im Dunkeln leuchteten. Keine davon war Beth. Auf einmal hoben alle die Arme und wiegten sich wie in Trance. Gleich darauf wurde ein Typ hochgehoben und über die Köpfe der Menge gereicht.
Denk nach! Alex verwünschte erneut die Tatsache, dass sie nicht Cams Super-Sehkraft hatte. Hätte sie doch nur ebenso scharfe Augen!
Hör genau hin!
Und dann vernahm sie ein Geräusch. Es bahnte sich einen Weg durch den hypnotisierenden Takt der Musik. Die dünne, kaum vorhandene Stimme eines Mädchens, das versuchte, ihre aufsteigende Panik zu verbergen. »Wo ist denn Ms Webb?«

Und: »Ich finde überhaupt keinen von *Helfende Hände.* Bist du sicher, dass wir wirklich auf dem ›Rave der Retter‹ sind?«
Und dann eine weitere Stimme, glatt, schmeichelnd, beruhigend. »Sicher sind wir das. Das Eintrittsgeld kommt nachher unserem guten Zweck zu.«
Beth, tatsächlich – und Shane!
»Warum sind wir denn in diesem Zimmer? Sollen wir nicht besser zurück zur Tanzfläche gehen und Ms Webb suchen?«
»Jetzt vergiss mal Ms Webb. Du hast genug für sie getan. Heute Abend wartet eine ganz besondere Überraschung auf dich.«
Alex konnte Beths Herz schlagen hören – ängstlich, aber zugleich voller Vorfreude. »Eine Überraschung? Was denn?«
»Ich möchte dir ein paar Leute vorstellen. Sehr wichtige Leute.«
Alex stürzte in die Richtung, aus der die Stimmen kamen. Mit den Ellenbogen bahnte sie sich einen Weg durch die Menschenmasse, kämpfte sich hinaus aus der Woge der Tanzenden, rannte über den klebrigen Boden – es war ihr wohl bewusst, dass Fredo ihr auf dem Fuße folgte. Sie hörte, wie Beth dachte: *Ob er wohl Leute von Helfende Hände meint? Vielleicht sogar welche von den Kindern? Obwohl dies ja nicht gerade der geeignete Ort für die wäre …*
Vor der Tür am anderen Ende der Lagerhalle stand ein massiger Aufpasser. Alex machte eine Vollbremsung, duckte sich dann an ihm vorbei und versuchte, die Tür aufzudrücken. Blitzschnell zog der Sicherheitstyp sie weg. »Zutritt verboten. Da kommt keiner rein.«

»Ich schon«, erwiderte sie.
Kriecherisch mischte sich Fredo ein: »Lass sie. Sie gehört zur Familie.«

Er beugte sich vor und öffnete die Tür.
Als Erstes sah sie die Stiefel, da er seine Füße auf den Tisch gelegt hatte, besser gesagt, sie sah die Stiefelsohlen. Schwarze Stiefel mit dicken, genagelten Sohlen, die einmal mit solcher Kraft verwendet worden waren, dass sie ein Loch in den Boden ihres Wohnwagens gestampft hatten. Das Geräusch, das Alex unlängst gehört hatte, schwere Schritte, die eine knarrende Treppe hinunterkommen, hätte ohne Weiteres von diesen Stiefeln stammen können.
»Hier ist er nicht.«
Die Stimme. Tief und bedrohlich. Sie blickte in glitzernde, schwarze Augen, die sie fixierten. Thantos. Onkel Thantos.
»Du dachtest doch an Karsh …« Der mächtige Hexer saß an einem Schreibtisch aus dunklem Holz. »Er ist bei mir zu Gast, ebenso wie dein Hexen-Vormund, die begabte Ileana. Sie sind an einem sicheren Ort. Ziemlich in der Nähe sogar. Doch leider, leider werden sie an unserem kleinen Familientreffen nicht teilnehmen können.«
Alex hätte sich fast übergeben.
»Nun, liebe, zauberhafte Artemis. Wie …« Er erhob sich und musterte sie von Kopf bis Fuß. »Warum läufst du denn in solchen Kleidern herum?«
»Das müssen Sie gerade fragen«, erwiderte sie trotzig mit einem vielsagenden Blick auf seinen langen schwarzen Umhang. »Oder wollten Sie als Vampir beim Rave erscheinen?«
Sein kehliges Lachen, das so ganz anders war als Fredos Ziegen-Meckern, machte ihr Angst.
»Eins zu null für dich. Du hältst dich ja wirklich tapfer – ich bin richtig stolz auf dich.«

Untersteh dich, hätte Alex gern erwidert und sah sich verzweifelt im Zimmer um, suchte nach einem Gegenstand, den sie ihm mit ihren magischen Kräften an den Kopf knallen könnte. Dann unterließ sie es schlagartig – schließlich wusste er mit Sicherheit genau, was sie dachte. »Wo ist Beth?«, wollte sie wissen.

»Beth?« Thantos klang verwirrt.

Fredo erinnerte ihn: »Der Köder. Artemis' beste Freundin. Deswegen hab ich sie zuerst hierhergebracht.«

Alex war schlecht. Dieser Onkel Fredo war so dümmlich, dass er nicht einmal wusste, zu welchem der Zwillingsmädchen Beth gehörte.

Nun sagte er gerade eifrig: »Sie ist im Hinterzimmer. Soll ich sie holen gehen?«

Erst jetzt nahm Alex ihre Umgebung so richtig war. Das Zimmer war L-förmig, ein nobles Büro, in dem es nur ein einziges kleines Fenster gab, ganz oben in der Wand hinter dem Schreibtisch. Zwei weiße Ledersofas umrahmten ein teures Tischchen, auf dem eine immergrüne Pflanze, ein Ficus, in einem Übertopf stand. Die Tür am anderen Ende des Zimmers führte wahrscheinlich in ein noch privateres Heiligtum.

Auf Thantos' Befehl hin hoppelte Fredo hinüber und öffnete die Tür. »Es ist so weit«, sagte er in den Raum hinein. »Die eine wurde bereits geliefert.«

Shane trat als Erster hinaus – Alex hatte ihn bislang nur einmal gesehen, im Einkaufszentrum, und es überraschte sie, dass er so gut aussah, so sanft. Kakaofarbene Augen, zerzauste, hellbraune Haare, glatte Haut und ein umwerfendes Lächeln. Lächelte so ein übler Typ?

Beth folgte ihm zögernd. Sie trug ein ärmelloses weißes Top und eine weit geschnittene Satinhose – sie wirkte so unschuldig und vollkommen verwirrt. »Alex? Was machst du denn hier?«

»Du musst hier weg«, erwiderte Alex eindringlich. »Geh nach Hause, und zwar sofort!«
Beth wandte sich an Shane.
»Warum ist sie hier? Und sind das …« Sie warf einen Blick auf Thantos und Fredo. »Sind das diese wichtigen Leute, denen du mich vorstellen wolltest?«
Alex packte Beth am Ellenbogen und versuchte, sie in Richtung Tür zu ziehen. Doch Shane stellte sich ihnen in den Weg.
»Ich werde Beth nach Hause bringen«, sagte er, »sobald Lord Thantos es wünscht.«
»Lord Thantos? Lord von was?« Beth lachte und kratzte sich nervös am Arm.
»Lord ist mein Titel«, erläuterte Thantos ihr. »Er bedeutet, dass ich unter den Meinen einen gewissen Rang erreicht habe, den höchstmöglichen.«
Shane fügte hinzu: »Es war mir eine Ehre, Euch zu dienen. Und da Miss Fish ihren Zweck ja erfüllt hat, werde ich sie nach Hause bringen. Falls Ihr gestattet, Sir.«
»Meinen Zweck erfüllt?«, fragte Beth beunruhigt. »Dienen? Wovon redest du eigentlich?«
»Sie haben dich nur benutzt«, erklärte Alex verbittert, »um mich herzulocken.«
Beths dunkle Augen blitzten plötzlich vor Wut – auf Alex. »Der Apfel fällt nie weit vom Zwillingsstamm. Im Grunde eures Herzens glaubt ihr doch beide, dass sich immer alles nur um euch dreht!«
Shane legte Beth einen Arm um die Taille und führte sie in Richtung Tür.
Thantos dröhnte: »Es stimmt. Sie hat ihren Zweck tatsächlich erfüllt. Nun beseitige sie!«
Mit einem Mal raste Alex Herz.

Sie sah, Beth wurde blass. Sie wankte. Wenn Shane das Mädchen nicht festgehalten hätte, wäre sie einfach umgefallen.
Shane war schockiert. »Was?«
»Ist dir nicht klar, was ›beseitigen‹ bedeutet?«, fragte Thantos sachlich. »Setz sie mit den entsprechenden Kräutern außer Gefecht, bring sie irgendwo an einen ruhigen Ort und …«, er lächelte, »entledige dich ihrer dort. Eigentlich ganz einfach. Total machbar, würdet ihr jungen Menschen wahrscheinlich sagen.«
Shanes Gesicht wurde aschfahl. »Entschuldigt, mein Lord. Davon war niemals die Rede. Sie hat mit der ganzen Sache nichts zu tun. Was bedeutet sie schon für Euch?«
»Nichts! Sie sollte nur Arons Tochter zu mir bringen. Jetzt brauche ich sie nicht mehr.«
Verzweifelt blickte Alex sich im Zimmer um. Der Ficus! Sie schloss die Augen – doch Fredo packte sie an den Schultern und drehte sie um. »Denk nicht mal drüber nach, liebe Nichte! Deine Planschbecken-Fähigkeiten können es nicht mit uns aufnehmen. Du bist jetzt im großen Pool. Am tiefen Ende – und du kannst nicht schwimmen.«
Beth schluchzte so hemmungslos, dass ihr ganzer Körper bebte. Alex schüttelte Fredos Hand ab und stürmte davon, stellte sich zwischen das verängstigte Mädchen und Thantos. »Jetzt haben Sie mich, also lassen Sie Beth gehen.«
Thantos hob seine dichten Augenbrauen. »Wie selbstlos.«
»Das ist mein Ernst«, erklärte Alex. »Verschonen Sie Beth, nehmen Sie mich.«
Der riesige Hexer warf ihr ein verzerrtes Lächeln zu. »Vielleicht – aber ich will nicht nur dich.« Und dann blinzelte er ihr zu!
»Niemals!« Alex kämpfte gegen die Worte an, die sich in

ihrem Kopf bildeten. Nimm keine Verbindung zu Cam auf. Sag ihr nicht, wo wir sind.
Mühelos hatte Thantos ihre Gedanken gelesen. »Das wird gar nicht nötig sein. Deine Schwester wird dir folgen, wohin du auch gehst. Sie ist wahrscheinlich schon auf dem Weg hierher.«
Alex musste sie warnen. *Kehr um! Das ist eine Falle!*
Etwas flog ihr in die Augen.
»Zu spät.«
Sie hörte Thantos zwar noch, doch sein boshaftes Lachen erschien ihr gedämpft, als trüge sie Ohrenschützer. Das Zimmer verschwamm vor ihren Augen. Shane stürmte blitzschnell zur Tür hinaus. Feigling!
Und der eklige Fredo warf ihr ein zweites Mal irgendein Pulver ins Gesicht.
Das war das Letzte, was Alex noch sah, bevor die Finsternis über sie hereinbrach. Ihr letzter Gedanke, ein Schrei in ihrem Inneren, galt ihrer Schwester. *Kehr um! Das ist eine Falle!*

Kapitel 21

FREUNDE BIS ZULETZT

Cam fuhr aus dem Schlaf auf, schweißüberströmt. Sie hatte pochende Kopfschmerzen, ein eisiger Luftzug umgab sie und ihre Zähne klapperten vor Kälte. Sie hatte geträumt. Erst flog sie und dann fiel sie. Und irgendetwas fehlte, war verloren gegangen. Sie tastete nach ihrem Sonnen-Amulett, aber nein – wo das war, wusste sie ja.

Alex!

Panisch schlug sie ihre Decke zurück und sprang hinüber zum anderen Bett. Es war leer. Sie rannte ins Badezimmer, obwohl sie wusste, dass sie ihre Zwillingsschwester auch dort nicht finden würde – ebenso wenig wie unten in der Küche. Sie wusste es einfach. Alex war nicht zu Hause. Und Alex steckte in Schwierigkeiten.

Wo bist du? Wo bist du hingegangen?

Sie öffnete das Fenster und erblickte den Vollmond direkt vor sich. Ihre Augen brannten. Sie sah einen dunklen Raum, eine Menschenmenge, blitzende Neonlichter. Der Rave? War Alex zum Rave gegangen?

Leise schloss sie das Fenster wieder und zog schnell die Klamotten über, die sie gestern Abend einfach auf den Fußboden fallen gelassen hatte. Denk nach! Denk nach! Alex war sicher beim Rave, aber wieso? Und wo war das? Warum ist sie ohne mich gegangen? Und wieso bin ich nicht aufgewacht, als sie sich aus dem Staub gemacht hat?

Würde ihr Gehör wohl jemals so scharf werden wie Alex'?

Bunk! Hatte sie das wirklich gehört, oder es sich nur eingebildet? Sie wirbelte herum. Das Fenster war wieder aufgegangen! Von allein? Cam glaubte schon, den Verstand zu verlieren, bis sie die Ursache des Geräusches entdeckte: Zwei Beine schwangen sich über das Fensterbrett in ihr Zimmer, dann Arme, ein Körper … Shane?

»Was machst du denn hier?«, fragte sie erschrocken.

»Pssst … du weckst noch deine Familie auf. Beeil dich – wir müssen los.«

Und Cam wusste Bescheid. Schurke oder Helfer oder was auch immer er sein mochte – Shane war gekommen, um sie zu Alex zu bringen. Und sie musste mit ihm gehen.

Auf dem Weg erklärte er ihr nur wenig. Und später wusste Cam gar nicht mehr so genau, wie sie eigentlich da hingekommen waren. Waren sie wirklich geflogen? Oder hatte das noch zu ihrem Traum gehört?

Hingegen erinnerte sie sich vollkommen an alles, was geschehen war, nachdem Shane sie in die Lagerhalle geführt hatte. Gemeinsam hatten sie sich einen Weg durch die Menschenmasse gebahnt, die sich im vollkommenen Gleichtakt zu bewegen schien. Sie stürmten an dem Aufpasser vorbei, durch die Tür an der hinteren Wand des Raumes.

Auf dem Sofa lagen reglos zwei Menschen, die Cam liebte.

Alex. Ihre zweite Hälfte.

Und Beth. Ihre beste Freundin.

Ihre Freundin bis zuletzt. Aber das konnte doch noch nicht jetzt sein!

Wütend drehte sie sich um – und stand ihnen genau gegenüber. Fredo und Thantos. Ihre Onkel aus der anderen Welt. Die beiden hätten sicher die Goldmedaille geholt, wenn es eine Olympiade für verkorkste Familienmitglieder gäbe.

Thantos saß schwarzbärtig, drohend und stämmig an seinem Schreibtisch, die Hände hinter dem Kopf verschränkt, die langen Beine auf die Tischplatte gelegt. Er hatte Cam erwartet.

Im Gegensatz zu Fredo. Zumindest schien er überrascht, sie hier mit Shane zu sehen. Dennoch versuchte er, das Ganze als sein Verdienst darzustellen: »Die Zweite ist erschienen. Wie bestellt. Ihr seht, Bruder, dass ich den Sieg davongetragen habe. Ihr habt an mir gezweifelt, doch jetzt ist der Triumph mein.«

»Jaja.« Thantos richtete seinen bohrenden Blick auf Cam und ihr wurde schwindelig. »Doch ich war es, der den Jungen beauftragte.« Thantos' Augen hefteten sich jetzt argwöhnisch auf Shane. »Wie ich sehe, hast du deine Pflicht erfüllt, obwohl du an mir gezweifelt hast. Du sollst dafür belohnt werden. Geh nun, kehr nach Coventry Island zurück.«

Doch Shane blieb wie angewurzelt stehen.

Thantos wandte seine Aufmerksamkeit wieder Cam zu. »Apolla, meine Liebe. Ich bin begeistert über deinen Entschluss, dich uns anzuschließen. Es war die richtige Entscheidung.«

Doch Cam sah ihn nicht mehr an. Zitternd vor Furcht ging sie langsam zu Alex hinüber. Atmete sie noch? Und Beth?

Als es mit einem Mal an der Tür klopfte, erschrak Cam. Auch Thantos, Fredo und Shane fuhren überrascht zusammen.

»Wer kann das sein?«, fuhr Thantos die beiden anderen an.

»Woher soll ich das wissen?«, verteidigte sich Fredo. Shane schüttelte nur den Kopf.

Die Tür wurde geöffnet und der Aufpasser trat ins Zimmer. Er schleppte eine Bronzeskulptur – die bestimmt einen Meter große, kunstvoll gearbeitete Darstellung einer geflügelten Katze.

»Was soll das?«, fragte Thantos. »Ich sagte doch, dass ich nicht gestört werden will.«

Der Mann zuckte mit den Schultern. »Tut mir leid, Mr Sot Naht, aber der Besitzer dieses Lagerhauses oder irgendjemand hatte das bestellt. Ich wollte nicht, dass die Typen vom Lieferservice hier reinplatzen. Aber es sieht so aus, als wäre das Ding ziemlich viel Kohle wert. Und man will ja auch nicht, dass es geklaut wird.«

»Dann stell es einfach irgendwo ab und verschwinde wieder!«, dröhnte Thantos und machte eine ungeduldige Handbewegung.

Der Aufpasser stellte die Statue behutsam auf den Boden, machte sich rasch aus dem Staub und schloss die Tür hinter sich.

»Also, wo waren wir stehen geblieben? Ach ja, ich erklärte dir gerade, wie sehr es mich freut, dass du zu unserem Familientreffen erschienen bist. Wie ich gedacht hatte.«

»Was haben Sie mit ihnen gemacht? Sind sie … in Ordnung?«, fragte Cam zitternd, noch immer mit dem Rücken zu ihm.

Thantos klang aufgebracht. »Die Freundin hat keinen weiteren Nutzen für mich. Aber weshalb sollte ich deiner Schwester ein Leid zufügen? Oder dir? Ich will euch wieder mit der Familie vereinen, der ihr entrissen wurdet. Euch das geben und mit euch teilen, was euch rechtmäßig zusteht.«

Langsam drehte Cam sich um. Sie spürte, wie seine Stimme sie besänftigte. Geschah das gegen ihren Willen? Oder wollte sie besänftigt werden. Thantos war ihr Onkel, der Bruder ihres Vaters. Thantos, der ihre Mutter gekannt hatte, ihre wirkliche Mutter … Sie wollte mehr erfahren. »Wo ist …?«

Wende dich ab! Lass es nicht zu, dass er deine Augen sieht! Hast du denn nichts von mir gelernt? Diese Stimme – war es Ileanas?

Ein plötzlicher Luftzug knallte das Fenster über dem Schreibtisch zu und unterbrach die visuelle Verbindung zwischen Cam und Thantos. Sofort war sie wieder bei klarem Verstand. Sie brüllte: »Shane! Beeil dich – hol Beth!«

Der Junge reagierte blitzschnell. Bevor Thantos und Fredo wussten, was geschah, hob er die schlafende Beth vom Sofa und stürmte mit ihr zur Tür hinaus.

»Schnapp dir Apolla!«, donnerte Thantos an seinen Bruder Fredo gewandt.

Statt einen Zauberspruch aufzusagen und sie in Stein oder in einen Kiesel zu verwandeln, machte Fredo einen Satz auf sie zu. Rückblende! Genau das hatte er damals beim Schulball auch versucht. Cam musste beinah lachen, es war eine so vollkommene Déjà-vu-Situation. Konnte es ihr gelingen? Würde er noch einmal darauf reinfallen?

Sie täuschte nach links an und wirbelte dann nach rechts – duckte sich unter seinem Arm hindurch! Sie raste auf die Tür zu und suchte verzweifelt nach einer Waffe, nach irgendetwas, womit sie sich gegen ihn verteidigen konnte.

Eine Hand packte sie fest an der Schulter. »Aber Apolla!«, mahnte Thantos. »Du glaubst doch nicht ernsthaft, dass du uns beide besiegen kannst? Wir sind so viel mächtiger als du. Vor allem, da du ja offenbar auf dich allein gestellt bist.«

»Da täuscht Ihr Euch. Gleich zweifach. Sie ist nicht wehrlos. Und sie ist auch nicht allein.«

Thantos' kräftige Hand sank von Cams Schulter. Langsam wandte er sich um. Die Skulptur schien sich zu bewegen, sich nach oben und nach außen zu dehnen, die Züge der Katze verwandelten sich in die einer Frau. Nahmen Ileanas Gestalt an. Feuer brannte in ihren Augen. Und süße Zufriedenheit spiegelte sich auf ihrem Gesicht.

Fredo machte einen Schritt auf sie zu, doch Thantos hielt ihn zurück. »Überlass das mir.«

»Soso. Es ist Euch also gelungen, Euch zu befreien. Sehr geschickt. Ich bin stolz auf Euch. Und Euch dann noch in eine Skulptur zu verwandeln und Euch selbst in mein Versteck liefern zu lassen. Weitaus beeindruckender als die armselige Aktion mit der Taube. Ich platze beinah vor Stolz.«

»Euer Ego sollte lieber platzen«, zischte Ileana. »Lasst die Zwillinge gehen.«

»Gehen? Das wollen sie doch gar nicht, oder, Apolla? Sieh mich an.«

Ein Teil von Cam wollte gehorchen. Sie blickte auf und wollte schon ihre Augen auf die des Mannes richten, der so viel Macht über sie hatte, der sie zu ihrer Mutter …

Sie hörte Karsh. *Lass dich nicht umgarnen. Erinnere dich, wer du bist. Arons Tochter würde nicht in diese Falle gehen. Konzentriere deinen Blick auf Ileana.*

Cam drehte sich rasch um – gerade noch rechtzeitig, um zu sehen, wie es auf sie zuflog. Ileana hatte ihr das Sonnen-Amulett zugeworfen. Sie fing es auf. Und in ihrer Hand verspürte sie das vertraute Kribbeln, die Wärme, die es verströmte, hörte das Summen. Sie sah zu Ileana herüber, die ihre zarten Finger um Alex' Mond-Amulett geschlossen hatte.

Würde das funktionieren? Mit ihr und Ileana?

Thantos warf den Kopf in den Nacken und lachte spöttisch. »Ihr wollt mit magischen Mitteln gegen mich kämpfen? Gegen … uns? Moment, ich muss mich setzen. Das kann ja unterhaltsam werden.« Er ließ sich auf den Stuhl hinter seinem Schreibtisch fallen.

Ileana ging zu Cam hinüber und streckte ihr die Handfläche entgegen. Dann wandte sie ihren Blick auf die bewusstlose Alex und sprach:

Erwache Artemis und schließ dich uns an
im Kampfe gegen den finsteren Wahn!

Cam öffnete ihre Faust. Sie hielt die Kette fest – und beobachtete, wie das Sonnen-Amulett aus eigener Kraft, wie von einem Magneten angezogen, auf Alex Mond-Anhänger zusteuerte. Ob sie wohl eine Chance gegen Thantos hatten, falls sich die beiden Schmuckstücke verbanden, wie es geschah, wenn Alex und sie die Amulette benutzten?

Gemeinsam bringen wir Kraft und Licht.

Ileana sang noch immer leise.

Gemeinsam besiegt uns das Böse nicht.

Es klappte! Die Amulette hatten einander gefunden und vereinigten sich.

Thantos lehnte sich erheitert zurück. Cam meinte zu sehen, dass Alex' Augenlider zuckten. Funktionierte es? Und dann geschah es. Die Pflanze, die auf dem Tisch stand, der große Ficus, schwankte auf einmal mitsamt seinem Übertopf quer durch den Raum und flog dem überraschten Fredo an den Kopf.

 Er verlor nicht das Bewusstsein. Er wurde nur sehr wütend.

Tja.

Cam und Alex wussten auch ohne Vorahnung, was jetzt

geschehen würde. Fredo würde genau das machen, was er sonst auch immer tat – obwohl das beim letzten Mal nicht geklappt hatte. Cam hätte beinah gesagt: »Reißzähne putzen nicht vergessen.«

Die ziegenähnliche Gestalt des Mannes dehnte und streckte sich nach oben, auf seiner Haut bildeten sich Schuppen und seine spitzen Zähne wurden zu langen Reißzähnen – Fredo verwandelte sich wieder in die riesige Eidechse! Er schlug mit seinen scharfen, gelben Krallen nach ihnen. Nur dass Ileana ihn aufhielt, sich ihm in den Weg stellte und ihm einen Tritt in seinen schuppigen Magen verpasste.

Rasend vor Wut sprang Thantos auf und trat dicht an Cam heran. »Du wagst es, dich mir zu widersetzen?«

Cams Augen brannten, als sein glitzernder schwarzer Blick sie durchbohrte. Sie befürchtete, ohnmächtig zu werden.

Ileana, die versuchte Fredo zurückzuhalten, schrie: »Wende dich ab! Bedecke deine Augen!«

Alex hatte auf ihren Einsatz gewartet. Jetzt! Hellwach und kraftvoll schmiss sie sich auf den Boden und umklammerte Thantos' Fußgelenke mit beiden Händen – sie wollte ihn zu Fall bringen. Es gelang ihr auch, aber der mächtige Hexer schaffte es zuvor noch, Cam einen weiteren blitzenden Blick zuzuwerfen, der sie genau in dem Moment rücklings durch die Luft schleuderte, in dem Fredo auf sie zukam.

Die Riesen-Eidechse sprang – doch Cam war außer Gefahr – und landete mit einem entsetzlichen Brüllen auf Thantos. Das vierhundert Kilo schwere, hässliche, schuppige Monster begrub den mächtigen Hexer unter sich. Da würde er nicht so schnell wieder herauskommen.

Ileana rief den Zwillingen zu: »Verschwindet! Bringt euch in Sicherheit.«

Cam blieb stur. »Nur, wenn du auch mitkommst.«
Ileana wirbelte herum. »Widersprich mir nicht! Ich bin euer Vormund und ich befehle euch zu gehen. Und zwar sofort!«
Doch die Zwillinge schenkten ihren Anweisungen keinerlei Beachtung. »Hast du Karsh befreit?«, war Cams erste Frage.
»Konnten die Amulette helfen?«, erkundigte sich Alex.
»Geht es ihm gut?«
Wütend schrie Ileana: »Ihr fragt zu viel! Aber …« Ihr Tonfall wurde sanfter. »Wenn es euch so wichtig ist. Ja, ich habe ihn befreit.« Sie unterbrach sich, biss sich auf die Unterlippe und richtete ihre grauen Augen auf die Mädchen. »Und eure Ketten haben mir dabei geholfen.«
»Und …?«, drängte Cam halb im Ernst.
»Was und?«, fragte Ileana, nunmehr wieder verärgert.
»Und willst du dich nicht bei uns bedanken? ›Danke, Camryn und Alexandra, ohne euch hätte ich das nicht …‹«
Ileana hatte genug. Sie packte die Zwillinge und schob sie zur Tür hinaus. »Los jetzt! Wir verschwinden!«
Die Mädchen und ihr Vormund rasten durch die Menge. Sie hatten es schon fast bis zum Ausgang geschafft, als sie es hörten. Rufen und Kreischen schwoll hinter ihnen an: »Eidechsen-Mann! Cool! Der Eidechsen-Mann kommt!«
Was zum …?? Sie wirbelten herum. Nie im Leben würden sie den Anblick vergessen, der ihnen geboten wurde. Thantos, dem es offenbar gelungen war, sich zu befreien, hektisch auf der Suche nach ihnen unter den Tanzenden. Und Fredo in seltsamer Gestalt – die obere Hälfte seines Körpers ein Mann, die untere noch immer Eidechse – von der Menge hin und her geschleudert wie eine Gurke im Salat. Keine angenehme Lage für Fredo. Die Raver waren hellauf begeistert von ihrem neuen Spielzeug.

Kapitel 22

HEIMAT

Shane erwartete sie, als sie zu Hause ankamen. Der tapfere junge Hexer saß im Schneidersitz auf dem Teppichboden in ihrem Zimmer und klimperte auf Alex' Gitarre herum.
Er hatte das Fenster offen gelassen. Cam gestattete sich ein kurzes Lächeln. »Wir müssen mit diesen heimlichen Treffen aufhören. Früher oder später wird sonst noch irgendjemand misstrauisch.« Sie meinte Beth …
Alex ließ sich neben ihn auf den Boden plumpsen und nahm ihm vorsichtig die Gitarre weg. »Die Familie aufzuwecken wäre jetzt wahrscheinlich nicht so schlau.«
Er lächelte schüchtern. »Sicher. Ich hab nicht dran gedacht – draußen ist es ja noch dunkel.«
»Beth – geht es ihr gut?« Cam setzte sich auf ihren Schreibtischstuhl und schlang die Arme um ihre Knie.
Shane hob seinen Blick zu ihr. »Alles in Ordnung – tut mir leid, das hätte ich gleich sagen sollen. Ich habe sie nach Hause gebracht, jetzt schläft sie. Die Wirkung des Helmkrauts lässt ziemlich schnell nach.«
»Auch ohne Gegen-Beschwörung?«, fragte Alex.
Shane begriff: »Ach deshalb bist du schon wieder fit.«
»Deshalb – und weil unsere Eltern uns ein bisschen unter die

Arme gegriffen haben.« Alex berührte ihr Mond-Amulett, das nun wieder sicher an der Kette um ihren Hals hing. »Kanntest du sie?«

Shane schüttelte den Kopf. »Nein. Ich war noch sehr jung, als … na ja, als es passierte. Aber ich habe natürlich davon gehört. Ganz Coventry Island hat darüber gesprochen.«

Alex legte ihm die Hand auf den Arm. »Wenn du doch wusstest, dass Lord Thantos für ihren Tod verantwortlich war, warum hast du dann für ihn gearbeitet?«

Shane ließ sich mit seiner Antwort Zeit, obwohl ihn die Zwillinge unverwandt anstarrten und ihn nervös machten. »Wie manche Hexer meiner Generation wuchs auch ich in dem Glauben auf, dass man Lord Thantos zu Unrecht beschuldigt hatte. Als er mich um Hilfe bat, fühlte ich mich geschmeichelt. Er behauptete, ihr wäret gleich nach eurer Geburt entführt worden und er wolle euch wieder zurückholen. Nach dem, was sich heute Abend abgespielt hat, weiß ich überhaupt nicht mehr, was ich glauben soll. Außer dass ich ein ziemlicher Idiot bin. Ich habe mich so leicht täuschen lassen.«

»Aber als es drauf ankam, hast du dich richtig verhalten. Du hast Beth das Leben gerettet«, erinnerte Cam ihn sanft.

»Eine Hundertachtzig-Grad-Wende. Wir sind dir echt dankbar«, fügte Alex hinzu.

Er grinste und Cam konnte nicht verhindern, dass ihr Magen einen Salto schlug. »Ich glaube, es ist eher umgekehrt«, sagte Shane. »Ich bin es, der dankbar ist. Und ich glaube, dass ich euch zumindest eine Erklärung schuldig bin.«

Alex sprang auf.

»Halt! Wir haben da so eine Abmachung. Keine Beicht-Sitzung ohne …«

»… was zum Knabbern!«, ergänzte Cam. »Es gibt Cracker und Saft und Eistee im …«

Alex winkte ab. »Ich weiß schon, wo ich das alles finde. Ich wohne auch hier, wie du dich vielleicht erinnerst.«

Sie blieben bis zum Morgengrauen auf. Shane erzählte ihnen alles, was er wusste. Der zentrale Punkt war: Thantos hatte ihn beauftragt, Cam zu entführen, wohl wissend, dass Alex ihr dann folgen würde.

»Und diese ganze *Helfende-Hände*-Masche? Was sollte das?«, erkundigte sich Alex.

»Glückstreffer«, erwiderte Shane, der gerade in einen von Emilys selbst gebackenen Keksen biss. »Ich musste irgendwie an Cam herankommen. Also hab ich im Einkaufszentrum angefangen. Wo sie sich immer rumtreibt.«

Alex versetzte ihrer Schwester einen spielerischen Knuff. »Hab ich's nicht gesagt? Das ist nicht das richtige Umfeld für ein Mädchen wie dich.«

Cam verdrehte die Augen. »Erzähl weiter.«

»Ich fand den *Helfende-Hände*-Stand und hab mich da mal ein bisschen informiert. Ich hab ziemlich schnell begriffen, dass da was faul ist, aber es war alles in allem doch brauchbar für mich. Also hab ich mich da freiwillig gemeldet und gedacht, dass ich dich auf diese Weise leicht ansprechen und dich dazu kriegen kann, mir zu vertrauen.«

»Und wenn ich dich damals nicht über den Haufen gerannt hätte?«, fragte Cam.

»Ich hätte schon irgendwie deine Aufmerksamkeit erregt.« Er zwinkerte. Seine seltsame Kombination aus Selbstvertrauen und Bescheidenheit war nahezu unwiderstehlich.

Alex hob die Hand. »Moment mal. Warum hattest du es denn mit diesen sogenannten *Helfenden Händen* ausgerechnet auf sie abgesehen? Warum nicht auf mich? Je nachdem, wer dir zuerst begegnet?«

Shane zuckte mit den Schultern. »Sie ist so idealistisch, die Wahrscheinlichkeit, dass sie sich für so etwas interessiert, war einfach größer.«

»Das soll also heißen, dass ich die zynische Schwester bin, oder was?« Alex war sich nicht sicher, ob sie ihre Entgegnung wirklich als Scherz gemeint hatte.

»Du bist misstrauischer. Das ist einfach so«, sagte Shane. »Es wäre viel schwerer gewesen dich reinzulegen.«

»Weißt du was?« Alex musste das jetzt mal klarstellen. »Diesmal war Cam der Zweifel-Zwilling. Sie wusste, dass im Staate Wohltätigkeitsorganisation etwas faul ist. Ich hab die ganze Zeit behauptet, dass sie überreagiert.«

Gedankenverloren fragte Cam: »Woher weißt du so viel über uns?«

»Lord Thantos weiß alles. Über euch, eure Freunde – und über eure Familie.«

Cam und Alex erfasste ein Zittern.

»Damals im Einkaufszentrum hatte ich dich schon fast«, sagte Shane. »Aber dann tauchte Beth auf und ihr habt euch gestritten. Ich wusste, dass sie deine beste Freundin ist, also hab ich meinen Plan geändert.«

»Und stattdessen Beth benutzt«, sagte Cam bedauernd, »um an mich ranzukommen.«

Alex erinnerte Cam: »Aber dann hat er sie stattdessen gerettet.«

»Du magst sie auch ein bisschen, oder?«, fragte Cam zögernd. »Das war doch nicht alles nur Show?«

Shane angelte einen Zettel aus seiner Tasche und knickte ihn in der Mitte. »Würdest du ihr das hier geben, wenn du sie das

nächste Mal triffst? Ich wollte sie nie verletzen. Beth ist klug und warmherzig. Wenn sie an irgendwas glaubt, dann kann nichts und niemand sie aufhalten.«
Alex fasste einen Gedanken in Worte, den beide Mädchen hatten: »Thantos. Wo verläuft da bei dir die Grenze? Würdest du jemanden umbringen, wenn er es von dir verlangt?«
Shane blickte nachdenklich vor sich hin. »Vor den Geschehnissen des heutigen Abends hätte ich diese Frage nicht zugelassen«, sagte er dann. »Weil die Antwort klar gewesen wäre. Aber jetzt ... Ich weiß es nicht.« Er räusperte sich. »Aber euch kennenzulernen hat noch etwas anderes verändert. Es hat mich an etwas erinnert. Und das war hart für mich.«
»Was denn?«, fragte Cam.
Shane zählte die einzelnen Punkte an seinen Fingern ab. »Ihr seid nicht bei uns auf Coventry Island aufgewachsen. Mehr noch, ihr seid noch nicht einmal gemeinsam aufgewachsen. Ihr wusstet auch nicht, dass ihr Hexen seid. Aber trotzdem habt ihr instinktiv gesehen, wenn etwas unrecht war, und habt versucht, es besser zu machen. Ihr habt euch mit voller Kraft dafür eingesetzt, Unschuldige vor Leid zu bewahren.« Er blickte sie an. »Euch zwei in Aktion zu erleben war für mich wie eine Offenbarung. Genau so sollte unsereins handeln. Und Thantos handelt nicht so.«
»Was hast du jetzt vor?«, fragte Cam leise und sonnte sich in der Wärme von Shanes ernst gemeintem Lob.
Er dehnte seine langen Beine und erhob sich. »Nach Hause gehen. Nach Coventry Island.«
»Aber bist du denn da in Sicherheit? Hast du es nicht gerade geschafft, dir Thantos zum Feind zu machen?«
»Nach diesem Abend heute werde ich wahrscheinlich nirgendwo mehr in Sicherheit sein«, gab Shane zu. »Aber dort

sind meine Familie und meine Freunde. Und der Vereinte Rat. Es ist meine Pflicht, darüber zu berichten, was heute Abend geschehen ist. Außerdem ist Coventry Island meine Heimat.«

Auch unsere?, dachte Alex, aber sie sprach es nicht aus.

Das war auch gar nicht nötig. Shane erwiderte: »Diese Entscheidung müsst ihr allein treffen. Wenn es so weit ist.«

Und dann war er verschwunden.

Am nächsten Tag waren die Zwillinge so erledigt, dass sie nicht zur Schule gehen konnten. Cam quälte sich morgens die Treppe hinunter, um ihren Eltern mitzuteilen, dass sie sich beide mit »irgendeiner Magengeschichte« rumschlugen. Dave und – überraschenderweise – auch Emily akzeptierten ihre Ausrede ohne Weiteres.

Als die Mädchen schließlich doch aufstanden, war es schon früher Nachmittag und sie waren allein zu Hause. Emily hatte ihnen einen Zettel hingelegt, dass sie bei einer Kundin war, um ihre Wohnung für eine Umgestaltung auszumessen.

Sobald sie geduscht und gefrühstückt hatte, schickte Cam eine E-Mail an Beth und fragte, ob sie sich nicht nach der Schule treffen könnten. *Ich war in letzter Zeit keine besonders gute Freundin*, schrieb sie, *aber ich weiß, was letzte Nacht passiert ist. Und ich habe eine Nachricht von Shane für dich. Um fünf am Half Moon Cove? – Bitte. Ich muss dir eine Menge erzählen, Bethie.*

Als Nächstes rief sie Dave im Büro an, um sich nach Neuigkeiten über die Webb und Lizzie zu erkundigen.

Ihr Dad wirkte erleichtert, als er ihre Stimme hörte. »Es geht euch beiden also wieder besser?«, fragte er sie.

»Uns geht's prima«, versicherte Cam. »Diese Woche ist einfach ein ziemliches Chaos – und sie ist noch nicht mal ganz vorbei.«

»Jedenfalls bin ich froh, dass du anrufst, Prinzessin«, sagte Dave. »Mein Vormittag war anstrengend, aber erfolgreich. Ist Alex bei dir? Ich möchte gern, dass sie es auch hört.«

Cecilia Webb war verhaftet worden. Und nicht nur das: Dank Lizzies Aussage arbeitete die Polizei gerade daran, den ganzen Schwindel auffliegen zu lassen. »*Helfende Hände* ist ganz eindeutig nur der Deckmantel für einen Ring von Dieben«, erklärte Dave ihnen.

»Und die Webb ist die Anführerin?«, riet Cam.

»Sam Rogers ist der Anführer«, verbesserte Dave. »Der Mann von Cecilia Webb … ähm, von Belinda Rogers.«

»Und der hält sich momentan zufällig im Staatsgefängnis auf«, riet Alex.

Sekunden der Stille am anderen Ende der Leitung. Dave hätte offenbar gern gewusst, wie Alex und Cam an diese Information kamen – doch er fragte nicht. Stattdessen erzählte er den beiden: »Sam Rogers sitzt für zehn Jahre wegen Raubs und Gefährdung des Wohlergehens einer Minderjährigen. Er hat behauptet, dass ihn seine Kumpane nur mit reinreißen wollten in die Sache, aber er war ebenso schuldig wie sie. Seine Frau Belinda fürchtete, dass auch sie verhaftet werden konnte. Sie versuchte, sich genug Geld zu verschaffen, um verschwinden und irgendwo vielleicht neu anfangen zu können. Ihr Plan war es jedenfalls, nie besonders lange an einem Ort zu bleiben und unter dem Deckmantel des guten Zwecks gefährdete Kinder zu Diebstählen anzustiften.«

Cam war entsetzt.

»Das ist ja schrecklich!«

»Also haben sie das schon öfter gemacht und niemand ist geschnappt worden?«, fragte Alex.
»Sie haben sich ihre Opfer sorgfältig ausgesucht«, erklärte Dave. »Nur Kids, deren Eltern wahrscheinlich keine Fragen stellen würden. Ziemlich gerissen.«
»Wie geht es Lizzie?«, erkundigte sich Cam.
»Gut. Dank eurer Hilfe ist sie gerettet und wieder sicher zu Hause.«

Da sie weder zu einem Treffen von *Helfende Hände* noch zum Fußballtraining musste, ging Beth unmittelbar nach der Schule sofort nach Hause. Sie stellte gleich ihren Computer an und las ihre E-Mails. Zu Cams Erleichterung willigte Beth ein, sich mit ihr am Half Moon Cove zu treffen. Cam hoffte, dass dies der erste Schritt sein würde, um ihre angeknackste Freundschaft wieder zu kitten.
»Ich wünschte, ich könnte ihr alles erzählen – die ganze Wahrheit«, klagte Cam, bevor sie aufbrach.
»Das wird gar nicht nötig sein. Auf die Gefahr hin, dass ich mich anhöre, wie jemand aus einem kitschigen Sonntag-Nachmittag-Film: Sag ihr, was du in deinem Herzen fühlst. Das wird reichen«, riet Alex. »Ach ja, und dann noch etwas …«
»Schon geschehen«, sagte Cam mit einem wissenden Grinsen. »Eine Familienpackung Schokoladeneis und zwei Löffel.«
»Zwei Löffel? Ich weiß gar nicht, wie man dich für egoistisch halten kann!«, neckte Alex. »Na, du musst eine Freundschaft flicken, also ab mit dir!«

Kapitel 23

DIE BITTER-SÜSSE WAHRHEIT

Als Cam ankam, erwartete Beth sie schon. Und zu Cams Erleichterung stand ihr der Sinn nach Eiscreme. »Wegen gestern Abend«, setzte ihre Freundin an und streckte die Hand nach einem Löffel aus. »Woher willst du wissen, was los war? Du warst doch gar nicht dabei.«

»Später schon.« Sie pikste Beth in die Seite. »Ich hatte ja die ganze Zeit schon befürchtet, dass an *Helfende Hände* irgendwas nicht ganz sauber ist, aber es hat eine Weile gedauert, bis ich rauskriegte, was es war.«

Die Nachricht, dass *Helfende Hände* alles andere als eine Wohltätigkeitsorganisation war, konnte Beth nach den Erlebnissen beim Rave nicht mehr schockieren.

»Das Ganze kommt mir vor wie ein ziemlich abgefahrener Traum.« Beth schüttelte den Kopf. »Ich hab sogar geträumt, dass mich irgendjemand umbringen wollte. Ziemlich überdreht, meinst du nicht?«

Cam schloss ihre Lippen um den Löffel. Und gab keine Antwort.

Doch Beth konnte sich noch an Thantos und Fredo erinnern. »Was waren das eigentlich für Leute?«

»Finstere Gestalten, Bethie«, erwiderte Cam nur.

Das brachte Beth auf das nächste Thema. »Finstere Gestalten – wie Ms Webb. Ich hab ihr vertraut! Ich hab mich so für sie ins Zeug gelegt. Wie unglaublich dämlich von mir.«
»Du warst aber nicht allein. Zumindest ein echt netter Typ war mit dabei, wenn dir das irgendwas gibt.«
»Shane. Mr Wright. Oder besser: Mr Wrong«, sagte Beth sarkastisch.
Cam zog Shanes Nachricht aus der Tasche ihrer Jeans und gab sie Beth. »Ein Brief des genannten Mr Wright. Ich hab keine Ahnung, was drinsteht, aber der Junge ist wirklich in Ordnung. Es war kein Fehler, ihm zu vertrauen.«
Beth konnte ein leises Lächeln nicht verbergen. Ebenso wenig wie die Röte, die langsam ihren Nacken hinaufkroch. »Äh, ich glaube, das lese ich später. Erst musst du mir erzählen, wie du der ganzen Sache auf die Schliche gekommen bist.«
Cam steckte den Löffel tief in die cremige Nachspeise. »Es war ein geschickt eingefädelter Plan – voller Halbwahrheiten. Das Sunshine House gibt es wirklich und die machen da auch genau das, was die Webb behauptet hat. Leider ging aber das Geld, was ihr gesammelt habt, nicht dorthin.« Als Cam ihr von Lizzie erzählte, war Beth erschüttert. Sie selbst hatte man nicht gebeten, etwas zu stehlen. Bislang.
»Und die Kette deiner Mutter …?«
»Mom hat sie wieder gefunden. Sie hatte einfach total vergessen, dass sie das Teil sicherheitshalber in den Safe gelegt hatte. Sie ist in letzter Zeit immer ziemlich durch den Wind. Aber jetzt verstehe ich auch, warum du dachtest, dass ich die Kette genommen hab.«

»Ich hätte nie an dir zweifeln sollen, tut mir echt leid. Ich kenne dich doch, Elisabeth Ellen Fish, und so etwas würdest du einfach niemals machen.«

»Ach, niemals? Wer hätte gedacht, dass ich mich so leicht reinlegen lassen würde? Ich hab wirklich geglaubt, dass ich da etwas Gutes tue, etwas Wichtiges«, sagte Beth bedauernd. »Völlig beschränkt, dass ich da so stur drauflosgegangen bin!«

»Nicht beschränkt! Du hattest nur Probleme.«

Beth betrachtete jetzt aufmerksam Cams Gesicht. »Du weißt davon?«

»Na ja. Ich weiß, dass es bei euch zu Hause im Augenblick nicht gut läuft.«

Beth versuchte die Tränen hinunterzuschlucken.

»Und statt für dich da zu sein, als du mich brauchtest, hab ich mich völlig abgewandt. Das ist die hässliche Wahrheit ...« Cam hielt inne und holte tief Luft. »Du hattest Recht. Es ist mir die ganze Zeit über nicht mal für eine Sekunde in den Sinn gekommen, dass sich nicht alles um mich drehte, dass du nicht nur wegen Alex ein bisschen sauer auf mich warst. Ich hab Mist gebaut. Kann ich das wiedergutmachen ...?«

Nun rannen doch Tränen über Beths sommersprossiges Gesicht. »Du weißt also Bescheid? Über meine Eltern?«

Cam hatte Taschentücher mitgebracht. »Ein bisschen. Aber wenn du mir noch mehr erzählen willst, dann höre ich dir gerne zu.«

»Sie streiten sich die ganze Zeit. Wenn meine Mom irgendwas sagt, dann widerspricht mein Dad ihr sofort, auch wenn es nur um irgendeine dämliche Kleinigkeit geht. Und dann fängt meine Mom entweder einen Streit an oder sie wird auf einmal total still und ist beleidigt. Oder mein Dad geht einfach aus dem Haus. Gestern haben sie Lauren und mir dann endlich erzählt, dass sie Probleme miteinander haben. Als ob wir das nicht längst wüssten ... Sie wollen es mal mit so einer Eheberatung versuchen. Aber wenn das nicht funktioniert –« Beths

Stimme überschlug sich. »Dann werden meine Eltern sich wohl trennen.«
Cam nahm ihre Freundin in den Arm und Beth legte ihren kraushaarigen Kopf auf Cams Schulter. »Du hast große Angst, nicht?«, fragte sie sanft.
»Es wirkt einfach so, als hätten sie sich schon entschieden. Als wäre diese Eheberatung nur eine Formsache oder so.«
»Man weiß ja nie«, sagte Cam ruhig. »Vielleicht kriegen sie es ja doch noch hin, wenn sie einen guten Berater erwischen. Mein Dad – die haben in seinem Büro ziemlich viele Scheidungssachen – hat mir erzählt, dass weit mehr als die Hälfte der Leute es doch noch auf die Reihe kriegt. Deine Eltern haben so viele gute Jahre miteinander verlebt. Sie haben eine gemeinsame Vergangenheit – ganz zu schweigen von ihren beiden umwerfenden Töchtern. Jede Beziehung steckt bestimmt zwischendurch mal fest.«
»Sogar unsere«, gestand Beth ein. »Na, wenigstens sind wir wohl irgendwie wieder auf dem richtigen Weg.«
»Irgendwie? Was soll das denn heißen?« Cam stieß Beth spielerisch an der Schulter. »Freunde …«
»Bis zuletzt!«
Zum Glück bemerkte Beth nicht, wie Cam erschauerte, als sie ihre kleinen Finger miteinander verschränkten.

Während Cam unterwegs war, um ihre Freundschaft zu retten, versuchte Alex, ein Lied zu retten, das sie begonnen hatte. Sie klimperte auf der Gitarre herum – und probierte verschiedene Texte und Akkorde aus. Es war schon cool, dass diese ganze *Helfende-Hände*-Sache aufgeflogen war, aber Dave hatte immer noch nichts über Ike gesagt. Hatte er noch keine

Antwort bekommen oder hatte Ike von sich hören lassen und Dave wollte ihr nichts davon sagen?

»Positiv denken, positives Karma verbreiten.« Das würde Amanda wohl jetzt sagen. »Das zahlt sich aus.« Alex mochte Amanda.

»Stell dich deinen Ängsten.« Das würde Sukari wahrscheinlich sagen. »Und mach einen Plan.« Auch Sukari mochte sie.

»Ach, such dir einfach einen guten Anwalt. Du kannst dich doch von dem bösen Stiefmonster freikaufen.« Alex konnte fast schon Briannas Stimme in ihrem Kopf hören.

Das nächste Geräusch, was sie hörte, war nicht in ihrem Kopf. Die Haustür knallte mit einem solchen Schwung zu, dass das ganze Haus erbebte – das verhieß nichts Gutes! Emily und Dylan. Der Streit war offenbar schon eine ganze Weile zugange.

»Wie konntest du nur? Abgesehen von allem anderen hast du mich völlig blamiert – man ruft mich bei einem Kunden an, dass ich zur Schulleiterin kommen soll, um dich abzuholen!« Emily. Verletzt, aber kämpferisch.

»Tut mir leid, dass ich dir den Tag versaut hab. Aber es ist wirklich nicht so schlimm, wie du tust.«

Dylan. Schlechtes Gewissen, schmollend, trotzig.

Alex verspannte sich. Sie wusste, weshalb die beiden so drauf waren.

»Was ist bloß mit dir los?« Emily ging nunmehr in der Küche auf und ab. »Reicht es denn nicht, dass du alle deine Hobbys aufgegeben hast? Jetzt fängst du auch noch mit dem Rauchen an! Was willst du dir eigentlich beweisen?«

Alex konnte hören, wie Dylan sich auf einen Stuhl sacken ließ.
Sie konnte sich genau vorstellen, wie er seine Ellbogen auf dem Tisch abstützte, Kopf gesenkt, und sich mit den Fingern

durch seine Haare fuhr. »Du übertreibst total. Basketball hängt mir zum Hals raus, na und? Und alle rauchen, also hab ich ein- oder zweimal mitgemacht. Ich will mir überhaupt nichts beweisen. Ich will einfach nur Dylan sein.«
Alex litt. Sie hatte versagt. Vor ein paar Tagen hatte sie ihn in der Schule beim Rauchen erwischt und ihn gezwungen, die Zigarette auszumachen. Aber heute war sie nicht zur Schule gegangen. Und man hatte ihn erwischt.
»Dylan sein? Hör mir mal gut zu: Dylan Michael Barnes raucht nicht. Basta.«
»Du kennst mich doch gar nicht richtig«, nörgelte Dylan.
Emily knirschte mit den Zähnen. »Du gehst jetzt in dein Zimmer. Du hast Stubenarrest.«
»Wie lange?«
»Bis du mir sagen kannst, was du unter Dylan Barnes genau verstehst!«
Alex hörte, wie Dylan sich die Treppe hinaufschleppte. Und ihr war klar, dass sie jetzt besser nicht in die Küche hinuntergehen sollte, wo Emily saß und vor Wut kochte. Aber sie konnte nicht anders. Ihre Schwester hatte sie herausgefordert, gesagt, dass sie es nur wagen sollte, Emilys Gedanken zu lesen. Na, dann war dies die optimale Gelegenheit. Alex musste einfach herausfinden, ob Emily ihr die Schuld gab.
Dylans Mom telefonierte gerade mit Dave, als Alex die Küche betrat, sie bat ihn, heute nicht zu spät nach Hause zu kommen. Sie konnte ihm zwar den Grund nicht nennen, aber als sie auflegte, schien sie davon überzeugt zu sein, dass er sich auf den Weg machen würde, sobald er konnte.

»Hi!« Alex versuchte, ihrer Stimme einen ungezwungenen Klang zu verleihen.
Emily erschrak. »Was machst du denn … Ach ja, ich hatte ganz

vergessen, dass du heute nicht in der Schule warst.« Angespannt erkundigte sie sich, ob es Alex und Cam besser ginge, doch ihre Gedanken drehten sich nicht um Alex' Gesundheitszustand. *Wetten, dass es alles nur an ihrem Einfluss liegt? Dylan ist erst so widerspenstig geworden, seit sie hier aufgetaucht ist.*

»Das stimmt nicht«, sagte Alex. »Zum einen hatte ich mit Dylans Entscheidung nichts zu tun. Er erzählt mir längst nicht alles und selbst wenn, dann würde ich ihm bestimmt nicht raten, Basketball aufzugeben. Auch wenn du mir das nicht glauben solltest: Ich versuche nicht, deinen Sohn gegen dich aufzuhetzen.«

Emily strich sich verwirrt die Haare aus dem Gesicht. »Wie ...? Ich gebe dir doch gar nicht die Schuld.«

»In Gedanken schon. Das sehe ich dir an«, erklärte Alex.

Emily wurde wütend, ihre Stimme sehr laut. »Dann schwöre mir, dass du nicht gewusst hast, dass er jetzt auch mal raucht!«

»Das wusste ich schon. Aber ...«

Dylan kam die Treppe hinuntergerannt und stürmte in die Küche. Er hatte alles mit angehört. »Mom! Halt mal. Das ist totaler Quatsch. Du kannst auf mich sauer sein, so viel du willst, aber das hat mit Alex nichts zu tun.«

Emily hob ihre Augenbrauen. »Du musst sie jetzt nicht verteidigen.«

»Mom!« Jetzt war Dylan noch aufgeregter als zuvor. »Hör mir doch zu! Alex hat versucht, mich davon abzuhalten. Sie verfolgt mich in der Schule auf Schritt und Tritt. Sie lässt mich überhaupt nicht mehr in Ruhe. Sie ist da irgendwie vollkommen besessen.«

Ihre Mutter! Himmel, ihre Mutter ist ja an Krebs gestorben. Ob das wohl ... Emily schlug sich die Hand vor den Mund.

Leise sagte Alex: »Lungenkrebs. Meine Mom ist an Lungenkrebs gestorben. Und klar: Sie war auch abhängig von Zigaretten.«

Dylan umarmte Alex unbeholfen. »Es tut mir leid, dass ich damals diesen Tiefschlag mit deiner Mutter gelandet hab, als du so ausgerastet bist. Das war ziemlich eklig von mir.«

Emilys swimmingpoolblaue Augen füllten sich mit Tränen. Alex konnte ihre Gedanken hören. *Ich dachte, dass ich mein Bestes gebe, um ihr eine gute Mutter zu sein, um sie zu akzeptieren. Doch was habe ich stattdessen getan? Bloß weil sie anders ist als wir, bin ich automatisch davon ausgegangen, dass sie einen schlechten Einfluss auf ihn hat.* Hörbar sagte sie: »Es tut mir leid, Alex.«

Cam und ihr Dad betraten das Wohnzimmer zur gleichen Zeit und fanden eine schluchzende Emily und einen Dylan vor, der Alex umarmte.

»Gerade rechtzeitig zum Happy End, oder was?«, scherzte Dave. »Oder ist wirklich was passiert?«

Emily trocknete ihre Tränen und erklärte alles.

Dave schaltete automatisch auf Rechtsanwalt um. »Weitere Zeugen?« Er sah Alex an, die den Kopf schüttelte. Und dann seinen Sohn, der nur sagte: »Mom hat's ganz gut getroffen.«

»Na schön«, sagte er und rückte seine Brille zurecht.

»Ich habe mein Urteil gefällt: A) Dylan. Du denkst bitte einmal intensiv über dich nach. Und fürs Erste: keine Diskussionen mehr.« Er lächelte. »Und B) Wir sind eine Familie. Wir machen Fehler, wir unter- oder überschätzen einander und manchmal sagen wir etwas, das die anderen verletzt. Aber im Endeffekt handeln wir so, wie es für uns alle das Beste ist. Ich danke dir, Alex, dass du genau das versucht hast.«

Cam sprach aus, was Alex auch gerne gewusst hätte, sich aber

nicht traute, zu fragen: »Was ist mit Isaac Fielding? Steht der Gerichtstermin schon fest?«
Daves Gesicht erhellte sich. »Verschoben. Auf unbestimmte Zeit. Weder er noch sein Anwalt haben auf unsere Briefe, Faxe oder E-Mails reagiert. Wir machen also einfach so weiter wie gehabt.«
»Hört sich echt gut an«, scherzte Dylan. »Ich fang schon mal an, den Schrank unter der Treppe zu bauen …«
Alex versetzte Dylan einen Tritt. »Ich fang schon mal an, meinen Zauberstab zu schwenken, wenn ich auch nur glaube, dass du an eine Zigarette denkst. Ich lass dich nicht in Ruhe, Dudley.«
»Ich hoffe, dass ich mich darauf verlassen kann, Harry.«
Emily lachte. »Ich habe leider keine Ahnung, wovon ihr eigentlich redet. Vielleicht sollte ich mal das Buch lesen.«
»Gute Idee! Mach das, statt zu kochen.« Oje. Cam hatte die Worte ausgesprochen, bevor sie richtig darüber nachgedacht hatte. Sie versuchte einen raschen Rückzieher. »Ich meine, du weißt schon, du musst dir ja nicht jeden Abend so viele Umstände machen.«
Emily grinste schüchtern. »Ich koche wohl ziemlich … ätzend, wie ihr vielleicht sagen würdet.«
Cam umarmte ihre Mom.
Alex stand nur so da, wenige Zentimeter von ihnen entfernt und verdrehte die Augen, als fände sie das ungeheuer kitschig. Mit einem Mal, als hätten sie beide den gleichen Einfall gehabt, streckten ihr Emily und Cam die Hände entgegen.
Zögernd trat Alex zu ihnen.
Emily löste die Umarmung schließlich nur auf, um zu sagen:
»Schnapp dir einen Stuhl. An diesem Küchentisch hat die ganze Familie Platz.«

Kapitel 24

UNTER DEM HEILIGEN BAUM

Es gab einen Ort, die höchste Stelle im Mariners Park, zu dem Cam schon seit vielen Jahren ging. Der Park selbst lag mitten in der Altstadt von Marble Bay und dieses eine Fleckchen Erde hatte Cam schon lange in Beschlag genommen. Oder war es umgekehrt? Sie war davon angezogen worden wie von einem Magneten, obwohl es sich um nichts weiter als ein wildes Stückchen Gras unter einem uralten Baum handelte. Wenn sie dort saß, hatte sie einen umwerfenden, ungehinderten Ausblick auf den Hafen von Marble Bay. Und sie betrachtete gern die Schiffe, das Wasser. Cam hatte bis vor Kurzem niemals jemandem von diesem Ort erzählt. Dort konnte sie schreiben, nachdenken, vor sich hin träumen, Pläne schmieden und manchmal auch weinen.

Alex war der erste und einzige Mensch, den sie jemals dorthin mitgenommen hatte.

An einem der letzten Tage im Herbst, als die Luft schon voll mit dem schweren Duft kommenden Schnees war, machten sich Cam und Alex gemeinsam auf den Weg dorthin. Eine gute Woche war seit dem Rave vergangen, seit sie den Diebstahlring um *Helfende Hände* hatten auffliegen lassen, seit Beth und Cam sich wieder miteinander versöhnt hatten – und seit sie zuletzt etwas von Thantos, Fredo, Karsh oder Ileana gesehen oder gehört hatten.

Alex spürte den Wind in ihren Haaren, als sie neben ihrer Schwester radelte, durch die Vorstadtgegend hindurch, in der Cam wohnte. Es war hier alles so ordentlich und keimfrei, so »situiert« und selbstgerecht. Und wieder überfiel Alex ein Gefühl der Fremdheit, sie konnte sich dessen nicht erwehren. Auch wenn die Dinge zwischen ihr und Emily jetzt besser liefen, überlegte Alex – was hatte sie denn hier zu suchen?

Einmal hatte Alex zu Cam gesagt: »Du tust so, als könntest du mich ganz einfach ausschneiden und in dein perfektes kleines Leben kleben. Aber da hast du dich vertan.«

Und dennoch geschah genau das.

Und es war gar nicht so völlig daneben.

Die Zwillinge bogen in die Hauptstraße ein, die in die Stadt führte, und kreuzten dann durch die engen und gewundenen Straßen, die in das Kopfsteinpflaster der »Altstadt, Marble Bay« mündeten. Sie schlossen ihre Räder vor dem Torbogen zum Park an und ohne ein einziges Wort oder eine Geste veranstalteten sie ein Wettrennen, den kurvigen Pfad hinauf, der zu ihrem Baum führte.

Alex erreichte ihn zuerst, eine halbe Sekunde vor Cam. Sie zwickte Cam in die Schulter. »Tja, leider verloren.«

»Tja, freu dich nicht zu früh«, ahmte Cam sie nach. »Ich hab dich einfach gewinnen lassen. Alles Teil der neuen, selbstlosen Camryn Barnes.«

»Sonst noch Wahnvorstellungen? Ich bin halt die schnellere Zwillingsschwester!« Alex ließ sich auf die Erde plumpsen und Cam setzte sich neben sie.

»Aber dennoch hast du wohl keine besonders schnelle Auffassungsgabe, wenn's um brandheiße Neuigkeiten geht. Denn

das hättest du doch eigentlich mitbekommen müssen …«
Cams Augen funkelten schelmisch.
»Brandheiße Neuigkeiten? Was bist du denn, die neue Brianna?«
»Na ja, Bree hat angerufen. Aber unsere ›Madonna der Gerüchte‹ wusste nur, was passiert war, und nicht warum.«
»Okay, ich mach mit«, sagte Alex und rupfte einen Grashalm aus. »Du platzt doch gleich – also erzähl's mir lieber.«
»Wer: Brice Stanley, edelmütiger Filmstar. Was: Haufenweise Kohle gespendet. Wem: Sunshine House! Und, meine liebe Klon-Schwester, du weißt sicher warum!!«
Alex riss vor Staunen ihre unglaublichen Augen auf. »Echt?«
»Wie: Echt? Mann! Wir haben ihn wahrscheinlich total in die Enge getrieben, dass er nicht mehr anders konnte.«
»Wie denn?«, fragte Alex. »Dieser kleine E-Mail-Austausch zwischen Sunshine House und, äh … Brice … war doch vertraulich.«
»Vertraulich? E-Mails? Also, wenn du die Tochter eines Anwalts sein willst, dann musst du echt noch was lernen. A) Vertrauliche E-Mails gibt es einfach nicht. Und B) Hast du mal was von durchsickern gehört? Sunshine House hat eine Mail vom stinkreichen, gutherzigen Brice gekriegt und es irgendwie zu den Medien durchsickern lassen. Und wie hätte das denn dann ausgesehen, wenn der gute Brice auf einmal einen Rückzieher macht? Kannst du dir vorstellen, was das für sein Image bedeutet hätte? Sein Agent hat ihm wahrscheinlich erklärt, dass es billiger für ihn wird, wenn er einfach was spendet – auch wenn man ihn irgendwie reingelegt hat.«
 »Im Endeffekt«, sagte Alex, »hat *Helfende Hände* mit freundlicher Unterstützung von ein paar Hexen dem Sunshine House also doch geholfen. Das ist ja wohl megaselbstlos.«

»Juhu! Ich bin doch die selbstlose Zwillingsschwester!« Cam hob triumphierend die Arme.
Alex konnte es sich nicht verkneifen. »Tja, ob Onkel Thantos wohl schon von deinem Charakterwandel erfahren hat?«
Cams Lächeln erlosch. »Vielen Dank. Man darf ja niemals allzu glücklich sein, oder was?«
»'tschuldigung. Mir wurde bloß ganz anders, als Shane sagte, dass Thantos alles über uns weiß.«
Vor allem, da er bestimmt wiederkommen wird. Cam zitterte und wusste, dass Alex ihre Gedanken lesen würde. Trotzig reckte sie das Kinn vor. »Soll er doch! Mit jedem Tag werden wir stärker.«
Alex lehnte sich an den Baum. »Genau! Nur nicht aufgeben.«
Unwillkürlich berührten Cam und Alex ihre Sonnen- und Mond-Anhänger, die sicher um ihre Hälse hingen.
»Ileana hat gesagt, dass sie unsere Ketten benutzt hat, um Karsh zu befreien. Das heißt, dass sie nicht nur uns helfen können, sondern auch anderen Menschen«, sagte Cam.
»Bei Verwandten würde das wohl Sinn machen.
»Also!« Cam sprach es aus. »Du bist wohl ziemlich sicher, dass sie – wegen der Augen wahrscheinlich.« *Aber sie ist nicht unsere Mutter ...*
Alex dachte das Gleiche. *Niemals.* Sie zuckte mit den Schultern. »Ältere Schwester?«
Gedankenverloren sagte Cam: »Vielleicht sind wir ja gar nicht verwandt. Vielleicht helfen diese Amulette jedem, der etwas Gutes tun will. Und vielleicht haben viele Menschen auf, äh, Coventry Island dic gleichen Augen wie wir. Woher sollen wir das wissen, schließlich waren wir noch nie da.«
Schweigend betrachteten sie den Hafen – wie viel Zeit darüber verging, wussten sie beide nicht so recht. Dann riss Cams Uhr

sie aus ihrer Versenkung. Sie zuckte zusammen, beinah hatte sie vergessen, weshalb sie den Wecker gestellt hatte.
Alex erinnerte sie: »Chez Barnes ist was los – vielleicht sollten wir uns lieber auf den Rückweg machen?«
Cam schlug sich leicht mit der Handfläche gegen die Stirn. »Emilys Geburtstag. Party.«
»Emily?«, wiederholte Alex. »Meinst du nicht Mom?«
Cam suchte in Alex' Gesicht nach dem geringsten Anzeichen von Sarkasmus. Sie fand nichts.
»Sie ist vielleicht nicht so gut im Mom-sein, aber was Besseres haben wir halt momentan nicht«, fügte Alex hinzu.
»Ich weiß auch nicht«, sagte Cam langsam. »Scheinbar weiß niemand so genau, was mit Miranda passiert ist.«
»Hör mir mal gut zu«, erwiderte Alex ernsthaft. »Ich kenn mich aus mit Müttern. Du auch. Wenn Miranda noch am Leben wäre, dann hätte sie inzwischen Kontakt zu uns aufgenommen – Sara und Emily hätten das jedenfalls gemacht. Die wären bis ans Ende der Welt gelaufen, um uns zu finden ...«
Doch Cam hatte abgeschaltet. Sie konnte nicht anders. Mit einem Mal hatte sie stechende, pulsierende Kopfschmerzen und ihr war kalt, ihre Zähne klapperten. Sie schloss ihre brennenden Augen. Und Camryn sah:
Einen Raum, sonnendurchströmt und so hell, dass nur ein Mensch mit außergewöhnlichem Sehvermögen überhaupt etwas darin erkennen konnte. Eine Frau sah zu einem großen Fenster hinaus. Ihr dunkles kastanienbraunes Haar war zu einem Zopf geflochten, der ihr über den Rücken fiel. Und dann waren da noch die Farben! Ein leuchtendes Kaleidoskop, strahlend bunte Flecken ... eine Decke?
»Alex?« Cam packte die Hand ihrer Schwester. »Ich spüre es. Ich weiß es. Sie lebt.«

Lies mich ...

**Leseprobe aus dem
Ravensburger Taschenbuch 54349
»Magic Sisters 4: Wiederkehr des Bösen«
von H. B. Gilmour und Randi Reisfeld**

Der Morgen hatte noch nicht richtig begonnen. Milchig graues Licht drang durch die Vorhänge in Mrs Bass' Gästezimmer. An Schlaf konnte Cam jetzt nicht mehr denken – sie blieb liegen und ließ sich den gestrigen Tag noch einmal durch den Kopf gehen. Evans Mutter war wirklich in einem sehr schlimmen Zustand – sie hatte sich gestern kaum noch auf den Beinen halten können. Die beiden Kleinen hatten die ganze Zeit gequengelt, denn natürlich hatten sie beobachtet, was mit dem Spielzeuggewehr geschehen war. Schließlich hatte Evan Cam und Alex in den Ort zurückgefahren und sie vor Lucindas Haus abgesetzt, damit Alex noch kurz Mrs Carmelson Hallo sagen konnte.

Lucindas Haus war völlig anders als Evans Hütte. Es war zwar ebenfalls klein und die Holzverschalung der Außenwände war genauso aschgrau wie bei Evans Haus, aber im Innern herrschte Trubel und Heiterkeit – und Ordnung. Alex und Cam erstickten fast in den Umarmungen, die ihnen zuteil wurden. Alle – von Lucindas dreijähriger Nichte bis hin zu ihrer dreiundachtzigjährigen Großmutter – hießen Cam willkommen, so als hätten sie sie bereits seit Jahren gekannt. Und gewissermaßen stimmte das ja schließlich auch – nur war es ihr Ebenbild, ihre Zwillingsschwester Alex, die bei ihnen aus und ein gegangen war. Bei solch liebevoller Zuneigung zu ihnen grenzte es an ein Wunder, dass Luce davon überhaupt noch etwas für Andy Yatz übrig hatte. Aber das war eindeutig der Fall. Kaum hatte Alex erwähnt, dass sie von Andy zu Evans Haus gefahren worden waren, als Luce auch schon knallrot anlief, dann verlegen die Schultern zuckte und schnell das Thema wechselte. Aber Alex hörte sie denken: *Andy ist so ein toller Typ!* Sie schickte Lucindas Gedanken sofort per Gedanken-D-Mail an Cam weiter, und im selben Augenblick sagte Evan: »Also, Leute, Luce fährt zurzeit voll auf Andy Yatz ab!«

Es sah so aus, als würde Evan zu seiner früheren lustigen, lockeren Form auflaufen, aber der Anfall von guter Laune in Luces Haus dauerte nicht lange: Kaum hatte er das gesagt, versank er auch schon wieder in seine düstere, grimmige Stimmung. Cam war nicht sicher, ob Evan wirklich so mürrisch war oder sich nur einfach schämte für all das Elend, das Alex und Cam zuvor bei ihm gesehen hatten. Jedenfalls klappte er einfach den Mund zu, runzelte die Stirn und starrte griesgrämig auf seine Stiefel.

»Evan, was ist eigentlich los?«, wollte Alex wissen.

»Nichts!«, sagte er stur. »Ich muss jetzt sowieso wieder gehen. Nicht persönlich gemeint, Luce, aber für dich ist es auch besser, wenn du dich nicht mit mir abgibst.«

Alex hatte eigentlich noch Saras Grab besuchen wollen,

bevor sie zu Mrs Bass' Haus zurückfuhren, aber es hatte inzwischen wieder stark zu schneien begonnen. Und Evan hatte versprochen, sie auch morgen zum Friedhof zu fahren, wenn sie an diesem Abend auf den Besuch am Grab ihrer Mutter verzichtete.

Und jetzt war es Morgen. Cam rollte sich unter der warmen, weichen Decke zusammen. Ihr fiel wieder der eigenartige Traum ein, den sie gehabt hatte – irgendein Ort. Sie und noch jemand, vielleicht Alex, hatten sich dort versteckt, und aus dem Nebel waren seltsame Gestalten gestiegen, die groß wie Dinosaurier gewesen waren. Cam dachte an die gruselige Vision, die sie zu Hause gehabt hatte. Sie glaubte, dass es derselbe Ort gewesen sein könnte, an dem sie damals Evan und die beiden Jungen gesehen hatte.

»Wie spät ist es?«, kam eine gedämpfte Stimme unter den Decken und Kissen hervor, unter denen sich Alex vergraben hatte. »Schneit es immer noch?«

»Halb acht«, antwortete Cam faul. »Kann nicht sehen, ob es noch schneit.«

Alex stieg aus dem Bett und schob die Vorhänge beiseite. »Ich glaube, es hat aufgehört. Wir können also zum Friedhof ... Und ich will übrigens auch noch zum Wohnwagen.«

Cam zitterte, obwohl es unter ihren Decken sehr warm war.

Alex bemerkte es sofort, als sie sich umdrehte. »Was ist los?«, fragte sie. »Was hast du jetzt wieder gesehen?«

»Irgendjemanden, der genauso aussieht wie ich«, sagte Cam mit hohler Gespensterstimme. »Nur hat er sein Haar hellgelb gefärbt und trägt Boxershorts und ein zerrissenes T-Shirt …«

Alex riss das Kopfkissen aus ihrem Bett und schleuderte es auf ihre Schwester. »Steh endlich auf und spiel hier nicht die Hexe, okay? Es hat ziemlich echt ausgesehen, so wie du gezittert hast.«

»Eigentlich habe ich nicht deutlich jemanden gesehen«, sagte Cam zögernd und presste das Kissen an sich, das Alex auf sie geworfen hatte. »Aber ich hab tatsächlich ein irgendwie komisches, unheimliches Gefühl bekommen, als du vom Wohnwagen geredet hast.«

»Wahrscheinlich deshalb, weil der Platz auch ziemlich unheimlich ist, auf dem der Wohnwagen steht«, meinte Alex. »Gehört zu den Höhepunkten des historischen Stadtrundgangs von Crow Creek – außer ein paar vergammelten Hütten und scheußlichen Wellblechschuppen gibt's hier nämlich nicht viel zu sehen.«

Nachdem sie geduscht und sich angezogen hatten, verschlangen sie das wunderbare Frühstück, das Mrs Bass für sie vorbereitet hatte. Eier mit Schinken, Käse und Toast, dazu Joghurt und Orangensaft, kräftiger Tee und heiße Milch … Sie saßen noch am Tisch, als von draußen wildes Hupen zu hören war. Evans Auto parkte in der Einfahrt.

»Verdammt, sagt ihm, er soll mit dem Lärm aufhören, die Nachbarn schlafen ja noch!«, schimpfte Mrs Bass. »Holt ihn ins Haus, damit er was zu essen bekommt. Es ist ja noch genug übrig.« Sie war schon etwas spät dran und packte hastig ihre Sachen, um zur Arbeit zu gehen.

Alex rannte zur Hintertür hinaus und brüllte Evan zu, dass er hereinkommen solle, und Cam riss das Küchenfenster auf und wiederholte die Einladung. Aber Evan blieb stur in der Fahrerkabine des rostigen Pick-ups sitzen, blies in seine Hände und tat so, als habe er nichts gehört.

»Du solltest endlich mal die Kartoffeln ernten«, sagte Alex vorwurfsvoll, als sie zehn Minuten später in Evans Auto stiegen.

»Welche Kartoffeln?«, fragte Evan verblüfft.

»Die, die dir offensichtlich in den Ohren wachsen«, sagte Alex scharf. »Du hast doch genau gehört, dass wir dich gerufen haben?«

»Ja, okay«, gab Evan zu, während er rückwärts aus der Einfahrt stieß. »Und du willst, dass ich dich zum Friedhof fahre, hab ich Recht?«

Alex nickte besänftigt. »Ja, das will ich, danke. Aber was war los mit dir? Warum bist du denn nicht ins Haus gekommen?«

Er zuckte die Schultern und gab keine Antwort, aber Alex hörte jetzt plötzlich seine Gedanken: *Das hätte Mrs Bass gerade noch gefehlt. Es wäre viel besser für sie, wenn sie mich gar nicht kennen würde. Jedenfalls nicht nach alldem, was jetzt los ist, mit der Schule und mit den Drohungen gegen mich und Mom. Ich weiß nicht, wie das alles enden soll ... Ich will Mrs Bass nicht auch noch Probleme machen. Vielleicht ist es ja abergläubisch. Aber Mom sagt immer, Unglück und Angst stecken an ...*

Alex schickte ihrer Schwester eine Gedanken-Mail: *Evan wurmt irgendwas. Etwas, das bald passieren wird, etwas wirklich Schlimmes ...*